북쪽 녀자

북쪽 녀자

이병천 장편소설

다산책방

차 례

전설의 시작, 나무꾼과 선녀

어디서부터 이야기를 풀어내는 게 좋을까?

저기 밤하늘에 별자리가 놓이게 된 때로부터 시작하기로 한다면 이건 신화보다 길어질 수 있다. 하지만 이제 내 목숨은 촌각을 겨우 다투고 있는 형편이다. 그래, 알겠다…… 하늘 남쪽에 숨어 있을 내 별이여, 아직은 눈뜨지 말고 잠시만 기다려다오.

내 나이가 그때, 만으로 스물아홉이었다. 8월 7일이 돼야 비로소 서른 고갯마루를 가까스로 올라설 참이었다. 음력으로 따져서 8월 7일 내 생일은 그해의 칠석날이기도 했다.

돌이켜보면 2008년 그해는 내 인생에서 아홉수 두 개가 우두나찰과 마두나찰처럼 포위하고 있던 해였다. 지옥문 앞에 버티고 서 있다는 무시무시한 소와 말 머리 형상의 두 나찰들 말이다. 태어나던 해 1979년, 거기다가 스물아홉 나이까지…… 물론 내가 고리타분하게 그때 당시도 아홉수 따위를 믿은 건 아니다. 지나고 보니 그렇더라는 얘기다.

그 스물아홉의 끝자락에서 그녀를 만났다. 림채하 동무를!

7월 그때 무렵, 금강산 관광을 다녀온 이들이라면 아마 그녀를 기억하고도 남을 것이다. 구룡연 코스를 안내하던, 그리고 구룡대 바위에 올라서면 젓대를 꺼내어 〈금강선녀〉를 멋지게 연주해주기도 했던…… 아, 젓대라는 표현은 잘못이다. 북쪽에서는 대금을 개량한 민족 악기를 그냥 '저대'로 부른다. 그리고 여러분이 그녀를 기억한다면 당연히 나 또한 떠올릴 수 있어야 한다. 구룡연 코스를 이끌던 남쪽 조장, 백산서.

나 같으면 2008년의 일들을, 심지어 금강산 계곡에 스며든 빗물 한 방울조차 모두 기억할 정도다. 우선 그해는 쥐띠 해였다. 내가 다른 계열사에서 회사를 옮겨온 건 1월이었고, 2월에는 새 정권이 들어섰다. 기묘하게도 새로운 통치자가 쥐를 닮았다고 국민들이 쑤군대던 일도 떠오른다. 얘깃거리도 안 되는, 어떤 미친 한 노인네의 방화로 국보 1호 숭례문은 2월에 허망하게 불에 타 전소되고 말았다. 5월로 접어들면서부터 전국 방방곡곡에서 무려 백일이 넘게 광우병 촛불집회가 열린 것도 그해였다. 리먼브러더스 파산으로 미국발 금융위기가 터진 것도, 톱스타 최진실이 스스로 목숨을 끊은 것도 모두 그해 일이다.

나는 7월에 금강산 관광사업에 처음 투입되었다. 별걸 다 기억한다고 타박할지 몰라도 가수 손담비, 탤런트 한효주와 박신혜, 후지이 미나 등이 이제 막 스타로 발돋움하기 시작했다는 사실까지 알고 있다. 버락 오바마가 흑인 사상 최초로 미국 44대 대통령에 당선된 것도 그해 일이다. 그리고 내가 죽어서도 잊지 못할 사건 하나가 터져버린 것도…….

세계 주요 외신들은 북한 내 최대 곡창지역인 황해도에서도 굶어 죽어가는 아사자가 속출하고 있다고 보도했다. 미국조차 북한에 식량 오십만 톤을 지원하고 북한을 테러지원국에서 해제한다고 발표했지만 남한의 새 정권은 하필 그런 시점에 매몰차게 모든 인도적인 지원을 끊어버렸다. 불과 일 년 전, 일 킬로그램에 850원이라던 북한의 쌀값이 4천 원까지 폭등했다는 소식은 그해 3월에 들려왔다. 북한 방송에서는 남한 통치자의 실명을 들어 비난하는 일이 부쩍 잦아졌다. 불행한 사건의 씨앗은 남한에 새로운 정권이 등장하면서부터 이미 움트기 시작했으리라.

림채하는 구룡대에 오르면 이렇게 말문을 열었다. 아마 그녀가 했던 얘기들도 여러분은 잘 기억하리라. 다른 건 몰라도 그녀 때문에 여름날 견우별과 직녀별의 위치를 확실히 알게 된 사람들도 적지 않았을 테니까.

"뎌기 아래가 구룡연 계곡입네다. 룡 아홉 마리가 이 골짝을 누비문서 살았다고 했디요? 글카고 뎌 쏘들이 바로 상팔담임메. 선녀들이 내려와 목욕하는 곳이니끼니 녀러분도 눈을 똑바루 뜨고 부지런히 찾아들 보시라요. 선녀들이 벗어놓은 날개옷이 눈에 띄면 날래 감춰야지 않겠습두?"

옷은 고사하고 버선짝 하나라도 어디 혹시 떨어져 있지 않을까 하는 시선으로 일행이 주변을 살피고 있으면 림채하는 그때 비로소 저대를 꺼내어 불었다. 남쪽 관광객들이 흔히 '블랙 플루트'라는 별명으로 부르던 저대는 산 위에서 더욱 높고 맑은 소리를 내는 듯했다. 관광객들은 누구라고 할 것도 없이 모두 숨을 죽이고 연주를 들었다.

"이 악기는 자단나무를 깎아서 만든 저대라고 합네다. 자단나무를 혹시 알고들 계십네까? 십 년이 디나야 계우 요 손가락 마디만큼 자라는 아주 단단한 나무라요. 내래 피양 금성학원에서 고음 저대를 공부했뜨랬는데, 인차 연주했던 곡은 그때 배운 〈금강선녀〉디요. 긴데, 내래 저대를 한참 불고 있을 적에 하늘에서 닐굽 선녀들이 내려와 목욕을 하고 갔뜨랬는데, 녀러분은 못 봤습네까?"

사람들은 이때쯤 우 하고 야유 아닌 야유를 한다. 저대 감상에 몰입하느라고 선녀를 놓쳤다는 아쉬움을 표현하는 것이리라. 나는 세상에 실재하는 선녀가 우리 앞에서, 바로 내 앞에서 연주를 하고 있다고 믿었지만.

"여덟 선녀가 아니고 왜 일곱 선녀지요?"

누군가가 물었다. 여행자들 중에는 북측 무엇인가의 꼬투리를 잡고자 벼르는 이들이 의외로 많았다. 하긴 상팔담 설화에 의하면 팔선녀라고 했으니까 그럴 만도 했다.

"기렇게 물어볼 줄 알았습네다. 선녀 하나는 나무꾼이 발세 데려가지 않았습둥?"

림채하가 정색하고 반문했지만 관광객들은 박수를 치며 웃었다. 재치가 있는 여성이 분명했다.

"나무꾼과 선녀는 우리 민족이 슬건 자랑해도 동은 녯 니야기지만 견우직녀 설화도 얼마나 아름다운 이야깁네까? 자, 우리 조선이 바로 해 뜨는 나라디만, 기래도 동쪽 해 뜨는 곳을 바라보고 이렇게 두 팔을 들어보시라요. 기러카문 왼쪽이 북쪽이고 오른쪽이 남쪽 아니겠습메? 이따가 밤에 보시라요. 여름철마다 우리 조선 사람들의 머리 정수리에서 환히 빛나는 두 별이 보일 겁네다. 남남북녀, 덩말 북쪽에는 직녀별이 있고 남쪽으로는 견우별이 있디요. 우리 민족이 남과 북으로 갈라진 비극을 밤하늘 역시 저리도 마냥 서럽게 보여주고 있단 말입네다."

림채하는 평소에는 그토록 심한 억양이나 사투리를 구사하는 편은 아니었던 것 같다. 그런데 구룡대에 설 때면 틀림없이 사투리가 막 튀어나왔다. 그녀가 나무꾼과 선녀 전설을 곧이곧대로 다 믿은 탓이었을까?

"오늘보다는 래일, 래일보다는 모레가 될수록 두 별이 차츰 더 가차지다가 칠석날이 딱 되문, 년중 가장 가차이 되는 거, 이거 얼마나 신비합네까? 우리 민족이 통일되는 날이 반드시 오고야 만다, 이거이 바로 하늘의 교시란 말임메. 저 만물상 신선대를 한 번 보시라요. 신선대…… 아니, 신선대를 보라니끼니 와들 내 얼굴만 빤히 쳐다봅네까?"

북한 인민들은 나무꾼과 선녀 부부 별이 만물상 신선대 위쪽에 뜨는 별이라고 믿는다는 얘기를 하고자 했을 것이다. 그 옆에 작은 별 하나는 '금'이란 이름의 딸 별, 그리고 '강'이라고 하는 아들 별.

오다가다 그냥 스쳤을망정, 그날이 내가 그녀를 사흘째 보던 7월 3일이었다. 내가 이렇게 세세하게 날짜를 언급하는 건 그날 현장에 함께 있었던 이들, 그리고 그녀의 말에 응대했던 관광객들이 부디 나를 기억해주기를 소망하기 때문이다.

"남쪽 가수 손담비를 닮았어요."

젊은 여자 관광객이 느닷없이 손담비를 들먹였다.

"아뇨. 탤런트 한효주와 박신혜를 절반씩 빼닮았어요."

그녀 친구처럼 보이는 여성이 다른 연예인을 들먹였다. 그때 당시만 해도 내가 전혀 알지 못하는 가수였고 탤런트였다. 내 옆에서 누군가는 후지이 미나를 중얼거렸고, 윤은혜를 읊조리는 치도 있었다. 나중에 내가 확인해보니 그녀들 얼굴은 서로 제각각이었다. 그러니 이제 막 떠오르기 시작하는 연예계 샛별들에 정통하다는 자랑에 지나지 않을 수도 있다. 다만 나는 그때 그녀가 누구도 닮지 않았다는 생각을 했다. 대신 누군가가 그녀를 닮았을 터였다.

"담비든 승냥이든 기딴 에미나이들 관심 없고, 올해 칠석이 언젠지나 알고 계십네까?"

"안내원 동무는 금강선녀를 닮았을 것 같아요."

이번에는 나이 지긋한 할머니 한 분이 큰 소리로 외쳤다. 할머니는 칠석날이 언제인지 이미 알고 있지 않았을까? 그건 확인해보지 않았으니 모르겠다. 어쨌거나 최고의 찬사를 보낸 할머니의 말에 일행이 박수를 쳤고, 림채하는 그때 처음으로 굳은 얼굴을 풀면서 미소를 지었다. 그녀의 볼이 발그레 물드는 게 보였다.

"8월 7일입니다. 제 생일이거든요."

나는 불쑥 외쳤다. 내가 아닌 다른 누군가가 소리친 것 같기도 했다. 아마 내 가슴이 조바심치고 있었을 게 틀림없다. 그녀에게 내 존재를 어떤 식으로든 부각시켜야 했다. 관광객들이 온통 그녀의 얼굴만 뚫어져라 쳐다보는 게 싫었을 수도 있다.

"와, 남쪽 조장 동무래, 참말 기렇습네까?"

여차하면 나는 주민등록증이라도 꺼내 확인시켜줄 참이었다. 하지만 그녀가 한순간 번쩍 할 정도로 눈을 빛내더니 내 눈을, 오로지 내 눈을 곧은 한 직선으로 바라보고 있었다. 그 눈을 외면해서는 결코 죽도 밥도 안 된다는 사실을 내 머리가 일러주었다. 이런 게 바로 운명의 시간이란 거다 하고…… 더구나 지금 우리 분위기는 견우와 직녀, 칠석날 전설에 사로잡혀 있지 않은가.

"기러카문, 조장 동무 오마니가 선녀입네까?"

림채하가 여전히 눈길을 거두지 않은 채 재차 물었다. 사람들이 그 실없는 농담에 와르르 웃음을 터뜨렸다. 나도 아주 큰 소리로 과장되게 웃었다. 그녀가 그때서야 짓궂은 미소를 지으며 얼굴을 돌렸다. 그녀가 웃는 모습도 처음이었고, 웃을 때면 볼우물이 깊게 파이는 모습을 본 것도 그날이 처음이었다.

나는 상팔담 쪽을 다시 내려다보았다. 정말이지 선녀들이 내려와서 목욕을 하고 싶어질 만큼 맑고 투명하면서도 푸른 소였다. 나무꾼이라는 직업은 오늘날에도 가능할까? 할 수만 있다면 죽는 날까지 나무꾼으로 살고 싶다는 생각이 문득 들었다. 그러다가 사냥꾼에게 쫓기는 사슴을 만나거든 추호도 망설이지 않고 나뭇단 뒤에 숨겨주리라.

"그런데, 안내원 동무!"

점잖게 보이는 중년 사내 하나가 내 단꿈을 점잖지 않게 깨웠다.

"얘기를 듣다보니까 나무꾼 전설과 견우직녀 전설이 서로 섞여서 짬뽕이 되는 것 같아요. 완전히 다른 얘기 아닙니까?"

"기게 기겁네다. 원래는 한 뿌리에서 나온 두 가지 녯 니야기디요. 선녀가 하늘에서 베를 짜는 직녀 아님메? 선녀라고 해서 로동도 하지 않고 빈둥빈둥 노는 거이 아닙네다."

림채하의 재치 있는 말에 관광객들이 웃었다. 하지만 중년은 굴복하지 않았다.

"에이, 직녀야 그렇다 치고 나무꾼은 견우가 아니잖소. 견우는 소 치는 목동이니까요."

중년의 말이 틀리는 건 아니었다. 두 전설은 분명 다르다. 나는 금강산 관광사업에 투입되기 전에 회사에서 두 전설 모두 배웠다. 내가 배운 바에 따르면 중년은 하나만 알고 둘은 모른다고 할 수 있다. 거문고자리에서 가장 밝은 알파별이 직녀성이다. 그리고 직녀성 좌우에 있는 작은 두 별, 엡실론별과 제타별이 이루는 삼각형을 두고 우리 민족은 그게 바로 선녀가 두 아이를 안고 하늘로 올라가는 모습이라고 여겼던 것이다. 림채하 역시 하나만 알고 둘은 몰랐을 수도 있다. 한 뿌리에서 나온 두 갈래 설화라는 얘기는 맞지만 다른 얘기로 분화된 건 엄연한 사실이었다. 그런데 무슨 생각을 했는지 림채하는 오히려 한 술 더 떴다.

"나무꾼도 하늘에 올라가서 당연히 로동을 해야 하지 않갔슴메? 그거이 목동이었을 수도 있갔디요. 하늘나라까지 올라갔뜨랜는데 거기서도 어째 또 나무를 함둥?"

이번에도 많은 이들이 폭소를 터뜨렸다. 다행히 림채하가 받아치는 언변에 우리 조 관광객들이 충분히 공감하는 듯했다. 그런데 중년의 얼굴이 금세 붉으락푸르락해졌다. 자신을 제외한 모든 이들이 그녀에게만 동조한다고 여길 수 있었다. 이제 내가 나설 차례였다. 조장의 임무 가운데 하나가 그것이다. 마찰이나 갈등 양상을 보이면 상황에 따라 슬기롭게 풀어주어야 한다.

"제가 아는 노래 하나가 있습니다. 나무꾼과 선녀를 소재로 만들어진 노래인데요. 한 번 불러볼까요?"

손담비와 한효주, 박신혜 등을 언급했던 젊은 여성들이 박수를 쳐주었다. 할머니도 박수를 쳤던 것 같다. 맞아요. 우리 조장님 노래 한 번 들어봅시다. 나는 림채하의 표정을 살폈다. 그녀가 호기심으로 눈을 빛냈다.

"노래 제목은 아까 림채하 동무가 저대로 연주했던 〈금강선녀〉, 그 제목과 같습니다. 북쪽 빨치산 장기수에게 어떤 시인이, 이광웅 시인이라고 들었습니다만, 감옥에 들어갔을 때 배운 노래라고 합니다."

나는 두 손을 앞으로 모았다.

내 옷은 어디로 갔나 그 누가 가져갔나
오늘 꼭 올라가야 내일부터 베를 짜는데
직녀는 옷을 잃고 울면서 보낸다오
이 일을 어이 하랴 옥황님 나는 못 가오

날개옷 잃고서야 저 하늘 어이 날으리
날 두고 가는 선녀 말이나 전해다오
직녀는 옷을 잃고 울면서 보낸다오
이 일을 어이 하랴 옥황님 나는 못 가오

내가 노래를 썩 잘 부르지는 못했을 것이다. 직녀가 곧 선녀라는 뜻을 강조하기 위해 음정보다는 가사를 전달하는 데 신경을 썼던 것 같고, 무엇보다 적지 않게 떨었기 때문이다. 림채하는 노래가 다 끝날 때까지 내게서 눈을 떼지 않았다.

"조장 동무래, 성악을 공부했습네까?"

다시 숙소로 돌아오는 길에, 관폭정觀瀑亭을 지나치며 림채하가 처음으로 내게 개인적으로 말을 걸었다. 구룡폭포가 쏟아내는 물소리 사이로 스며든 그녀의 음성은 하늘로 곧장 솟구치며 날아오르는 종달새 소리 같았다.

"성악은 무슨, 근처에도 가보지 못했습니다."

"녯날 노래라서 우리 조선에도 그걸 아는 인민들이 많지 않을 겁네다. 어드래 가디 말고, 구룡연 조장 자격으로다가 맨날 그 노래를 부르라요."

"네?"

림채하의 말은 사실이다. 북한에서는 어떤지 자세히는 몰라도 남한 전체에서 그 노래를 아는 이들은 아마 백 명이 넘지 않을 것이다. 내가 어떻게 그걸 배웠는지는 굳이 밝히지 않아도 될 것 같다. 어쨌든 반문할 필요도 없이, 자신은 저대 연주를 할 테니까 나한테는 관광객들 앞에서 직접 〈금강선녀〉를 부르라는 요구였다. 해금강이나 만물상, 삼일포 같은 다른 코스를 안내하지도 말고 자기와 함께 구룡연 코스만 다니자는 부탁일 수도 있었다. 내가 마다할 일이 아니었다.

"그런데 림채하 동무 고향은 어딥니까?"

"승겁게 와 기딴 걸 묻습네까?"

"말씨가 평양 말투 같기도 하고, 함경도 사투리 같기도 해서요."

"조장 동무래, 귀신입네다. 내래 함경북도 청진에서 나고 자랐고 피양에서 학교를 다녔더랬시요."

"나하고 비슷하군요. 나는 전라도 전주가 고향인데, 부모님도 전주에 살고 계시고."

"아, 뎐주…… 비단결마냥 곱디고운 고을이라는 걸 잘 알고 있디요. 기칸데 동무 이름이 기게 뭡네까? 백산白山이라카문 곧 민족의 령산 백두산인데, 백두산에서 뭐를 어째 한다는 말임메?"

림채하는 그 말을 툭 던지듯 내뱉고는 앞쪽으로 종종걸음을 쳤다. 나는 반대로 걸음을 늦추었다. 백산서가, 백두산에서, 라고? 웃음이 치밀었다. 내 이름을 농담으로 어떻게 풀든, 림채하가 내 이름을 기억하는 순간이기도 했다. 하여튼 청진, 어쩐지 몹시 춥고 맑고 푸를 것 같은 도시 이미지 하나가 내 머릿속에 떠올랐다. 청진, 그러면서도 한없이 푸근하고 정겨울 것만 같은 도시가 난데없이 몹시도 그리워졌다. 내 고향처럼.

그때 그 한순간의 상념이 내 운명의 방향타를 돌린 것일까? 청진 땅 인연으로?

그날 저녁, 나는 2박3일 금강산 여행을 마친 관광객들과 더불어 서울로 돌아왔다. 4일 하루를 쉬고 난 다음 5일 새벽이면 다시 여행객들을 이끌게 된다. 그런데 영혼을 금강산에 맡겨둔 채 그저 허깨비로 돌아온 것 같다는 생각이 자꾸 들었다. 좁은 오피스텔을 이리저리 거니는데도 마치 무중력상태의 달 표면에 내린 것처럼 방바닥에 발이 닿지 않거나 아니면 수북이 먼지가 쌓인 토층을 걷는 느낌이기도 했다.

캔맥주 하나를 들고 밤의 열기를 식히기 위해 창가에 섰을 때, 불현듯 무엇인가가 나를 깨우는 게 있었다. 나는 허둥지둥 밖으로 내려와 하늘을 보고 섰다. 그러고는 동쪽을 가늠해서 두 팔을 머리 위로 올렸다.

진짜였다. 아무리 인공적인 조명들로 인해 어두워진 서울 하늘이라고는 하지만 내 왼손 끝이 가리키는 곳에 일등성 하나가 보였고, 오른손 중지 끝으로는 그보다 조금 희미한 별 하나가 또한 떠 있었다. 북쪽 왼손 끝의 별이 직녀성, 아니 림채하의 별이었다. 별이 만약 눈물 한 방울을 흘리면 곧바로 금강산에 남아 있을 그녀의 이마에 톡 떨어질 것만 같은 꼭 그 위치.

그날 이후 7년, 무려 2천5백여 날 중 내 머리 꼭대기에서 항상 빛나던 그 별을 올려다보지 않은 밤은 거의 없다. 이건 내가 내 이름 백산서의 주인인 것만큼이나 확실하다. 하늘에 해와 달이 각기 하나씩 존재하는 사실만큼이나…….

지금부터 내가 하려는 얘기가 바로 그것, 북쪽 직녀별을 바라봐야만 했던 날들의 기록이다.

저대, 저대로 울던 날

백산서 동무, 산서 오라바이, 당신 백산서, 나쁜 사람…….

아니, 나쁘다는 말은 지울게요. 오라바이가 나쁘다니요. 제가 천벌을 받을 소리랍니다. 아, 천벌이란 말도 지워야겠어요. 입에 올리는 순간 온몸이 무섭게 떨리기 시작합니다. 기칸데 오라바이, 이런…… 많은 분들이 저에게 북쪽 사투리나 억양을 구사하지 않는 게 좋겠다고 충고해주시곤 하는데, 오라바이한테만큼은 가끔 괜찮겠지요? 오라바이는 무슨 얘기든 좋으니까 계속 사투리로 얘기해 달라고 저한테 졸라댄 사람이니까요. 기칸데 오라바이, 오라바이는 도대체 어디 계시는 거죠?

설마, 그게 진짜?

아, 불길한 상상은 더 이상 하지 않을게요. 대신 제 얘기만 사실대로, 하나도 빼거나 더하지 않고 모두 들려드릴게요. 오늘은 오늘 얘기를, 그리고 다음에는 다음 얘기든지 아니면 전에 제가 겪은 얘기들을 남김없이 다 들려드릴게요. 아마 다음 얘기라는 건 많지 않을 거예요. 제 시간은 미래를 향해 흐르는 게 아니라, 오라바이와 제가 함께했던 과거로 끝없이 역류할 뿐이랍니다. 오라바이는 그곳, 과거에 계시니까요.

오늘 저는 두 사람의 녀성을, 여성을 만났답니다. 오전에는 오라바이가 다니던 회사의 회장님, 그리고 오후에는 탤런트 후지이 미나를 만났지요. 그런데 이상했어요. 한 분은 진짜 어머니 같았고, 나머지 하나는 진짜 제 동생 같았어요. 회장님이야 금강산에서 멀리 뵌 적이 있고 또 이번이 처음은 아니니까 그렇다 쳐도 미나 경우는 정말 이상한 일이죠? 어디선가 우리가 알지 못하는 큰 인연이 있었던 것 같기도 하고, 제가 찾아낼 수 없는 어떤 가늘고 질긴 낚싯줄 같은 걸로 서로 연결돼 있는 듯 여겨지는 거예요. 미나도 저를 처음 만난 자리에서 그 비슷한 얘기를 했답니다. 혹시 오라바이는 이 알 수 없는 비의에 대해서 나름대로 짐작하는 게 있으신가요?

회장님을 만나뵌 건 사실 이번이 네 번째랍니다. 모두 오라바이 때문이었지요. 이곳에 계시지 않은 오라바이가 회장님께 저를 소개해주신 셈입니다.

“오랜만이군요. 지낼 만한가요?”

회장님이 제 손을 감싸 쥐면서 물었습니다. 그분께선 저를 만나실 때마다 항상 두 손으로 제 손을 어루만져주시곤 한답니다. 그런

순간이면 정말이지 많은 걸 느끼게 되는데, 오라바이도 물론 그러셨지요? 손을 마주잡는 순간이면 마치 논밭에서 농부들이 물고랑을 터줄 때처럼 와 하고 온몸의 기운들이, 전류들이 상대에게 전해집니다. 그 짧은 한순간에 저는 저에게 전해져오는 전류의 특성을 다 파악하게 되지요. 아, 이건 어머니의 손길, 이건 남자의 손길 하는 식으로 말이지요.

오라바이, 악수 얘기 좀 더 해도 괜찮을까요? 이곳에서 저를 모델로 그림을 그린 화가 한 분이 계셨답니다. 걱정하지 마세요. 누드 그림 같은 것과는 멀어도 한참 멀고, 제 부친보다 더 연세가 많은 분이었으니까요. 그림이 다 완성되던 날, 그분이 제게 악수를 청하셨지요. 저도 손을 내밀었습니다. 그분 손은 따뜻하면서도 몹시 끈적거렸어요. 그런데 그 순간 화가 분이 제 새끼손가락을 입안으로 쏙 넣어버리는 게 아니겠어요? 마치 알약이라도 입에 털어 넣고 삼키려는 동작처럼 말이에요. 저는 물론 깜짝 놀라서 손가락을 황급히 빼냈지요. 그분은 미안하다면서 사과했지만 저는 화장실에 들러 손을 몇 번이나 비누로 씻어내면서 숨죽여 울었어요.

오라바이, 오라바이, 오라바이…….

이게 무슨 얘긴지 잘 아시잖아요. 오라바이가 저를 어찌할 수 없었던 뜨거운 어떤 날 중 하루, 바로 오라바이가 제 손가락을 입에 넣었잖아요. 그때도 저는 황급히 손가락을 빼냈지요. 아, 왜 그랬는지 아세요? 영락없이 불에 덴 듯 뜨거웠기 때문이었다는 걸 짐작이라도 하세요? 그날 정말이지 뜨거운 혀로 인해서 손가락 하나를 잘

라내는 일이 벌어졌을망정 잠자코 버틸 걸 그랬어요. 혹시 그때 제 손가락이 없어졌더라면 대신 오라바이가 지금 여기에 계실 수도 있을까요?

별별 상상을 다 해봅니다. 제가 화장실에서 손을 씻으며 울었던 건 순전히 그 회한 때문이었어요. 물론 그날 이후 이곳에서는 누군가가 악수를 청해도 슬며시 외면하는 버릇이 생겨나기는 했지만.

"회장님, 절 받으세요."

저는 양탄자가 깔린 그 방바닥에 그냥 무릎을 꿇고 큰절을 올렸어요. 오늘은 아주 짧은 미니스커트를 입고 있어서 넓적다리가 다 드러나고 심지어 볼썽사납게 속옷조차 노출되는 듯싶었지만 그게 뭐 대수겠어요?

"아가, 늬 맘 다 안다."

깜짝 놀라신 듯, 서둘러 저를 안아 일으켜주면서 하셨던 반어투 말씀 한마디가 저를 무너지게 했고 또 녹아내리게 만들고 말았어요. 저는 소파에 앉아 그분 어깨에 이마를 기댄 채로 눈물을 왈칵 쏟았지요. 아마 회장님 왼쪽 어깨 부분의 옷자락은 제 눈물로 흥건하게 젖어들었을 테지만 그분은 오히려 제 어깨를 가만가만 쓸어내리셨지요.

"그 녀석이 나쁜 놈이구나. 널 이렇게 남겨두고 종적을 감추다니……."

거기서 어떻게 아니라고 도리질을 할 수 있겠어요? 저는 하릴없이 눈물만 더 쏟아냈지요. 미안해요. 오라바이가 나쁘다고 생각할 때마다 오라바이는 한 걸음씩 틀림없이 더 멀어진다고 믿어왔지만 회장님 말씀을 반박하지는 못했어요.

"이제 그만 울어라. 얘기를 들어야 하잖니?"

"네, 회장님."

"회장이라고 하지 말고, 네 엄마가 그립거든 나를 엄마라고 불러도 좋다. 하긴 지금은 엄마고 아빠고 간에 오로지 그 녀석 하나뿐이겠지만 말이야."

또다시 쿨럭쿨럭 봇물이 터지듯 울음이 솟구쳤지만 저는 가까스로 눈물샘의 보를 막아내는 데 성공했습니다. 결코 서러운 건 아니에요. 맹세코 그래요. 그저 그리울 뿐이랍니다.

"아직도 북쪽 사람들은 백산서가 그쪽에 있다고 인정하지 않더구나. 하지만 이번에는 아주 중요한 한마디를 얻어 들었단다."

"……?"

"그쪽 책임자 중에서 한 사람이 그러더구나. 아마 실언을 한 것이겠지. 백모 동무를 우리가 찾아내서 돌려보낸다면 그에 상응하는 조치로 림채하 동무를 보내주겠느냐고…… 그건 내 권한 밖의 일이라면서 나는 고개를 흔들었지만 짐작되는 게 있었다. 그들의 얼굴도 순간 굳어지고 말더구나. 그 녀석은 북쪽에 있는 게 분명하고, 또 적어도 아직까지는 살아 있다는 증거다."

아, 오라바이…….

저는 끝내 참아내지 못하고 이번에는 소파 바닥에 얼굴을 묻고 울어대기 시작했어요. 그게 사실이라면, 참으로 어리석은 당신, 거기가 도대체 어디라고 겁도 없이 들어간 거예요? 어쩌다가 그런, 하나 둘 셋 하고 관중들이 소리높이 외치는 순간에 저하고 오라바이하고 위치가 바뀌는 순간이동 마술 같은 일이 벌어진 거냐구요?

하여튼 그게 사실인가요? 정말이지 오라바이, 거기 계시긴 하는 건가요?

"울지 마라, 아가. 녀석이 거기 있다면 내가 반드시 멱살을 끌고 와서 네 앞에 무릎을 꿇도록 만들어줄 테니까."

오라바이가 여기 회사를 다닐 때에도 회장님은 직원들을 그렇게 자주 울게 만들었나요? 회장님께서 그 무슨 눈물 댐 현장사무소 소장이나 되시는 것처럼, 오다가다 하시면서 잘 여문 봉숭아 씨앗을 터뜨리듯 남의 눈물샘을 톡톡 터뜨리고 다니셨냐는 말입니다. 회장님은 오늘 말씀을 하실 때마다 저를 그토록 울게 만들었거든요. '반드시 멱살을 끌고 와서'라는 말 한마디가 바로 그런 것이겠지요. 그래도 오라바이는 제 앞에 결코 무릎을 꿇지는 마세요. 그럼 제가 오라바이를 죽이려고 덤벼들지도 몰라요. 하지만 회장님에게는 넙죽 큰절을 해야만 할 거예요.

"드라마 출연과 관련해서 오늘 기자회견이 있다고 하지 않았어? 눈이 부으면 어쩌려고 그러니? 내가 점심 사줄게, 같이 나가자."

"아니라요, 회장님. 점심 약속이 따로 잡혀 있습니다."

저는 거짓말을 했어요. 어디든 구석자리를 찾아가서 실컷 더 울든지 아니면 미친 듯 헤프게 웃든지 해야 할 것 같았기 때문이죠. 금방이라도 오라바이를 다시 만날 수 있을 것 같은데, 아무리 회장님께서 사주시는 맛난 점심이라고 하더라도 그게 입안에 넘겨지겠어요?

"그래, 그럼 저 방에 들어가서 눈 화장이라도 좀 고치고 가면 좋겠구나."

큰절을 다시 올려드려야 마땅했지만 저는 그냥 회장님 전용 분장실을, 아마 세상 사람들 가운데서는 제가 거의 유일하게, 휘청휘청 걸어 들어갔지요. 기자회견이 예정돼 있다고 해서 제가 얼굴 화장을 짙게 하고 집을 나선 건 물론 아니었어요. 하지만 눈자위가 부풀어 오른 건 분명해 보여서 눈두덩이 깊어 보이도록 아이라인을 손질할 필요는 좀 있었답니다.

오라바이, 제가 화장을 해도 괜찮나요? 화장을 하고 싶다는 얘기가 아니에요. 하지만 바로 오늘 같은 날이면 꼭 화장해야만 한다고 막무가내로 강요하는 사람들이 아주 많아요. 그게 예의라고까지 말하는 데는 기가 막힐 지경이지만, 걱정하지는 마세요, 저는 저대로 고집을 부리며 여간해서는 굴복하지 않는답니다. 민낯이 더 예쁘다고, 민낯으로 나타나면 진짜 북쪽 미인을 대하듯 설렌다고 말씀하시는 분들도 많으니까요.

아직도 제 모든 걸, 눈이며 눈썹이며 귀며 귀밑머리며 그저 볼 살이 부족해서 생겨났을지도 모르는 한낱 볼우물까지를 빠짐없이 다 아끼시는 건가요? 돌아보면 많은 세월이 그새 훌쩍 지나가고 말았어요. 저도 어언간 그때 저를 처음 만나던 때의 오라바이 나이가 돼 버렸답니다. 어서 빨리 제 곁으로 돌아오셔서 그것들을 하나하나

다 어여삐 여겨주세요. 그리고 당신이, 당신이 다 가져도 좋고…….

"저번에 이미 말했지만, 드라마 출연은 너에게도 아주 중요한 일이다. 전국에 다 방영이 될 테고 심지어는 중국이나 동남아는 물론 북쪽에서도 몰래 시청하는 사람들이 늘었다고 들었다. 그 녀석도 어디에선가 너를 볼 가능성이 있다는 말이다. 알았지?"

회장님께서 문 밖까지 배웅하다 말고 저를 안아주시며 말씀하셨어요. 잘 알고 있지요. 저번에 광고를 찍을 때도, 제가 그러마고 순순히 계약을 한 건 오로지 그 때문이었으니까요.

"나중에 뼈를 갈아서라도 은혜를……."

"그런 말도 북한식 인사말로 들리는구나. 하지만 함부로 그런 표현을 쓰는 건 너 같은 숙녀에게는 전혀 어울리지 않는 것 같다. 나도 네가 고마워. 너 때문에라도 금강산 관광사업을 다시 재개시키려고 열정을 더 쏟게 되니까 말이야. 그리고……."

회장님이 제 귀에 가까이 대고 속삭이셨지요.

"오늘 네가 듣게 된 말은 절대, 절대 비밀이다."

오라바이는 어찌 보셨는지 모르겠지만 회장님은 얼마나 의연하고 강한 분인지 짐작하시겠어요? 생각해보세요. 그분께서는 2003년 8월, 금강산 사업과 관련해서 가정적으로 이미 큰 참극을 겪어야 했던 분이셨어요. 금강산 온정각 동관 오른쪽에 세워진 전 회장님 추모비가 그걸 일러주잖아요. 그러다가 2008년 8월에는 엎친 데 덮친 격으로 사업이 중단되는 불운을 받아 오늘에 이르고…… 그러니 제가 울고불고 했던 행동들은 어쩌면 어린 냥 축에도 끼지 못하는, 그냥 철딱서니 없는 짓에 지나지 않았을 거예요. 그런데도 저를 대하고 위로해주시는 걸 보세요. 진정으로 강한 분이 아닐 수 없는 거죠. 아, 강한 분은 더 계신답니다. 하지만 그분 얘긴 천천히 들어보세요. 오라바이는 분명 놀라고도 남을 테니까요. 어찌 그 사연 또한 작을 수 있겠어요?

회장님 방을 들어설 때와는 달리 저는 적지 않게 부끄러웠어요. 그래서 고개를 숙이고 나오느라고 몇몇 임직원 분들이 저에게 다가와 인사를 하거나 손을 내미는 것도 응대하지 못했지요. 하지만 오라바이를 향한 제 마음만큼은 추호도 부끄러울 수 없다는 점을 이해해주셔야만 해요. 아니, 부끄럽기는커녕 늘 자랑스럽죠.

이제 후지이 미나 얘기랍니다. 혹시 미나를 아세요? 일본인 탤런트인데 지금은 한국과 일본을 오가며 활발하게 활동하고 있답니다. 저보다는 남한 표준어를 더 잘 구사하지요.

미나와 제가 함께 출연하게 될 드라마 내용이 궁금한가요? 아직 드라마 대본이 다 나온 것은 아니어서 분명치 않지만 저는 거기서도 제가 처한 현실이 그렇듯 '새터민'으로 등장한답니다. 이질적인 남쪽 사회에 적응하지 못해서 좌충우돌하는 캐릭터라고 해요. 미나도 새터민에 가깝지만 남쪽 자본주의의 속성을 누구보다 정확하게 꿰뚫고 살아가는 인물로 등장한답니다. 제목은 〈새터민의 별〉이지요. 이 때문에 주인공은 바로 저라고 얘기하는 분들이 많아요. 막말도 못 되는, 그저 웃기는 얘기잖아요? 아니, 어떻게 실수투성이에다 남에게 얹혀사는 처지로 주인공이 될 수 있다는 건지, 그렇잖아요?

만약 그게 사실이라면, 미나에게 미안해서 드라마를 제대로 할 수 있을지 걱정이랍니다.

기자회견을 끝내는 둥 마는 둥 하고 우리 둘만 남았을 때, 미나가 저에게 처음 한 말이 잊히지 않습니다.

"채하 언니, 우리가 혹시 전에 만난 적이 있을까요?"

"글쎄, 그런 것 같지는 않고…… 혹시 미나씨가 전에 내 광고를 보거나 금강산을 다녀온 적이 있어요?"

"언니, 미나씨가 뭐예요? 그냥 미나라고 불러주세요. 말도 편하게 내리고, 하여튼 광고는 미처 챙겨보지 못했어요. 금강산도 아직까지 가보지 못했고……."

우리 둘은 서로 고개를 갸우뚱거리기만 했죠. 혹시 오라바이가 미나하고 어떤 식으로든 인연이 있는 걸까요? 우리는 한동안 같이 앉아 차를 마시면서 그런 얘기들을 주고받았죠. 미나의 일본 고향이며 학교, 가족, 친구들, 미나가 찍었던 CF며 영화, 드라마까지…….

오라바이, 그 두 별 견우성과 직녀성을 설마 잊지는 않으셨죠? 새터민의 별이 드라마에서 장차 무슨 별을 뜻하게 될지는 저도 모릅니다. 하지만 제 마음속에서 별은 언제나 견우성 하나뿐입니다. 제가 새터민이라고 불리든 혹은 탈북 난민이라고 불리든 간에.

"채하 언니는 아직 전주에 사세요?"

"응. 한옥마을이야."

"저도 한옥마을은 가봤어요. 멋진 곳이던데, 혹시 우리가 거기서 만났을까요?"

미나는 또 우리가 결코 알아낼 수 없을 것 같은 숨겨진 인연을 찾기 시작했어요. 그랬다면 제가 벌써 오래 전에 미나를 알아봤겠지요. 워낙 유명하니까요.

"드라마 촬영이 시작되면 오가기 쉽지 않을 텐데…… 언니, 방을 구하기가 힘들면 우리 집에 와서 당분간 지내도 돼요. 그럴래요?"

"아니, 미나야. 곧 오피스텔로 들어가기로 했어."

"그래요? 잘 됐네요. 우리 머리나 손보러 갈까요? 제가 단골 숍을 소개해드릴게요."

우리는 미나 차를 타고 미용실로 향했답니다. 제가 얻었다는 오피스텔이 어딘지 오라바이가 한 번 알아맞혀보세요. 그래요. 오라바이가 저를 만나던 시절, 그러니까 서울에서 회사를 다닐 때 거주하던 오피스텔, 바로 거기랍니다. 오직 그 방만을 제가 고집하는 바람에 이제야 겨우 입주를 하게 된 거예요. 벌써 7년 전의 일이고, 그동안 다른 이들이 들고 나곤 했어도 오피스텔은 여전히 제 마음속에서만큼은 오라바이의 집입니다. 그곳이라야 오라바이의 꿈을 조금이나마 엿볼 수 있을 것 같고, 그 방에서부터 오라바이의 흔적이나 행방을 찾을 수도 있을 테니까요.

"마담언니, 우리가 서로 닮았는지 좀 봐주실래요?"

미용실에 들어서자마자 미나는 대형 거울 앞으로 저를 이끌더니 나란히 서서 그렇게 물었어요. 머리부터 발끝까지 다 드러나는 전신거울이었죠. 저는 조금은 쑥스럽긴 했어도 허리를 곧게 펴고 섰답니다.

"아, 두 사람 혹시 친자매세요? 얼굴은 물론 키도 똑같고……."

마담언니라는 분은 별로 놀라는 기색도 없이 대답했지요.

"네. 제 친언니거든요. 여태까지 일본에 있다가 여기 처음 왔어요. 어디 가서 잃어버린다고 해도 금방 찾을 수 있겠지요?"

"그럼요. 공부하느라고 그랬는지 언니 쪽 볼 살이 좀 더 갸름하긴 한데, 그런데 가만…… 이 아가씨 혹시?"

제 존재는 그렇게 해서 들통이 나고 말았어요. 미나는 깔깔거리고 웃었지요. 미나가 깔깔대니까 저까지 행복해지는 느낌이었습니다.

미나가 저를 닮기나 했을까요? 물론 볼우물이 있는 건 똑같죠. 그런데 미나와 제가 좀 닮았을지는 몰라도 저는 결코 미나만큼 곱지는 못해요. 우열을 가려보자고 어찌 미나 앞에 얼굴을 쳐들 수 있겠어요? 저는 단지 오라바이 한 사람만 아껴주신다면 충분하고 또 분에 넘치는 걸요.

혹시 제가 금강산 구룡대에 섰을 때, 누군가가 저를 남쪽 연예인과 닮았다고 했을 때 말이에요. 그중에 미나 이름도 나왔었나요? 이름이 하도 특이해서 손담비 언니는 제가 어렴풋이 기억을 하지만 제가 알 수 없는 이름들이었고 경황 또한 없었기 때문에 다른 사람까지 기억을 되살리지는 못한답니다.

만약 그게 사실이라면, 그리고 미나와 제가 오직 그때의 사소한 언급 하나로부터 비롯된 인연으로 지금처럼 이렇듯 친근성이나 기시감을 느끼는 것이라면, 우리 인연은 도대체 얼마나 무서운 걸까요? 전주까지 내려오는 길에 저는 인연에 대해서 제법 오래 생각했어요. 그 많은 세상의 인연들, 그리고 오라바이와 저의 인연 말입니다.

서울에는 '탈북구출연합'이라는 이름의 단체가 있어요. 일종의 회사라고 해야겠네요. 의뢰받은 사람들을 북한에서 직접 데리고 나오는 일을 한다고 합니다. 오늘 미나와 헤어진 뒤에는 그 대표자를 만났어요. 그분 역시 탈북자라는군요.

저는 오라바이 이름을 입에 담지도 않았고, 물론 계약 같은 것도 하지 않았어요. 회장님께서 정치적으로 해결해주시는 게 훨씬 더 안전하다고 믿기 때문이죠. 그래서 구출 가능성은 얼마나 있는지, 어떤 루트로 사람들을 빼내오는지, 북한에 있는 가족과 연락을 직접 해볼 수는 없는 것인지 상담만 하다 돌아왔어요. 그분은 저를 잘 알고 있다면서 믿고 맡겨줄 것을 거듭 청했답니다.

우선 제 부모님이라도 먼저 구출하면 어떨까 궁리해보기도 했지만 이내 고개를 젓고 말았어요. 당신이 우선이니까요. 아니, 우선이라기보다는 까딱 일이 잘못됐다가 오라바이께서 오히려 엉뚱하게 화를 입으실 수도 있으니까요.

전주 고속버스터미널에 내리자마자 저는 밤하늘을 쳐다보았죠. 오라바이와 저의 인연은 밤하늘이 이어주고 있는 게 아닌가요? 그게 이미 오래 묵은 제 신앙 같기도 합니다. 그래요. 제 신앙은 나무꾼과 선녀, 혹은 견우와 직녀입니다. 말하자면, 먼지 끼고 때가 묻고 오래지도 않아서 색이 바래버리는 지상이 아니라 불멸 영생의 하늘, 혹은 우주에 제 영령과 혼백을 모두 바쳐 의탁하는 신앙…….

당신 어머님은, 저는 오래전부터 어머님이라고 부르고 있지만, 그때까지 주무시지 않고 있다가 저를 맞이해주셨답니다. 저는 낮에 전화로도 드렸던 말씀을 나지막하게 반복했죠.

"어머님, 어머님의 예상이 적중하셨어요. 그 사람은 북쪽에 살아 있는 게 거의 확실하답니다."

어머님의 가냘프신 몸이 아주 잠깐 휘청거리는 듯했습니다. 제가 어머님을 안아드렸죠. 그때 어머님이 제 귀에 대고 말씀하셨어요.

"오냐, 알았다. 산서는 강한 아이다. 어서 들어가서 쉬어라."

그뿐이었습니다. 자신이 강한 분이니까 아들 또한 강한 사람이라는 걸 믿어 의심치 않는 것이지요. 어머님은 그렇게 진실로 강한 분이랍니다. 오라바이도 제발, 제발 더 강해지기를 제가 빌고 있어요.

제 방, 아니 전주 고향집 오라바이의 방을 잊은 건 아니겠죠? 방에 들어서니 오래전 벽에 걸어놓았던 저대가 문득 눈에 띄었어요. 단 한 차례도 입에 대고 그걸 연주한 적은 없지만 자나 깨나 먼지를 닦아두곤 하죠. 당신을 다시 만나는 밤이 오면 그때 비로소 연주를 해드릴게요. 듣고 싶지 않으세요? 제발, 듣고 싶다고 얘기해줘요. 간절하게, 듣고 싶다고…… 물론 오라바이가 쓰던 잡동사니들, 옷가지들, 책이며 사진 액자들, 심지어 오라바이가 아주 어릴 때 안고 잤다는 스누피 인형까지 정갈하게 손을 보곤 한답니다. 오라바이가 돌아오면 언제든 다시 사용할 수 있도록 말이에요.

저대가 오늘따라 저 홀로 연주를 하는지 무슨 소리가 들리는 듯도 합니다. 바람이 저대를 부는 걸까요? 아니에요. 바람이 더러 현악기를 울리는 일은 있어도 저대 같은 목관악기까지 연주하지는 못할 거예요. 더구나 이곳은 바람 한 점 없는, 물론 당신도 없는, 당신 방 안이잖아요.

그래요. 이제 보니 제 울음일 수도 있겠네요. 낮에 다 풀어내지 못했던 울음이 어딘가에 갇힌 채, 마치 깊은 강이 울듯, 제 스스로 보글보글 끓고 있는 소리인지도…….

나는 내 동지

7월 5일이 되어 내가 두 번째로 관광객들을 이끌고 금강산에 갔을 때, 림채하는 웬일인지 나와는 눈을 마주치려고 들지 않았다. 주변 분위기를 살펴봐도 뭔가 달라진 낌새는 보이지 않았다. 북한 방송에서 '반민족적 남조선 수구 꼴통 패거리……' 운운하며 비난을 퍼붓는 건 새삼스러울 것도 없는 일이었다.

그 전날이었던 4일, 나는 서울 시내 백화점을 세 군데나 돌아다녔다. 다시 발걸음을 돌려 찾아간 백화점까지 합치면 네 곳인 셈이다. 여성 선물을 고르는 일은 참 난감하면서도 흥미로웠다. 심지어 그녀의 손가락 굵기에서부터 가슴 크기까지 가늠하느라고 온갖 상상을 다 동원해야만 했고, 취향이며 성격이 어떨지 그녀가 전에 발설했던 말꼬투리 하나하나 되짚어보면서 머리를 쥐어짜야 했다. 물론 나는 그 일을 즐겼다.

오피스텔로 돌아온 뒤에는 선물을 다시 포장하느라 저녁도 굶었다. 포장만 해도 여러 차례 바꾸곤 했다. 큰 종이봉투에서 중간 크기로, 다시 부담을 주지 않을 만큼의 작은 박스로…… 그러다가 화려한 색상의 포장지를 걷어버리고 다시 밖으로 나왔다. 다른 사람들의 시선을 피해 그녀가 숙소까지 선물 꾸러미를 들고 갈 수 있으려면 그냥 골판지 박스에 담아주는 게 제일 나을 듯했다. 그건 오피스텔 앞의 슈퍼에서 구했다.

신경을 가장 많이 쓴 데다 또 어렵사리 고를 수밖에 없었던 브래지어와 팬티는 그냥 오피스텔에 남겨두었다. 백화점에서 구할 수 있는 속옷들은 하나같이 남에게 보여주기 위한 목적으로 만들어진 것들이 분명해 보였다. 다만 순면 제품의 잠옷은 넣었다. 남쪽에서는 여자 중고생들이나 입을 법한 그런 두 조각짜리 잠옷 말이다. 겨울이 닥치기 전에 따로 보온 잠옷을 선물할 생각이었다. 스타킹 열 켤레도 돌돌 말아 넣었고, 남쪽 젊은 여자애들이 금강산에 올 때 즐겨 신고 오던 인디언블루 계열의 스니커즈도 챙겼다. 그 양쪽 단화 안으로는 두 종류씩 기초 화장품을 밀어 넣었다. 그리고 마지막으로 두 돈짜리 금반지 하나를 올려놓고는 누런색 포장 테이프를 무심한 듯 아무렇게나 둘러쳤다. 그러고도 남은 화장품 종류와 향수, 비누, 샴푸, 양말, 초콜릿 세트, 비타민제 등이 방 안 가득했다. 다음에 또 선물할 작정이었다.

내가 이끌던 우리 조는 6일이 돼서야 비로소 구룡연으로 향했다.

직장 상사에게 구룡연 코스만 다니게 해달라고 부탁해보았지만 허락되지 않았다. 그렇게 하려면 조장을 계속 바꿔가면서 운용해야 하는데 쓸데없는 일을 무엇 때문에 더 만들겠느냐는 힐책만 듣고 말았다. 내 심사가 편할 리 없었다. 그 와중에도 림채하는 매일 구룡연을 오갔고, 나는 삼일포나 해금강, 그리고 만물상 코스를 돌았지만 정작 그곳들에 대해서는 거의 아무런 기억도 남아 있지 않다. 산봉우리들이 첩첩이 가로막고 있는 그 너머 구룡연 계곡 쪽으로 언제나 눈길이 머물렀기 때문이다.

그날, 림채하가 나한테 더욱 데면데면한 걸 보고 적지 않게 불안하고 심술도 발동했던 게 사실이다. 오죽했으면 무대바위 아래에서 쉬고 있을 때 잔잔한 수면에 돌을 날렸을까? 내 뒤를 이어 관광객 몇 사람이 납작한 돌을 고르기 시작했다. 두 손을 모아 허겁지겁 옥류동 계곡의 물맛을 음미하던 사람들이 파문을 일으키며 날아가는 물수제비를 쳐다보았다. 림채하도 그걸 보았다.

"뎌런 명경지수를 기냥 돌팍으로다 깨버리고 싶은 마음이 드는 겁네까?"

림채하는 짐짓 사나운 표정을 지었다. 서슬에 놀란 관광객들이 슬그머니 자갈을 내려놓았다. 나는 좀 창피하기도 하고 억울하기도 했지만 굳이 내색하지는 않았다. 평소 그녀 같았으면 그 한마디로 끝내지 않고 뭔가 덧붙였을 것 같다. 이를테면 금강선녀의 거울을 깬 파렴치한 행위라거나 조장 동무가 모범을 보이기는커녕 그게 무슨 짓이냐고 말이다. 그런데 명색이 조장인 나를 조금은 배려한 것처럼 들리는 짧은 한마디 말이 오히려 더 무거웠다. 배낭에 담아왔던 선물 무게가, 별 것 아닌데도 불구하고 내 어깨를 짓눌렀다.

적지 않게 상심한 채 나는 묵묵히 일행의 후미를 따라갔다. 림채하가 선두였다. 그녀가 핸드마이크에 대고 끝없이 조잘대는 말들이 귓전에 웽웽거렸다. 나는 실연이라도 당한 사람처럼 풀이 죽어 있었다. 풀이 죽는 정도가 아니라 까마득한 절벽 아래를 내려다볼 때처럼 아득해졌고, 바위에 이마라도 부딪쳐 피를 철철 흘리고 싶은 심정이었다. 그때 나는, 내가 결코 돌이키지 못할 정도로 이미 사랑에 빠져 있음을 알았다.

그 사랑의 힘이 나를 도로 일으켜 세웠다. 나는 심호흡을 하고 난 다음 관광객 사이를 뛰어다녔다. 노인들을 부축해주기도 하고, 땀 흘리는 이들에게 물티슈를 나눠주기도 했다. 냉장고에 넣어 따로 꽁꽁 얼려둔 물티슈를 림채하에게 건넨 것도 그때였다. 그녀가 말없이 그걸 받았고, 나는 일부러 활짝 웃어 보였다.

"자, 여러분. 조금만 더 힘내세요. 평생 동안 여러분 가슴에 새겨지게 될 절경이 지금 저 앞에서 여러분을 기다리고 있답니다."

내가 큰 소리로 외쳤다. 림채하가 당연히 해야 될 몫의 안내만 빼고 내가 대신 핸드마이크를 쥐었으면 싶기도 했다. 그녀를 좀 쉬게 하기 위해서 말이다.

"조장동무, 애쓰시네요."

"조장동무, 파이팅……."

"조장동무님, 잘생기셨어요."

금강산에 오는 여행자들은 누구나 재미 삼아서 '동무'라는 호칭을 내내 입에 달고 다니곤 한다. 부부끼리도 아내동무, 남편동무 하고 부를 정도다. 그러니 동무라는 잊힌 호칭으로 더 불러보고 싶어서 괜한 공치사를 하는지도 모른다. 하지만 나는 개의치 않았다.

"아닙니다. 성실하게 일하지 않으면 월급을 깎는다고 해서 열심인 척합니다."

"하하하, 걱정하지 말아요. 우리가 지켜드릴 테니까."

"네, 감사합니다. 여행비를 내신 것보다 더 많이 구경하고 가세요. 금강산 일만이천봉을 다 보셔야 본전이랍니다."

"에구, 그럼 큰일 났네!"

정작 큰일 난 건 바로 나였다. 내가 세상에 태어나 처음인 사랑을 (솔직히 사랑이라고 자백해야 마땅할 그 어이없었던 두세 번 과거사는 이미 지워버린 지 오래니까 차치하고) 반드시, 어떤 일이 있어도, 설혹 죽는다고 하더라도, 그냥 단순하게 죽는 정도가 아니라 불구덩이에 처박힐지언정, 그 사랑을 이루겠다고 거듭 다짐할수록 현실감은 더욱 떨어지는 것 같았기 때문이다. 거리로 따지면 남과 북은 별게 아니다. 직녀별과 견우별 역시, 내 코 바로 앞에 두 손가락을 펴서 가늠해볼 때면 불과 10센티미터가 넘지 않는다. 하지만 은하수의 그 강폭은 빛의 속도로도 몇 십, 혹은 몇 백 광년을 날아가야 겨우 도달할 수 있는 거리일 것이다. 세상의 모든 까마귀와 까치들을 다 끌어 모은다고 하더라도 그 사이에 다리를 놓지는 못한다.

하지만 백산서 동지, 저 포도가 아마 신 포도일 거라고 지레짐작하지는 말게.

나 스스로에게 나는, 동무보다 한 단계 격상시켜 동지라고 호칭했다. 북한에서는 불과 몇몇 영웅들에게만 붙이는 극존칭이 동지다. 이 사랑을 얻게 되는 순간, 내가 바로 나 자신의 동지가 될 것이다.

"바위마다 와 온통 글씨투성이인가 하고 묻는 분들이 있슴네다. 어째 기럴까요? 기건 바로 우리 조선 민족의 특성 때문이라요. 만져 보고 손을 대야만 딕성이 풀리는 민족성 말입네다. 긴데 기거이 숭이 아니라요. 후딱후딱 밥을 해치우는 우리 민족 습성이 남조선 경제발뎐을 앞당겼다고 김대중 대통령님이 말씀하셨다는 니야기도 여기서 들었슴네다만, 이게 기거와 비슷한 경우가 아니겠슴메? 락서落書 습성도 우리 조선 민족의 빼어난 손 기술과 다 련관 있다 이겁네다. 례를 들자문, 삥아리 암놈 수놈을 단번에 가려내는 조선 민족의 탁월한 능력이 어데서 나왔겠슴메?"

구룡폭포의 물소리는 변함이 없었다. 장마철이어서 수량이 연중 최고치를 기록하고 있을 터였다. 그렇지 않아도 폭포 아래 담소가 깊어서 물 떨어지는 소리는 늘 시끄러웠다. 그러니 림채하의 목소리는 다른 여행자들에게는 아예 들리지도 않을 정도였다. 그게 어쩌면 다행스럽기도 했다.

당시만 하더라도 금강산에 오기를 잘했다고 감격에 겨워 말하는 사람들조차 전직 대통령 이름이 귀에 들리면 날카로운 반응을 보이곤 했다. 새로 들어선 정권이 두 전직 대통령의 성과 지우기에 사활을 걸고 매달린 탓이리라. 림채하의 설명에는 물론 숨은 뜻이 들어 있다. 분단 이후 북쪽에서 붉은색으로 새겨놓은 선전문구들에 대한 변명 같은 것 말이다. 관광객들이 지적하는 낙서가 바로 그것이듯.

"저길 보세요."

내가 과장된 몸짓으로 절벽 한쪽의 낙서를 가리켰다. 내 손길을 놓쳤다가는 마치 큰일이라도 날 것처럼 사람들이 우 몰려들었다. 나는 림채하의 설명에 남쪽 관광객들이 반박할 여유를 주고 싶지 않았다.

"천장백련千丈白練 만곡진주萬斛眞珠…… 흰 비단이 천 길인데 부서지는 진주알은 만 섬이라는 멋진 뜻이잖아요? 저게 고운 최치원 선생의 시랍니다."

별것도 아니었다. 그런데도 제대로 내 말을 듣지 못한 사람들이 다가와서 거듭 묻고 확인했다. 심지어 림채하까지 다가와서는 방금 전 한 얘기가 무엇이었는지 묻는 바람에 나는 아주 신이 나고 말았다. 게다가 림채하는 거의 내 귀에 닿을 듯 가까이 얘기했다.

"아, 뎌게 기겁네까? 우리 공화국에서는 한자를 쓰지 않습두."

그녀가 내게 바짝 다가와서 말한 건 물론 폭포소리 때문이었을 것이다. 그러나 그 이유가 무엇이었든 상관이 없다.

가만…… 내 고향 전주 남쪽에는 작은 면소재지 '상관'이라는 곳이 있다. 그런데 거기 길가에 걸려 있던 슬로건 하나를 나는 지금도 기억한다. '상관이 없지 않다. 상관은 있다!' 말장난처럼 들릴지는 몰라도, 어쩌면 상관면 향우회 같은 곳에서 다듬어냈을, 가장 빛나는 애향심의 표어는 그게 아닐까 싶다. 나도 물론 고향이 그립기는 하다. 하지만 내가 강조하려는 건 고향타령 같은 게 아니다. 어떤 이유로든 그녀 얼굴이 30센티미터 안쪽까지 접근해 왔다는 데에, 상관이, 아주 많다.

그날도 림채하는 〈금강선녀〉를 저대로 연주하고 나는 노래로 불렀다. 연주를 끝낸 림채하가 새삼스럽게 나를 소개한 뒤 앞으로 나와서 노래를 부르도록 만들었다. 본래 구슬픈 가락이었지만 나는 그날따라 약간은 행진곡 풍으로 힘차게 불렀던 것 같다.

노래를 부르면서 나는 내 왼쪽 서너 걸음 앞에 서 있던 림채하를 곁눈질하곤 했다. 반지가 과연 새끼손가락에 잘 맞을는지 알 수 없었다. 그런데 그녀의 왼쪽 새끼손가락이 처음에는 약간 이상하게 보였다. 비스듬히 걸쳐 멘 핸드마이크 확성기 몸체 위에 손은 얌전히 놓여 있었다. 그런데 새끼손가락은 부러진 채 그대로 굳어버린 듯 유독 위로 뻗쳐 있는 게 눈에 띄었다. 한순간 심장이 덜컥했지만 다행히 내가 우려하던 그런 일은 아니었다. 그냥 손가락 마디를 구부린 채 위로 뻗치는 사소한 버릇에 지나지 않는다는 게 금세 드러났다. 바다가 좁아서 등을 펴지 않고 지낸다는 새우들처럼…… 그녀가 이윽고 손가락을 곧게 펴더니 거의 눈에 띄지 않을 만큼 두드려대면서 내 노래에 박자를 맞추기 시작했다. 어서 빨리 반지를 내놓으라고 시위라도 하듯.

〈금강선녀〉 2절을 부를 때는 림채하의 신발 쪽으로 저절로 시선이 갔다. 내 배낭 속에 있는 스니커즈 때문이었다. 그녀의 신발은 디자인도 조악할뿐더러 이미 낡은 듯했다. 그녀는 아예 노래를 익힐

작정인지 오른쪽 발끝으로도 장단을 맞추는 데 열중하고 있었다. 내 노래가 행진곡 풍이 됐던 건 그 때문이었을지도 모르겠다.

구룡연을 내려오는 길은 올라갈 때보다 더 힘이 든다고 하소연하는 이들이 많다. 잔뜩 긴장했던 마음도, 다리도 모두 풀린 탓이다. 그렇기는 해도 하산 길에서는 굳이 통제할 필요가 없어진다. 여행자들도 저녁이 돼서 집으로 돌아오는 소나 양떼처럼 순하게 무리지어서 타박타박 잘도 내려온다. 남들이 어떻게 하든지 별 관심을 보이지 않는 때이기도 했다. 나는 림채하에게 선물을 전달할 기회를 엿보고 있었다.

저 앞에 목란관이 보였다. 림채하는 여행자들을 그리로 안내하는 중이었다. 내가 거기에 이르자 그녀가 물었다.

"동무래 마지막임메?"

"예. 더는 없습니다."

"목란관에서 목이라도 둠 축이고 가시라요."

"그러겠습니다. 림채하 동지도 뭐 좀 드시지요. 제가 한 턱 내겠습니다."

"동지는 무슨…… 기칸데 구룡연에 와 오늘에사 나타났슴두? 노래 부르기로 했던 임무를 사보따지하신 겁네까?"

"예? 아, 그게 아니라……."

"됐시요. 내래 혼자 배워볼 참이니끼니, 거저 노랫말이나 베껴주시라요."

림채하는 내가 없는 동안 혼자 〈금강선녀〉의 가사를 기억해가며 노래를 연습했던 걸까? 그러다가 단 한 번 들었을 뿐인 가사나 음정이 떠오르지 않아서 부아가 치밀었을까? 나를 보고도 본체만체했던 건 그 때문이었고? 나는 그녀가 이미 우리 직원들의 업무 형태에 대해 아주 모르지는 않았으리라고 믿는다. 그래서 그녀의 불만은 말 그대로 투정이나 앙탈 같은 것에 지나지 않았을 수도 있다. 내가 혹시 오버하는지는 모르지만.

그때 때마침 근사한 묘안 하나가 떠올랐다. 나는 배낭을 열어 선물 박스를 꺼냈다. 그러고는 골판지 옆면에 노래 가사를 적기 시작했다. 음정을 익히기를 바라는 마음에 입으로는 두세 번씩 거듭 흥얼거리기도 하면서…….

"기게 뭐인데, 기거에다 뎍고 있슴메?"

"그냥, 노래 선물입니다."

"……?"

〈금강선녀〉 CD 하나 구해올 생각을 미처 하지 못했던 나 자신이 바보처럼 여겨져서 더 이상 노래를 흥얼거릴 수 없었다. 그녀가 그대로 화를 내면서 돌아서버리지나 않을지 내 안에서 바삭바삭 애타는 소리가 들려오는 듯했다.

"……고맙슴두."

림채하가 작은 목소리를 냈다. 내가 괜한 기우를 했던 셈이다. 북측 인사나 종사자들에게 쓸데없이 참견하거나 심도 있는 대화를 청하는 일을 삼가라. 작은 성의 표시라면 몰라도 값나가는 물건이나 부피가 큰 선물은 하지 마라. 그들은 선물로 인해 자존감을 상하는 일이 더 많다…… 내가 이미 받았던 교육 내용은 분명 그러했다. 그렇게 가르쳤던 이들은 혹시 그 선물이란 것들을 한 손으로 무례하게 던져주었거나 아니면 한껏 거드름을 피우며 건네주려고 했던 건 아니었을까?

목란관에서 림채하에게 한 턱 내겠다는 약속을 지키지는 못했다. 그녀가 어디론가 사라져 보이지 않았기 때문이다. 그 대신 천둥과 번개를 거느린 장맛비가 왕창 퍼붓기 시작했다. 금강산에서 내가 처음 대하던 폭우이기도 했다. 그녀도 남한 여자애들처럼 비를 좋아할까?

불현듯 그때, 어린 시절의 기억 하나가 떠올랐다. 하늘에서 번개가 내리치는 걸 보다가 나는 콩 한 줌을 챙겨들고 전주천변으로 나갔었다. 우리 속담처럼 정말이지 번갯불에 콩을 한 번 볶아먹을 심산이었다. 나는 번개가 출현하는 방향으로 이리저리 손을 내밀면서 제발 내 콩을 좀 볶아달라고 염원했다. 여기까지는 아마 누구나 한 번쯤은 다들 경험해보는 일이 아닐까 싶다. 하지만 진짜 얘기는 지금부터다. 바로 그때 내 등 뒤에서, 마치 거대한 수놈 코끼리가 사나흘 참았던 방귀라도 단번에 뀌는 것처럼, 뿌지직 하는 큰 소리가 들려왔다. 깜짝 놀라 뒤돌아보니 내가 방금 전에 등을 기대기도 했던 어른 버드나무가 새까맣게 타버린 채 아주 가느다랗고 푸른 연기 몇 오라기만 쿨럭쿨럭 내뱉는 중이었다.

나중에야 내가 깨달은 대로, 이 대목만큼은 누군가가 19금 처리를 해주었으면 한다. 절대로 번갯불에 콩을 볶아먹자고 덤벼서는 안 된다. 나는 그날 천변 둑에서 혼절하고 말았다. 그리고 한참 만에 깨어나서 내가 하고자 했던 일과 내가 눈으로 직접 봤던 일을 얘기했는데도 불구하고 사람들은 여간해서는 내 말을 믿으려고 들지 않았다. 며칠 지나지 않아서 번갯불에 타버린 버드나무를 누군가가 송두리째 잘라가버렸기 때문에 내 경험담은 더욱 신빙성이 사라졌을 수도 있다. 하지만 전주 한옥마을의 내 고향 사람들 가운데는 번개 맞은 버드나무를 아직도 기억하는 이들이 틀림없이 몇몇은 남아 있으리라고 믿는다.

지금 내 얘기는 다른 게 아니다. 남쪽, 남조선, 남한, 대한민국, 코리아, G-20 선진국, 천민자본국, 금수강산…… 그 이름을 무엇이라고 부르든 거기서 살아가는 여러분이 나를 잊지 않았으면 할 뿐이다.

목란관에 들어서자 항상 그렇듯이 삼삼오오 둘러앉은 여행객들이 감자전이며 빈대떡, 맥주, 대동강소주를 비롯해서 이름도 특이한 령정술이며 장뇌삼술, 돌버섯술, 참대소주, 가시오갈피술, 백두산들쭉술, 막걸리 등을 마시다가 여기저기서 내 손을 잡아끌었다. 나는 주량을 가늠해보며 그들이 내미는 술잔을 받아 마셨다. 그게 적어도 열다섯 잔 가까웠을 것이다. 뭔가 아주 중요한, 내 일생일대에서 가장 중요한 프로젝트 하나를 회사에 제안해놓고 평가를 기다리는 조바심 같은 게 계속 치밀었던 것 같다. 그 때문에 나는 좀 과음을 했을지도 모르겠다. 특히 마지막에는 이제 대학 신입생쯤 보이는 여자애들 넷이서 내게 맥주를 강권했는데 도저히 그걸 뿌리칠 재주가 없었다. 이건 아까 부르셨던 멋진 노래에 대한 답례인데, 저희 술만 안 받으시는 거예요? 하고 안경을 쓴 여자애가 웃지도 않고 심각한 표정으로 따지듯 강요했기 때문이다. 봉학맥주였던가? 나는 그 몇 잔을 끝내 사양하지 못했다. 마지막에 입가심이라는 이름으로 맥주 몇 잔 들이켜는 게 나한테 얼마나 치명적인지 잘 알고 있었으면서도.

그날 밤, 문화회관에서 열린 모란봉교예단의 공연을 보다가 나는 꾸벅꾸벅 졸았다. 처음에는 박수소리가 터질 때마다 눈을 떠보곤 했지만 나중에는 아예 귀에 들리지도 않았다. 아마 박수소리가 내 잠을 더욱 깊은 혼돈 속으로 밀어 넣었을 것이다. 누군가가 나를 흔들어 깨웠을 때는 관람객들이 이미 공연장을 빠져나간 뒤였다.

이곳이 어디일까? 정신을 차리려고 애썼지만 알 수 없었다. 계단에 정강이를 부딪치고 의자 모서리에 몸을 처박으면서 가까스로 객석을 빠져나오기는 했어도 내 다리는 여전히 남의 다리라도 되는 양 내 의지를 따라주지 않았다. 그러다가 문화회관 로비쯤에나 이르렀을까? 누군가가 내 팔을 붙드는 것 같았다. 나는 그 팔에 의지가 되면서 오히려 허리가 더 꺾였기 때문에 상대의 얼굴도 바로 볼 수는 없었다. 그가 벽면 한쪽에 나를 밀어붙여 넘어지지 않게 하는 한편 밖을 향해 소리치며 누군가를 불러댔다.

아주 잠깐, 한순간의 기억만큼은 오늘까지도 선연하고 또한 명료하다. 그가 사람들을 부르는 소리에 잠시 눈을 떴는데 어떤 새끼손가락 하나가 내 눈에 들어와 아주 영영 박혀버린 것이다. 그의 새끼손가락은 마치 기형이라도 되는 듯, 저 홀로 디귿자 형태로 공중을 향해 치솟아 있었다. 그리고 무엇보다 손가락 안쪽에는 새로 윤을 낸 듯 샛노랗게 반짝거리는 둥근 반지 하나가 끼워져 있었다. 그때 나는 영락없이, 미친개처럼, 그 손가락을 덥석 입안으로 밀어 넣고 말았다. 손가락을 물어야 비로소 술이 깨고, 숙소로 관광객들을 안내할 수도 있고, 내 평생 최고의 프로젝트를 완성시킬 수도 있다고 여겼던 건지 나는 진정 모른다.

그가 과연 누구였는지도 나는 끝내 확인할 수 없었다. 허겁지겁 달려와서 나를 숙소로 이끈 건 회사 동료들이었다고 한다. 그들은 내가 그날 밤 로비에서 잠시 만났던 환영에 대해서는 아무런 증언도 해주지 못했다. 현장에는 누구 하나 없었다는 얘기뿐…….

신기루라는 게 그런 걸지도 모른다. 이를테면 사막 방울뱀들은 몸통을 머리에 묻고 두 눈과 꼬리만 밖으로 내밀고 사냥을 한다. 꼼지락거리는 벌레마냥 꼬리로는 부지런히 춤을 추기도 한다. 그러면 배고픈 전갈이나 도마뱀이 그걸 보고 얼씨구나 하고 덤벼드는 것이다. 방울뱀의 꼬리가 전갈이나 도마뱀의 신기루였고, 나를 잠시 부축했던 그도 역시 내 신기루였을까?

인생은 수수께끼로 둘러싸인 계곡과 산등성이다. 내가 알 수 없거나 풀 수 없는 일들과 부닥칠 때마다 나는 그렇게 믿기 시작했다. 계곡 하나를 헤치면 또 다른 계곡, 한 고개 넘으면 또 한 고개가 연이어 기다린다. 너무 경박한 사고라고 흉을 볼지도 모르겠다. 아니, 당연히 그럴 수 있다. 허나 내 고유한 인생이 그런 걸 어찌할 것인가? 나는 지금 최선을 다해서, 적어도 내 목숨 하나를 걸고 금강산 일만이천봉 같은, 그것도 실타래처럼 얽히고설킨 수수께끼들을 풀고 있는 중임을 여러분도 이해했으면 한다.

물론 아무리 목숨을 건다고 하더라도 풀리지 않는 수수께끼는 있게 마련이다. 실타래가 끊어져 있거나 얽혀서 그대로 눌어붙은 채 굳어버린 경우다. 나에게는 아직 희망이 남아 있는 걸까?

아주 멀리 있는 별과 별 끼리

제 얘기는 과거를 향해서 흘러갑니다. 거듭 말씀드리는 대로 오라바이와 함께했던 날들로 역류하고 있지요. 그러고 보면 저는 해바라기가 아니라 별바라기인 셈이네요. 지금 우리가 볼 수 있는 별빛들도 사실은 아주 먼 과거에 반짝였던 것이라지요? 하지만 동시에 저는 오라바이를 만날 수 있는 어느 미래를 항상 쳐다보고 있다는 사실만큼은 잊지 마세요. 밤마다 하늘을 올려보는 일이 그게 아니고 뭐겠어요?

제가 처음 등장했던 광고는 2014년 봄에 찍었답니다. 잔인한 4월의 봄이 열리던 무렵이었어요. 왜 잔인하다고 하는지, 그건 천천히 밝혀드리고 우선 광고 얘기부터 해드릴게요.

광고는 이렇게 시작한답니다. 먼저 사계절 풍광이 화면 가득 차례로 오버랩 되면서 지나갑니다. 금강산 관광코스 네 곳을 계절별로 찍은 것이랍니다. 봄의 금강산은 삼일포, 여름의 봉래산은 해금강, 가을 풍악산 모습은 만물상에서 고른 사진들이었어요. 그리고 이윽고 겨울 개골산 풍경으로 선정된 구룡연 코스가 사라질 때쯤 제가 등장한답니다. 그 구룡연이 보일 때마다 제가 얼마나 이를 악물고 울음을 참았는지 아세요?

녀러분, 기억하시디요?
내래 금강산 구룡연을 안내했던 림채하 동무라요.
금강 봉래 풍악 개골을 발세 잊으셨습네까?

제가 그렇듯 북쪽 사투리로 운을 뗀답니다. 의상도 6년 전 당시에 입었던 차림새 그대로랍니다. 검은 바지에 연두색 근무복…… 말이 끝남과 동시에 제 모습은 사라지고 화면에는 소동파의 초상과 더불어 그가 썼다는 짧은 시가 클로즈업 됩니다.

원생고려국 願生高麗國
일견금강산 一見金剛山
원하노니 후생에는 고려국에 태어나
기필코 금강산을 구경하리라!

녀러분께서는 고려국, 해동 조선 땅에서 태어나셨으니끼니 소동

파가 얼매나 부러워하겠슴두?

기칸데 금강산이 막힌 디 발세 6년이라요.

이데 다시 까부수고 길을 뚫어야 할 때가 아님메?

그렇디 않간?

제 말은 거기서 끝나고 다시 화면에 자막과 더불어 성우 목소리가 들립니다.

하나님이 천지창조하신 6일 중에 마지막 하루는

오직 금강산을 만드는 데 보내셨을 것입니다.

1926년 스웨덴 국왕 아돌프 구스타프.

잘 알려진 우리 가곡 〈그리운 금강산〉이 흘러나오면서 광고는 끝납니다. 누구의 주제련가 맑고 고운 산, 그리운 만이천봉 말은 없어도…… 그리고 마지막에는 '금사모'라는 이름의 광고주가 크게 부각되죠. 금강산을 사랑하는 사람들의 모임이라고 했어요.

짐작하시겠어요? 시청자들에게 말하는 것 같지만 그보다는 누군가 들으라는 소리 같기도 해요. 금강산을 보고 싶거든 침묵하지 말고, 들고 일어나라는 뜻까지 담고 있었을까요? 그럴지도 모르죠. 정권을 압박해서 금강산 관광길을 터달라는 요구로 들릴 수 있을 테니까요. 오라바이가 다니던 회사가 아니라 금사모라는 단체가 광고주라는 사실도 좀 이상하긴 했죠. 물론 제 입장에서 그걸 따질 일은 아니었지만.

광고를 찍는 일은 별것 아니었답니다. 그도 그럴 것이 제 옷차림에 제 말투, 제가 한때 늘 하던 일이 그것이었으니까요. 그런데도 불구하고 찍고 또 찍고, 나중에는 다리가 아파서 서 있을 수조차 없을 지경이었지만, 아무리 찍어도 더 나아질 것은 없고 더 모자랄 것도 없었죠.

이 광고는 텔레비전에서 정확히 나흘 만에 사라졌습니다. 무슨 이런 싱거운 일이 다 있을까 하고 의아해할 때쯤 머리를 짧게 깎은 검은색 양복 둘이 한옥마을 우리 집으로 들어섰어요. 마치 한옥 숙박체험을 하러 찾아든 손님들처럼 말이에요.

저녁 무렵이었답니다. 저는 영어학원을 다녀온 뒤 대청에서 어머님과 함께 저녁 준비를 하고 있었어요. 여느 때처럼 어머님이 그들을 맞이하셨지요. 참, 어머님께서는 손님을 맞이하는 일 같은 건 여간해서는 저한테 시키지 않으셨답니다. 인터넷 예약 같은 일이라면 혹시 몰라도…….

"림채하가 누굽니까?"

"제 딸인데, 무슨 일로?"

"딸이 아니라는 사실을 압니다. 하여튼 그건 상관이 없고, 어디 있습니까?"

대청에서 귀를 모으고 가만히 들어보니 그들의 목소리는 낮고 위압적이었어요. 북쪽의 보위부 사람들은 쓸데없이 목소리가 높고 날카로운 편이었는데 말입니다. 저는 문을 열고 밖으로 나왔죠.

"아가, 어서 들어가! 네가 왜 나오는 거야?"

어머님께서 손사래를 치며 원망스러운 듯 저를 꾸중하셨습니다. 하지만 눈 가리고 아웅 할 일이 따로 있지요. 숨거나 피한다고 될 일이겠어요?

"조사할 게 있습니다. 잠시 같이 가시죠."

그들이 양쪽에서 제 팔을 붙들었습니다. 워낙 거칠게 낚아채는 바람에 겨드랑이 아래 팔 안쪽이 아팠어요. 나중에 멍 자국이 생길 정도였거든요. 그때 어머님께서 고래고래 소리를 지르기 시작하셨죠.

"우리 딸이 납치되고 있어요! 우리 딸을 살려줘요…… 손님, 손님!"

어머님은 쉴 새 없이 그렇게 외쳐대셨어요. 이웃과 길을 지나던 행인들 몇 사람이 관심을 보이고 우리 집 투숙객들도 문을 열고 제 모습을 살폈죠. 그중 어떤 사람은 벽 뒤에 숨어 휴대폰으로 저를 촬영하기도 하는 것 같았습니다. 어머님의 어디서 그토록 재빨리 사태를 파악하는 지혜와 용기가 분출되시는 건지 저는 정말 감동하고 말았습니다. 그게 혹시 하나뿐인 당신 아들을 잃고 난 뒤 생긴 초능력일까요? 그래서 아들 대신 새로 얻은 딸을 어떻게든 지켜야 한다는 보호본능 같은 것이었을까요?

나중에야 어머님께서는 당시 상황을 떠올리시면서 말씀하셨어요. 하도 광폭한 시대를 살아야 했기 때문에 남쪽 부모들은 다들 그런 상황이 닥칠 때면 자식을 구하기 위한 매뉴얼 같은 걸로 저절로 익혀두게 되었노라고 말이죠.

지금도 그들이 누구였는지는 알지 못합니다. 차에 태우자마자 그들은 내 목을 눌러 허리를 깊이 숙이도록 했죠. 저는 무릎에 얼굴을 묻었어요. 그러고도 그들은 팔꿈치로 양쪽 제 어깨 아래를 압박하면서 갔답니다. 어느 건물에 이르러 실내로 들어갈 때도 같은 자세여서 어디쯤에 있는, 뭐 하는 건물인지를 가늠해볼 수 없었지요.

"북한에서 나고 자란 얘기와 탈북과정, 그리고 남한에서 보고 들었던 얘기들을 하나도 빠짐없이 다 쓰시오. 그리고 광고를 찍게 된 과정을 별도의 종이에 낱낱이 적으시오."

"나고 자라서 남쪽으로 건너온 얘기는 이미 수도 없이 적어서 제출했어요. 그게 왜 또 필요하죠?"

"뭐? 내가 쓰라면 쓰고, 까라면 까는 거야! 여기가 어딘지나 알아?"

"어딘지 모르게 꼭꼭 숨기면서 끌고 왔는데 그걸 어찌 알아요?"

"이년이!"

그가 손으로 내 턱을 들어 올렸어요. 술잔을 들어 건배라도 하듯 말이죠. 그가 제 몸에 손을 댄 거예요. 저는 속으로 웃음이 나왔답니다. 어떤 식으로든 내 신체에 접촉을 하면서 위협을 가하는 남자들을 저는 조금도 두려워하지 않는답니다. 오라바이, 오해하지는 마세요. 그들은 그저 그뿐, 한 발짝도 더 들어오지 못하고 또 물러서지도 못하는 사람들이라는 걸 제가 잘 알고 있기 때문입니다.

그 뒤로도 저들은 제 머리를 헝클어뜨리거나 귀를 잡아당기고, 말을 막는다는 구실로 손가락으로 집게를 만들어 제 입술에 물려둔 채 혼자 얘기하고, 금방이라도 목을 졸라 죽일 듯 두 손으로 감싸쥐기도 하고, 제 볼우물을 더 깊이 파 들어가기라도 할 것처럼 손가락으로 후벼 파고, 심지어는 마치 실수인 양 손길을 들어 올리면서 손등으로는 은근슬쩍 가슴을 스치기도 하고, 때로는 위로한답시고 등을 살살 쓸어내리고…….

그것만으로도 저는 충분히 서럽고 억울했지만 저들은 더 이상 어찌하지는 않았답니다. 그나마 세상이 나아졌기 때문일 거라고 어머님은 훗날 한숨을 내쉬면서 짧게 얘기하셨어요. 저는 그들이 만약 더욱 노골적으로 희롱을 하려고 들면 혀를 빼물고 죽겠다고 덤벼들 작정이었죠. 아, 그 무렵에는 실제로 죽고 싶다는 생각도 할 정도였으니까 아주 빈말은 아닌 셈이네요. 당신 소식은 6년이 넘어가도록 손톱만큼도 듣지 못하던 날들이었으니까요.

물론 저는 그들이 요구하는 진술서를 다 썼죠. 고치고 바꾸고 새로 쓰고 복사하고, 끝없이 되풀이하면서 말입니다. 그 과정에서 문제는 제가 찍었던 광고에 있다는 사실을 어렴풋이 짐작하게 됐죠.

"광고 문안은 네가 썼지?"

"그걸 어떻게 제가 쓸 수 있겠어요? 써준 대로 읽으라고 해서 읽은 것뿐이죠."

"사투리까지 다 써줬단 말이야?"

"어색한 사투리는 제가 좀 고쳤습니다."

"거봐! 발뺌한다고 우리가 모를 줄 아는가?"

"……."

"무엇을 어떻게 고쳤는지, 한 글자도 빼놓지 말고 여기 적어. 알았어?"

왜 그들은 같은 일을 수없이 반복시키는 걸까요? 아니, 그들은 반복 학습을 통해서 어떤 효과를 거둔 셈이라고 인정을 해야겠네요. 저도 모르는 일들, 혹은 제가 언급하고 싶지 않아서 숨기던 일들도 하나씩 드러내게 됐던 것도 사실이니까요. 오라바이에 대한 얘기도 거미가 실을 잣듯 그렇게 술술 풀려나왔지요.

"이제야 얘기가 되겠군. 그동안 백산서와는 무슨 연락들을 주고받았지?"

"연락이라니요?"

"이봐, 림채하!"

그가 내 목울대를 감아쥐었어요. 그러고는 내 입술이라도 훔칠 듯 자기 얼굴을 가까이 들이대면서 눈을 부라렸죠.

"너는 결코 우리를 속일 수 없어. 빨리 자백하는 게 신상에 좋아. 알아?"

"선생님이 혹시 알고 계신 게 있다면, 무엇이든 제발 말씀해주세요. 네?"

"이것 봐라?"

"부탁할게요. 무슨 소식이든……."

"그 입 다물고, 이제 백산서에 대해서 써! 처음 어디서 어떻게 만나고 또 무슨 얘기를 나누었는지, 손 한 번 잡은 일까지 빠짐없이!"

저는 그때서야 비로소 그들이 무슨 일 때문에 저를 납치했는지 눈치를 챘답니다. 제가 참 바보 같죠? 그래요. 저들은 바로 오라바이 일로 저를 심문하고 있었던 거예요. 제 어린 시절 얘기나 탈북 과정은 더 이상 새삼스러울 것도 아닙니다. 한 해 수천 명이 그곳을 빠져나오는데 그게 뭐 대단한 일이라고 말이죠. 그리고 광고 건은 누가 봐도 제 책임과 권한 밖의 일임을 모를 리 없잖아요.

바꾸고 또 고쳐 쓰기를 거듭하긴 했어도 오라바이를 술회해야 하는 작업은 언제나처럼 아프면서도 달콤했답니다. 게다가 저로서는 어지럽게 널린 기억들의 질서를 세우고 계통을 바로잡는 기회가 돼서 은근히 즐긴 편이었죠. 기억을 확실하게 하면 할수록 더 가까이 다가오는 오라바이 존재가 기껏 그리움의 허상일 뿐이었지만.

제가 그곳에서 오라바이와 저에 대한 이야기를 어떻게 자술서에 썼는지 궁금하세요? 그들이 제 옷을 다 발가벗긴 듯 부끄럽고 민망한 내용도 거기 다 적혀 있어요. 그들은 마치 포르노 소설이라도 기대하는 양 적나라하게 기술할 것을 거듭 강요했으니까요. 오라바이가 훗날 그걸 읽어볼 수 있을까요? 만약 그런 일이 생긴다면 오히려 오라바이 앞에서 더욱 부끄러워져서 몸 둘 바를 모를지도 몰라요. 하지만 이제 어쩔 수 없죠. 어차피 그들에게도 다 밝힌 내용인데요, 뭐.

저는 거기서 만 이틀 동안을 갇혀 지내다가 밤이 되어 풀려났어요. 처음 저를 끌고 갈 때처럼 그들은 다시 승용차 뒷좌석 중앙에 저를 앉게 하고 앞을 보지 못하도록 했죠. 여전히 뒷좌석 팔걸이라도 되는 듯 제 등 양쪽에 자신들의 팔을 편안히 올려놓은 채 말이에요.

"지난 이틀간 있었던 일에 대해서는 죽을 때까지 비밀을 지키셔야 합니다. 이미 각서에 서명하신 대로 말입니다. 우리가 늘 지켜보고 있을 겁니다. 아시겠습니까?"

"네, 그럴게요."

"고생하셨습니다."

그들이 어느 한적한 길가에 저를 내려주었어요. 저는 그곳이 한옥마을이려니 하고 주위를 둘러보았는데 아니었답니다. 한순간 겁이 나기도 했죠. 하지만 거기서 겪은 일보다 더한 일이 또 뭐가 있겠어요? 저는 길가의 간판이나 상호를 읽어가며 그곳이 어딘지를 파악해야만 했죠.

상관이 없지 않다. 상관은 있다.

길가 한쪽에 세워둔 현수막이 제가 선 곳의 위치를 알려주었죠. 무엇과 무엇 사이에 어떤 상관이 있다는 것인지, 저는 잠시 혼란스러웠지만 승용차에서 내린 곳이 바로 전주 한옥마을 남쪽 십 리 밖 상관면이라는 사실을 알았죠. 저는 비로소 마음이 놓여서 거기 한동안 가만히 서 있었어요. 가게와 마을의 유리창을 통해 퍼져 나오는 불빛들이 제가 살아 있다는 사실을 일깨워주었죠.

그때 아주 먼 곳, 멀어도 지구 반대편보다 더 멀 것 같은 제 고향 청진의 밤 풍경이 머리를 스치고 지나갔습니다. 그곳의 알전구들이 뿜어내는 불빛은 이곳 한옥마을이나 상관의 불빛들보다는 몇 백 몇 천 배나 더 따뜻하고 그리워지는 어떤 힘이 있답니다. 상관에서 저는 그걸 깨달았죠. 왜 그런지 아세요? 그건 아주 뻔하고도 간단한 이치예요. 결코 고향이 그립다거나 하는 건 아니랍니다. 그저 그뿐, 전등이 이곳처럼 많이 켜지는 곳은 아니기 때문이에요. 오직 한두 개뿐인 알전구가 더 따뜻하게 느껴질 뿐이죠.

오라바이 역시 마찬가지랍니다. 세상에 단 하나뿐인 백산서라는 이름의 환한 불빛, 그러니 그 간절함과 그리움, 그리고 따뜻함을 어디 제 고향 청진항의 전등 불빛에 견줄 수 있겠어요?

누군가 우주과학자 같은 분들이 제 얘기를 한 번만이라도 귀담아 들어주셨으면 좋겠어요. 다름 아니라 별과 별 사이 떨어진 거리만 말고 별과 별 끼리 은밀하게 서로 주고받는 신호에 대해서도 좀 알려달라는 부탁이랍니다. 서로 만나지 못하는 별과 별 끼리는, 결코 만날 수 없을 테니까, 그런 게 분명 있을 거라고 저는 믿어요. 그게 만약 밝혀지는 날이 온다면 세상에는 서로를 알아보지 못해서 짝이 되지 못하는 사람들도 없어질 테고, 서로 짝을 이룬 뒤에도 어쩌다가 헤어져서 만나지 못하는 사람들도 아마 사라질 거예요. 서로의 별이, 이를테면 견우성과 직녀성이, 그걸 다 일러줄 테니까요.

제가 처음 찍었던 그 광고는 불과 나흘 만에 방영이 금지되긴 했어도 제 이름 림채하 석 자만큼은 아주 오랜 동안 인터넷에서 사라지지 않았어요. 끝없는 찬사와 음담패설, 온갖 낭설들이 뒤섞인 채로 난무했죠. 광고 한 편으로 드라마 주연급까지 꿰찼다고 언론에서는 신데렐라라고 표현하기도 했고 악성 댓글도 공장에서 마구 찍어내는 전단지처럼 부지기수로 쏟아져 나왔지 뭐예요.

그런데, 그런데 말이에요. 제가 그들에게서 풀려난 날이 무슨 날인지 짐작이나 하시겠어요? 저 남쪽 진도 앞바다에서 수학여행단을 싣고 가던 배가 침몰해서 선객 대부분이 목숨을 잃는 대참사가 빚어진 바로 그날이었답니다. 15세나 16세 나이라면 〈심청가沈淸歌〉에도 등장하는 바로 그 나이잖아요? 남경상인들이 심청이 살던 마을에 나타나서 외치죠. 인당수에 제물로 바칠 15세나 16세 처녀를 쌀 삼백 석에 사겠다고 말입니다. 제가 다른 얘기를 하려는 게 아니랍니다. 그런 꽃다운 나이의 학생들이 무더기로 바다에 수장됐다는 점을 강조하려는 거죠. 학생들과 더불어 아이를 임신한 부인과 노약자, 일반 관광객까지 모두 삼백 명이 넘는 희생자를 삼킨 세월호…….

이건 아니잖아요. 정말이지 이건 아니잖아요.

개화開化라는 말이 역사에 등장한 건 이미 백오십 년도 더 됐을 거예요. 그런데 세월호를 지켜보면서 그런 생각이 지워지지 않았죠. 개화라는 말이 쓰이기 시작한 이후 지금까지 과연 우리나라에 진정한 개화는 이루어진 것인가 하고…….

문명한 사회에서 결코 이럴 수는 없습니다. 처음 배가 출항할 당시부터 서서히 바다 속으로 침몰해가는 과정, 강 건너 불구경이라도 하듯 벌어지던 태평스런 구조작업, 그리고 사건을 처리하는 미숙함까지, 세월호 침몰과 관련된 모든 과정들은 마치 배를 수장시킬 목적으로 치밀하게, 또 일부러 짜 맞춘 완벽한 영화처럼 보였어요. 그걸 그토록 잘 각색한 존재는 저희가 북쪽에서 즐겨 지칭하는 천민자본주의의 신神, 바로 돈이었을 테죠.

어머님과 저는 한옥마을 입구 전주 풍남문 광장이나 오거리 광장에서 열리는 촛불시위와 노란 리본 집회에 나갈 때마다 서로 껴안고 열흘이 넘도록 울었습니다. 무사히 제가 돌아온 일에 대한 울음은 잠시였고, 끝내 돌아오지 않는 존재들에 대한 아주 무거운 울음이 그리도 길게 이어졌던 것이겠죠.

그래요. 어쩌면 어머님과 저는 본래 모임의 성격과는 상관없이 우리끼리 대놓고 실컷 울 구실을 찾았던 건지도 모르겠습니다. 울고 싶은데 누군가가 대신 뺨을 때려주듯 말입니다.

아니면 그럴지도 모릅니다. 세상 모든 비극들은, 이를테면 집단적 참화를 빚어내는 악마의 손길은 비록 아주 멀리 떨어진 어떤 한 개인이 구석에 몸을 꽁꽁 숨겼을지언정 결코 그를 피해가는 법이 없듯, 다들 서로 상관이 있는 법이거나…….

방아쇠가 당겨진 뒤

여러분에게 밝혀드려야 할 이야기들이 산적해 있음에도 불구하고, 내가 아직도 금강산에서 헤어나오지 못하는 일차적인 이유는 물론 내 사랑이 거기 묻혀 있기 때문이다. 내 미망이 현실적인 상황과는 달리 그곳의 기억들을 움켜쥐고 놓으려 하지 않는 것 같다. 이건 내 솔직한 고백이다.

세 번째이자 마지막 관광객들을 이끌고 내가 금강산에 들어선 건 그해 7월 9일이었다. 여행 일정표를 보니 내가 속한 조는 마지막 날인 11일에야 구룡연 코스를 밟도록 예정돼 있었다. 하루에 도토리 일곱 개가 배급된다면 아침에 세 개를 받고 저녁에 네 개를 받는 게 혹시 더 나은 걸까? 나는 마치 원숭이라도 된 듯 조삼모사의 고사에 한참 동안 빠졌던 기억이 새롭다.

"우리가 들러야 하는 곳이 삼일포와 해금강이라는 해변 두 곳, 그리고 구룡연과 만물상 등정코스 두 곳이잖아요? 그러니 해변과 산을 번갈아 다니면 좋을 텐데 왜 하필 이렇게 일정표를 짰죠?"

"아, 예. 그건……."

중년 부인의 항변에 나는 잠시 원숭이의 처지가 된 상상력에서 깨어났다. 첫 코스로 삼일포를 가는 길이었다. 괜히 까탈을 부리는 게 아니라 그 부인의 제안은 충분히 타당했다. 회사에서도 그걸 인지하고 있었지만 2박3일 코스와 3박4일 코스가 마구 뒤섞이는 성수기에는 그게 깨지는 경우도 간혹 있기 마련이다.

"알았어요. 어쩔 수 없죠."

중년 부인은 순순히 물러섰다. 일어날 일은 반드시 일어난다는 법칙이 우연히 그런 게 아니고 필연의 산물이라면, 그 필연을 낳는 어느 한 사소한 움직임이 반드시 있지 않았을까 하고 생각해본다. 이를테면, 작은 새 한 마리가 날아간다. 그 날갯짓으로 바람이 인다. 바람 때문에 나뭇잎이 떨어진다. 졸음에 겨운 고양이가 놀라 그릇을 깬다. 깨진 조각 때문에 온 식구들의 신경이 날카로워진다. 이러고 저러다가 방아쇠가 당겨지고…… 뭐, 이런 것 말이다. 물론 맨 처음 새가 날아간 것은 누구도 탓할 일이 아니다. 그냥 자연 현상에 불과했다. 코스가 좀 바뀐 상황도, 그 중년 부인의 항변도 새의 자연스런 날갯짓에 지나지 않았을 것이다. 아무것도 사전에 의도되지 않았던…….

삼일포에는 바람이 불고 비가 내렸다. 그건 어쩌면 새 한 마리의 날갯짓으로 불어온 바람이었고 비였는지도 모르겠다. 여름날의 비 때문에 몸은 몹시 끈적였고 불쾌지수도 아마 높아졌을 것이다. 삼일포는 삼일포대로 비에 젖어서 제 본래의 모습을 보여주지는 못했다. 스멀스멀 피어오르던 물안개가 그나마 위안이 되는 듯했지만 비에 젖고 있는 호수는 낮고 음습하기까지 했다.

"경포대가 더 낫다, 얘."

다시 그 중년 부인이었다. 그런데 일이 잘못되려고 그랬는지 북쪽 안내원이 그 말을 듣고 말았다. 건장하게 생긴 남자 안내원이었다. 그가 마이크를 켠 채 확성기에 대고 응수했다.

"긴데 거길 가디 않고 뭐이가 돟아서 삼일포를 왔습네까?"

"경포대는 네 번이나 다녀왔으니까요."

"기래요?"

회사에서는 그런 부인과 같은 여행자들을 일단 관심 대상으로 분류하라고 한다. 그리고 다른 이들에게 쏟는 것보다 더 많은 관심을 보이라고 가르친다. 그건 조장들이 임의로 판단해야 할 문제다. 그래서 내가 나섰다.

"사모님 혹시, 경포대 첫사랑을 못 잊는 거 아니세요?"

다행스럽게도 몇몇 사람들이 웃음을 터뜨렸다. 누구나 다 아는 것처럼 웃음에는 힘이 있다. 한순간에 맥이 빠지게 만드는, 무장해제를 시키는 그런 힘 말이다. 그 웃음 때문에 안내원 동무가 기세를 누그렸고 부인도 쓰디쓰게나마 따라 웃었다. 그런데 그날 새벽만큼은 그 쓰디쓴 웃음조차 아마 없었을 것이다.

림채하가 나를 보고 미소를 지어 보인 건 다음날 저녁 문화회관 앞에서였다. 교예공연 관람객들을 인솔하고 줄지어 서 있는데 그 앞을 지나가던 그녀와 눈이 마주쳤던 것이다. 그녀가 순간 입술이 길어 보이도록 환한 미소를 지었다. 수많은 사람들을 향해서 저게 바로 내 입술이라고 자랑하고 싶어질 만큼…… 그녀가 사라지는 방향을 눈으로 좇자 인디언블루 스니커즈가 내 두 눈을 가득 채웠다.

나는 그 나흘 전에 준비해두었던 두 번째 선물을 챙겨오지는 않았었다. 굶어죽는 이들이 속출하고 쌀값이 폭등하는 판국에 화장품이나 향수, 비누, 샴푸 따위 선물이 너무 철없게 여겨질 것 같았기 때문이다. 그 대신 〈금강선녀〉 CD와 비타민 한 박스는 챙겼고, 박스 빈틈에 4백 달러를 구겨 넣어가지고 왔다. 그녀가, 그리고 그녀 가족이 어떤 상황에서도 밥을 굶지 않았으면 했다. 첫 선물에 반지를 넣었던 것도 결혼을 약속해달라는 무슨 그런 뜻의 반지가 아니라 언제든 필요하면 현금이나 쌀로 바꿀 수 있겠다는 생각에서였다. 내 선물들을 부담스럽게 여긴 나머지 당黨에 신고하는 건 아닐까 하는 기우는 사라진 지 오래였다.

그것 말고도 사실 나는 한 가지를 더 준비한 게 있다. 언제든 금강산 관광이 재개되면 누군가가 혹시 모방하지 않을까 조심스러워지는 고백이다. 그건 휴대폰이다. 이름과는 달리 철저하게 휴대가 금지되는 품목 가운데 하나다. 값싸고 부피가 작은 중국산 휴대폰 두 개를 구입한 뒤 나는 그것들을 통조림 공장 생산조장인 친구에게 맡겼었다. 밀봉해서 일반 통조림과 차이가 나지 않도록 만들어

달라고 말이다. 하나는 림채하에게 주고, 나머지 하나는 내가 금강산 어딘가에 숨겨두고 몰래 쓸 작정이었다. 중국산을 선택한 건 그녀가 휴대폰을 쓰다가 다른 사람 눈에 띄더라도 오해를 받지 않도록 배려한 것이다.

스니커즈가 사라진 회관 뒤쪽을 향해 나는 재빨리 몸을 움직였다. 왜 당장 선물을 전하고 싶어졌는지는 나도 모른다. 어쩌면 림채하의 밝은 미소가 불러냈을 수도 있다. 둥근 회관 건물을 돌아가자 온정각 서관을 향해 걷고 있는 그녀가 보였다.

"림채하 동무……."

그녀가 좌우를 살피는 것 같더니 조경수로 심어진 아름드리 자작나무 그늘 속으로 몸을 밀어 넣는 게 보였다. 나도 그곳으로 달려가 내 그림자를 숨겼다.

"동무래, 참말 겁도 없습네다. 날래 돌아가시라요. 들키면 큰일납네다."

"알았어요. 금방 갈 겁니다. 이거……."

"……또 뭡네까?"

"〈금강선녀〉 CD를 좀 챙겼어요. 하나만 얼른 여쭤보겠습니다. 지난번 문화회관에서……."

바로 그때, 내게 남아 있는 생애 모든 날들과 목숨을 송두리째 맞바꿔도 좋을 만한 일이 일어났다. 맹세코 그러하다고 나는 지금도 자신한다. 너무 짧아서 꿈을 꾼 것보다 더 아득하면서도 비현실적이긴 했지만 그녀가 자기 입술로 내 입을 막아버렸던 것이다.

림채하는 온정각을 향해 달려갔고, 나는 나대로 일행들이 있는 곳으로 몰래 돌아와 아무런 일도 없었던 것처럼 합류했다. 누군가에게 들킬까봐 그녀가 걱정했지만 그 정도 일이라면 내게는 식은 죽 먹기다. 자랑 같지만 군대 수색대에서도 내 은신술은 모두가 인정할 정도였으니까 말이다. 이를테면, 그랬다. 마을 하나를 사이에 두고 펼치는 수색 훈련이 자주 벌어졌다. 개울가나 담벼락, 골목길, 논두렁 같은 곳에는 제각각 몸을 숨긴 보초 열 명이 지킨다. 그들에게 들키지 않고 건너편 목적지에 도달하면 승리하는 숨바꼭질 같은 훈련이었다. 나는 그때도 보초들을 곧잘 따돌려 늘 골탕을 먹이곤 했었다. '백 번개'라는 별명만 해도 그랬다. 어린 시절 번갯불에 콩을 볶아먹으려다가 죽을 뻔했던 일을 두고 사람들은 번개까지 피한 놈이라고 과장해서 백 번개라는 별명이 붙여진 줄 알지만 사실은 다르다. 동에 번쩍 서에 번쩍 한다고 해서 붙은 것이다.

"교예가 서커스라면서? 서커스는 좀 고리타분하지 않을까?"

"무슨 소리야? 가슴이 벌렁벌렁한다더라."

안쪽 출입구쯤에 이르렀을 때, 내 옆에서 대화하는 목소리가 귀에 익었다. 그 중년 부인 일행이었다. 나는 웃으면서 한마디를 거들었다.

"세계 최고라는 건 이 사람들 자화자찬이 아니고 서양 언론이 인정하는 겁니다. 기대를 저버리지 않는다고 다들 말씀하시거든요."

"아니, 그 말은 맞겠죠. 외국에서는 서커스가 대부분 사라지고 있으니까."

"그렇긴 합니다."

나는 인정할 수밖에 없었다. 그게 분명한 사실이었다. 북쪽에서는 왜 한물간 서커스에 그토록 집착하는지 나로서도 불만스러웠던 적이 있었다. 우선 무엇보다 위험하기 짝이 없는 운동이 틀림없다. 물론 서커스는 고산 등정이나 자동차 경주, 남한에서 헬리콥터 운전을 하는 일보다는 훨씬 안전하다고 말하는 사람들이 없지 않지만.

내 관심이 거기 있었던 건 아니다. 나는 또 그날 교예공연을 거의 보지 못했다. 눈앞에서 불이 번쩍거리거나 뭔가가 나타났다가 사라지는 일이 반복되기는 했어도 내 눈에 제대로 담긴 영상은 아무것도 없었다.

내가 이름을 부르자 놀라 뒤돌아보면서 동그랗게 커지던 눈, 자작나무 흰 수피, 스니커즈, 얇은 연두색 근무복, 앙상하게 도드라진 쇄골, 선물을 건네자 디귿자로 구부러지던 새끼손가락, 거기 끼워진 노란 반지 하나, 꼴깍 침을 삼키던 소리, 침을 삼키자 더 깊이 파이던 볼우물, 귀밑머리를 타고 흐르던 땀 한 방울, 뭡네까 하고 물을 때 쟁쟁거리던 그 음성, 내게 다가오던 순간 질끈 감기던 소녀 같은 눈, 검은 잔디 같던 눈썹, 동그랗게 모아지면서 떨리던 분홍색 입술, 꺾인 풀잎 냄새…….

그 어떤 것 하나라도 잊지 않기 위해서 나는 거듭 반추해가면서 머리에 새겼다. 변치 않는 구슬처럼, 언제든 내가 기억의 갈피에서 꺼내들 때면 깨지거나 일그러지는 미혹 하나조차 없어야 했다. 되새길수록 그것들은 조개가 진주를 만들듯, 고승대덕들이 몸 안에 사리를 만들어가듯 내 몸 어느 구석엔가 정말이지 구슬 같은 것으로 굳어지던 느낌은 지금까지도 그대로다. 어쩌면 누군가가 나중에 내 몸을 해부해볼지도 모르겠다. 그때 내 몸 어딘가에서 불타지 않은 단단한 사리 같은 게 하나 나올 수도 있으리라. 그러니 부탁하고자 한다. 내 안에서 추출되는 구슬은 반드시 림채하에게 전해져야만 한다.

그날 밤, 나는 잠에 들지 않았다. 어김없이 밤은 길었어도 지루할 겨를은 없었다. 동이 트고 날이 밝으면 우리가 이윽고 가게 될 코스가 바로 구룡연, 선녀의 계곡이다. 인내한 끝에 이제 내가 도토리 네 개를 받을 차례였다. 깎인 풀잎 냄새, 동그랗게 모아지면서 떨리던 분홍색 입술, 잔디 같았던 검은 눈썹, 스르르 감기던 눈…… 내 입술이 닿았던 그녀의 입술은 혹시 저대를 부르면서 동그랗게 모아지는 순간 새카맣게 변하지나 않을지, 그런 기우조차 즐거웠다.

탕, 탕!

두 발의 총성이 울린 건 정확하게 동이 틀 무렵이었다. 밤새 동이 터오르기만을 기다려왔을 뿐만 아니라 동트는 시각까지 미리 검색해본 터라 나는 그 시각을 잘 알고 있다. 새벽 공기를 가르는 총성은 의외로 둔탁하게 들렸던 것 같다. 해변의 눅눅한 습기 때문이었는지도 모른다. 그래서인지 몹시 기분 나쁘고 불길한 소리이기도 했다.

창을 열고 밖을 내다봤을 때 처음 내 눈에 띈 것은 구룡연 쪽으로 넘어가던 흰 반달이었다. 아마 반달보다는 조금 더 두툼하게 살이 올랐을 것이다. 그 아래 해수욕장의 바다와 모래밭도 하얗게 빛나고 있었다. 그리고 백사장 위에 쓰러진 검은 물체, 그쪽을 향해 총을 겨눈 채 다가서던 희끄무레한 모습의 북한군 병사 셋…….

이게 바로 내가 목격한 그 새벽의 비극이다.

창백하게 질린 듯, 구룡연 쪽을 넘어가던 반달이 지금도 잊히지 않는다. 그 달은 내가 난생처음 대하는 어떤 기호나 표식처럼 알 수 없는 상징으로 다가왔다. 무슨 쉼표나 따옴표 같기도 하고, 한 발 더 내딛으면 캄캄한 절벽이라는 표지로도 여겨지던 그런 반달이었다.

그리고 또 있다. 총을 겨눈 채 다가서던 희끄무레한 모습의 북한군 병사 셋! 그게 나한테 왜 그토록 강력하게 각인이 된 것인지 나는 당시에 알지 못했다. 물론 살인의 당사자들이었으니까 와락 겁이 났던 건 사실이지만…… 그러나 지금은 안다. 반달이 이유 없이 창백해지는 게 아니다. 고양이가 아무런 내력도 없이 그릇을 깨고 가는 게 아니듯.

금강산 관광은 그렇게 끝이 났다. 내가 그 사업에 우리 회사를 일부나마 대표해서 각각 7조와 4조, 6조 조장을 맡은 지 꼭 열하루가 되던 날이었다. 서른 살이 되는 내 생일까지는, 그러니까 그해의 칠월 칠석까지는 27일이 남아 있던 날이기도 했다.

우리 6조는 그날 두 사람을 빼고는 구룡연 코스를 다 올라갔다. 하지만 림채하는 저대를 불지 않았고 나 또한 〈금강선녀〉를 부르지 않았다. 소문은 삽시간에 퍼져나갔으며, 관광객들은 누구라 할 것도 없이 모두 말을 아꼈다. 림채하도 신명을 내지 않았다. 비봉폭포나 구룡폭포는 그냥 쏟아져 내리는 물줄기 이상은 아닌 듯했고 상팔담 역시 우리 모두의 뚜렷한 현실감각 속에서 전처럼 신비로워 보이지는 않았다. 남쪽과 북쪽이, 완전히 상반되는 그 방위가 결코 가늠할 수 없을 만큼 먼 거리로 문득 다가왔던 것이다. 나는 그 현실감이 몹시 두려웠다.

회사는 나에게 서울로 돌아가지 말고 금강산에 그대로 머물라고 명령했다. 나는 그 이유를 잘 이해하고 있었다. 참극을 당한 주인공이 바로 우리 조 여행자였기 때문임은 두말 할 나위도 없다. 이 자리에서나마, 재삼재사 그 부인의 명복을 빌어드려야겠다.

뱀이 뱀을 물고

2013년의 칠석은 8월 13일이었어요. 오라바이는 당연히 알고 계셨겠지요? 그보다 5년 전의 칠석날이 당신 생일이라고 하셨을 때, 그럼 오라바이의 어머니가 선녀님이냐고 되물었던 일, 이제라도 사과드릴게요. 그러니 제발, 어디에 계시든 무사하세요.

어머님께서는 그날 저녁 제 팔짱을 끼고 전주천변으로 산책을 나가자고 하셨어요. 제가 여러 번 견우직녀 얘기를, 당신과 제 인연의 근원을 말씀드렸으니까 부러 그러신 걸 거예요. 저는 오목대梧木臺에 올라가서 오동나무도 보고 거기서 별을 구경하자고 했는데 어머님께서 그냥 천변으로 이끄셨지요. 칠월 칠석이면 오동나무가 처음으로 잎 하나를 떨어뜨린다고 하잖아요? 저는 그게 사실인지 확인하고 싶었거든요.

칠석인데도 전주에는 그날 비가 내리지 않았어요. 우리처럼 견우와 직녀도 서로 만나지 못했을까요? 아닙니다. 한옥마을에 그토록 흔하던 까치는 정말이지 그날 단 한 마리도 눈에 띄지 않았는걸요. 은하수에 오작교를 놓으려고 모두들 그리로 날아간 것은 분명해 보였어요. 그리고 우리 머리 위에서는 강변을 사이에 두고 분명 아주 가깝게 견우와 직녀가 서 있는 모습이 환히 보였고요.

"아가, 넌 가슴이 큰 편이니?"

아이스크림을 하나씩 사서 입에 물고 가다가 어머님이 문득 물으셨어요. 전주향교를 지나 천변으로 나가는 길목에서였죠. 아마 무더운 열대야에 팔짱을 끼고 걷다보니 팔이 가슴에 닿는 부분이 유독 뜨거워졌기 때문인지도 몰라요. 만약 청진에 계신 제 친엄마가 그렇게 얘기했더라면 저는 팔을 빼내며 틀림없이 엄마를 밀쳤을 거예요. 하지만 이러지도 못하고 저러지도 못한 채 저는 가만히 웃고 말았지요.

"사실은, 물어볼 것도 없다. 너처럼 가슴이 따뜻한 애들이라면 내가 나름대로 믿는 구석이 있지."

"그런가요?"

"비례하지는 않을지도 모르지만 난 그렇게 믿는단다. 다른 여자들에게 욕먹을 소린지는 몰라도 말이다."

그 말을 듣자 어머님께 조금은 죄송하다는 생각이 들었어요. 큰지 작은지, 위로 솟았는지 아래로 처졌는지, 좌우로 모아졌는지 벌어졌는지, 꽃판 색깔은 붉은지 검은지, 유두는 얼마나 발달해 있는

지…… 그건 목욕탕에 같이 가면 금세 알 수 있는 일인데 저는 그때까지 어머님과 함께 목욕한 적이 한 차례도 없었거든요. 생각은 늘 있으면서도 막상 말씀을 드리려는 순간이면 혼자 민망해져서 말을 삼키곤 했어요.

"그럼, 한 번 만져보셔도 돼요. 딸 가슴인데요 뭐?"

"……."

"어머님이 많이 궁금해 하시리라는 걸 잘 알아요."

"그래도 괜찮겠어?"

제가 고개를 끄덕였죠. 도대체 어디서 그런 용기가 솟아나는 걸까요? 물론 오라바이라면 이해가 되죠. 아니, 가슴 말고 용기 말이에요. 혹시, 세상에 흔치 않은 우리들 모녀관계가 또 다른 흔치 않은 세상의 말과 행위들을 이끌어내는 것일까요?

어쨌든 인적을 살피신 어머님이 제 등 뒤에서 저를 가만히 안으셨습니다. 그걸로 끝이었어요. 제가 약간 난처해하던 것과는 달리 어머님은 처음부터 가슴 크기 같은 것에는 관심이 없으셨는지도 몰라요. 단지 저를 한번 안아주기 위해 그런 핑계를 대셨는지도…… 아니면 향교 홍살문을 보면서 다른 열녀문을 떠올리셨는지도 모를 일이죠.

"훌륭하다, 넌!"

전주향교 홍살문이 세워진 바로 그 아래에서 있었던 일이랍니다. 나중에 오라바이가 전주에 오시거든 저를 그리로 데려가셔야 해요. 그리고 어머님처럼 반드시, 훌륭하다고 얘기를 해주셔야 돼요. 하여튼 저는 그때 고개를 외로 살짝 쳐들고 있었던 것 같은데 견우와 직녀 두 별이 다 보이지는 않았고 얼굴을 반쯤은 숨기고 바라보는 듯, 남쪽 견우성 하나만 얼핏 눈에 띄었어요. 그 순간 하늘의 별들도 아직 흘리지 않고 있던 눈물이 제 눈에서부터 먼저 굴러떨어져 어머님의 팔에 닿았죠.

어머님께서는 황급히 손을 빼셨습니다. 그분은 제 눈물의 의미를 충분히 아셨다고 믿어요. 어머님이 제 어깨를 끌어안고 가만가만 토닥여주셨거든요.

"아까 재를 지낼 때 말이다……."

저는 돌아서서 다시 어머님과 팔짱을 끼었죠. 어머님의 손이 닿은 제 가슴 쪽이 강한 어떤 압박을 받고 난 듯 먹먹하면서도 아릿하게 느껴졌어요. 창피하거나 그런 건 결코 아니었답니다. 어머님은 천천히 걸음을 옮기셔서 여기저기 장소를 물색하시더니 천변 둑 어느 한 자리에 앉으셨어요.

"그애 사진을 유심히 봤는데, 눈이 살아 있더라."

그래요. 오후에 우리는 약수터 맞은편 승암사僧巖寺에 가서 재를 지내고 왔어요. 재를 지내는 일이 무엇인지는 알 수 없었지만 어머님은 그곳 스님과 상의한 끝에 오라바이의 무병장수를 축원하는 재를 올리게 하신 거죠. 제단에 올려놓았던 대학 졸업사진 속의 당신 눈빛, 어머님은 그걸 말씀하셨던 거예요.

어머님께서 재만 지내신 줄 아세요? 절에서 돌아오자마자 뒤꼍 장독대에 촛불 두 자루를 켜고 정화수 두 대접을 정성껏 올리셨지요. 하나는 오라바이 몫이고 나머지 하나는 아버님의 무병장수를 비는 촛불이고 정화수였겠지요.

"그럼요, 어머님!"

저는 일부러 밝게 웃었어요. 전주천 수달이 붕어라도 한 마리 사냥하고 있는지 물을 첨벙거리는 소리가 계속해서 들려왔죠. 어머님과 저는 천변을 함께 걷다가 수달과 눈을 마주쳤던 경험이 여러 번 있었답니다.

"저기, 지면에 대고 바짝 잘라버린 나무 밑동이 보이니?"

어머님께서 가리키시는 곳에는 웬만한 함지박보다 큰 나무 그루터기가 하나 있었죠. 얼핏 봐도 그 나무는 잘라낸 지 오래인 것처럼 보였어요. 게다가 사람들이 수없이 밟고 지나간 듯 모서리는 거의 다 닳아 없어졌답니다.

"저 나무를 내가 잘랐단다. 사람들을 시켜서…… 글쎄, 산서 그애가 초등학교 삼학년 여름방학 때, 바로 우리가 앉은 이 자리에서 번갯불에 콩을 볶아먹자고 손을 내밀곤 했다지 뭐냐. 그날도 그해 칠석날이었단다. 나는 칠석 특식으로 호박전을 부치는 중이었던 터라 그날을 잘 기억하고 있지. 그런데 저 버드나무에 정말이지 번개가 쳤던가보더라. 아이는 쓰러지고, 나무는 새까맣게 불타고 말았지. 산서는 화상 한 군데 입지 않고 멀쩡했지만 나는 사람들을 이끌고 와서 저 나무를 베어버렸던 거란다."

"아니……."

당신, 그렇게나 엉뚱한 사람이었어요? 금강산에서 있었던 일들만 생각해봐도 능히 그러고도 남았겠지만 말이에요. 하긴 뭐, 저 자신도 그런 얘기를 들었던 적이 있답니다. 번갯불에 콩을 볶아먹은 아이라고 말이에요. 제가 잠시 그날의 일들을 떠올리려는 찰나 어머님께서 말씀을 이으셨지요.

"천우신조였지. 산서는 그렇게 강한 아이란다. 그 일 이후로 나는 그애에게 말 그대로 천우가 있고, 신조가 있으리라고 믿는다. 그런데 하늘이 그애를 붙들어주고 신명이 그애를 도울 일이 없다면 오히려 더 낫지 않을까, 이따금 생각해보기도 해. 무슨 뜻이냐면, 번개를 내리고 하늘이 그애를 붙들어줄 게 아니라 처음부터 아예 번개를 내리지 않기를 바라는 마음이 더 크다는 말이란다."

어머님께서는 그날 많은 말씀을 제게 들려주셨어요. 혹시 그분께서는 저를 원망하셨던 걸까요? 저, 림채하란 이름의 천둥 번개를?

"죄송해요, 어머님!"

"아니다. 널 두고 하는 얘기가 아니다. 산서는 이제 어린애가 아니야. 사내들에게는 사내들만의 길이 있지."

"……."

"금강산 관광이 중단되던 그해 7월 말이다. 너희 아버님과 나도 이미 예약을 해둔 상태였단다. 산서가 우릴 초청한다고 했어. 꼭 보여줄 게 있다고 하면서…… 그때는 그게 바로 너인 줄 몰랐지만, 지금 나는 칠석 신앙을 믿는다. 물론 직녀도 믿고!"

어머님께서 제게 부채질을 해주셨지요. 열대야는 좀체 기세를 누그러뜨리지 않았답니다. 칠석까지 보름이 넘는 기간 동안 내내 그랬어요. 전주나 서울, 그러니까 우리나라뿐만 아니라 중국과 일본 유럽 등 세계 곳곳이 폭염으로 신음하고 있다는 뉴스가 거의 매일 빠지지 않았죠.

혹시, 그해가 냉혈동물인 뱀의 해였기 때문일까요? 제가 달리 이런 엉뚱한 생각을 하는 건 아니에요. 우리는 석축을 해놓은 둑 아래로 각자 두 발을 내리고 편히 앉아 얘기하고 있었는데 어머님께서 갑자기 철부채로 자신의 종아리를 탁 내리치셨어요. 모기인가 했지만 그게 아니었답니다. 어머님께서 종아리를 들어 올리시는 순간, 기다란 물체 하나가 따라 올라왔죠. 놀라지 마세요. 그건 뱀이었어요.

정말, 놀라지 마세요, 오라바이. 오라바이가 놀라실까봐 걱정이랍니다. 놀라서 어떤 일이나 저지르지 않으실까 하고…… 그놈은 다행히 독이 없는 물뱀이었고, 허겁지겁 병원으로 어머님을 모시고 가서 치료를 받은 결과 아무런 이상도 없다고 했으니까요.

오라바이, 우리 한반도 지도를 들여다보면 남북을 가르는 군사분계선이 혹시 거대한 뱀 같다는 느낌이 들지 않던가요? 저는 매번 그런 생각을 해왔답니다. 우리 한반도의 산하 한가운데 길게 엎드려 있는 뱀…….

우리는 그 뱀 한 마리를 어찌하지 못하고 머리 위쪽에 두거나 발밑에 둔 채 60년 이상을 살아온 셈이죠. 60년이라면 비록 처음에는 물뱀이었다고 하더라도 이미 독사가 돼 있을 테고, 구렁이였더라면 능구렁이를 지나 스스로 온갖 조화를 다 부리는 귀신이 되고도 남았을 거예요. 실제로 돌이켜보면 그 전해와 그해, 북과 남에서는 차례로 새 정권이 들어섰지만 휴전선이라는 이름의 그 뱀은 해를 거듭할수록 비늘이 두꺼워지고 살집은 더욱 커지는 듯합니다.

그뿐인가요? 그 뱀이 한 번씩 뒤척일 때마다 남과 북이 크게 요동치고…….

제 외가 쪽으로 숙부가 되시는, 우리 엄마의 사촌오빠 장성택 총리가 반민 반혁명 역모 죄로 낙인 찍혀서 처형을 당한 것도 바로 그해 말의 일이었습니다. 김정일 위원장이 사망한 지 꼭 2년 뒤의 일이었지요. 우리 집과 장 총리의 친가인 우리 외가는 다 같은 청진 땅이었어요. 그러니 뱀에 물린 당신 어머님도 어머님이지만, 얼마든지 안심해도 좋은 상황이었으니까 이렇게 표현하는 건데, 청진 제 엄마 일가는 도대체 어찌 되었을까요? 아버지는 청진의학대학에 그대로 근무하고 계실까요? 그리고 엄마는?

"네 부모님께 해가 미치지는 않을까 걱정이 된다만……."

TV 뉴스를 보고 계시던 어머님이 그렇게 운을 떼셨어요.

"전, 모르겠어요."

"새 정권의 칼을 쥐는 사람들은 반드시 희생양을 잡아서 피를 뿌리는 법이란다. 작은 양 열 마리를 잡거나 아니면 큰 소 한 마리를 잡거나, 방식만 좀 다를 뿐이지. 권력 기반이 취약할수록 더 기승을 부리고 매달리는 게 바로 그런 일들이야. 한때 이쪽에서는 토끼나 꿩 같은 조무래기들만으로 희생양을 삼았던 일도 있단다. 이번에 그쪽에서는 큰 소 한 마리를 잡은 셈 치면 된다. 작은 양 몇 마리를 굳이 보탤 필요는 아마 없을 게다. 내 말이 무슨 뜻인지 알지?"

"네, 고맙습니다."

"그래, 너무 걱정하지 않아도 될 거란 얘기다."

어머님의 지혜는 놀라웠어요. 저를 위로하기에 충분한 말씀이셨고, 아직까지도 다른 희생자들에 대해서는 더 이상 특별한 뉴스가 들려오지 않았으니까요.

제가 장성택 그분을 직접 만나뵌 건 딱 한 번뿐이었습니다. 청진에서 평양 금성중학교로 전학을 오던 날, 엄마와 함께 그분 댁에 찾아간 적이 있거든요. 푹신푹신한 양탄자가 깔린 거실에는 그랜드피아노가 놓여 있었고, 대형 냉장고와 TV, 그리고 옥으로 만든 예술 조각품이며 진귀한 서화가 가득해서 저는 눈이 휘둥그레질 만큼 구경하고 다니기 바빴죠. 이따금 풍문으로 듣던 소식에 의한 것이지만 그분은 몇 차례 부침을 거듭하면서도 비교적 탄탄대로를 걸어온 셈이었어요. 그도 그럴 것이 그분 부인은 최고 통치자 김정일의 누이, 곧 김정은의 고모였으니까요.

물론 제 외숙에 대한 얘기는 그게 다가 아니랍니다. 요즘 들어서 남쪽 매스컴에 자주 오르내리는 이름 하나가 있죠? 설주…….

지금은 북쪽의 퍼스트레이디, 영부인, 북쪽에서 흔히 쓰는 표현 그대로 최고 존엄의 부인이 돼 있는 인물 얘기랍니다. 설주는 제가 잘 알고 지내던 벗이자 동생이었어요. 금성학원의 3년 후배이면서 고향이 같았고, 집안 환경까지 비슷했기 때문에 우리는 어릴 때부터 아주 가까운 사이였죠. 이런 말을 해도 괜찮을지 모르겠지만 그 애는 사실 내 뒤를 곧이곧대로 밟으면서 커온 아이였답니다. 음악을 선택한 것도 그렇고, 평양으로 유학을 떠난 것도 그렇고, 금성학원에 입학한 사실만 봐도 그렇죠. 그리고 우리 둘 사이에 제 외숙이 계셨는데, 그분이 최고 존엄과 설주를 중매했던 거예요. 그 과정에서 당연히 제가 외숙에게 설주를 소개했던 것이고요.

당신 어머님께는 이미 설주 얘기를 낱낱이 말씀드렸답니다. 그러니 어머님께서는 청진의 제 부모들이 안전할 것이라고 말씀하셨는지도 모르겠습니다.

"뱀이 뱀을 물고, 어디서나 사람이 사람을 무는구나!"

무슨 뜻인지 알 수 없는, 어머님의 탄식이었지요. 어쨌든 저는 북한에서 살던 시절 그분 도움을 적지 않게 받았답니다. 누구든 저를 함부로 대하지 않은 사실만으로도 그분 영향을 짐작하고도 남죠. 뱀의 해가 기어코 꼬리를 끌고 사라져가던 그해 말, 저는 집 앞의 오목대에 올라 멀리 북쪽을 향해 그분 명복을 빌어드렸답니다.

저도 기다릴 테니까 오라바이도 조금만 참고 기다리세요. 지금은 그저 기다리는 일이 전부랍니다. 뱀이든, 혹은 소나기든 우선은 그게 지나가기를 기다려야겠죠. 한숨 한 번 크게 내쉬면 기다림에 조금 도움이 될지도 몰라요. 제가 방금 몰아쉬었던 큰숨이 바로 그것이었답니다.

봉래산에 쓴 낙서

림채하 동무…… 매일 저녁 8시, 추모비 뒤편 너럭바위에서 기다리겠습니다.

수많은 관광객들로 북적이던 금강산은 하루아침에 분위기가 싹 바뀌고 말았다. 산은 산대로 괴괴해졌고 물은 물대로 저희들끼리만 왁자지껄 소리를 질러대곤 했다. 남쪽 우리 회사 직원들은 고위층을 빼고는 우리끼리 모여서 수군대고 북쪽 종사원들은 우리가 눈에 띄면 슬그머니 자리를 피했다.

엄중한 군사지역을 무단 침범한 돌이킬 수 없는 범법행위라는 북측 주장과 수많은 관광객들이 오가는 예측 가능한 상황에서 저질러진 민간인에 대한 명백한 학살이라는 남측 주장은 한 치도 좁혀지지 않고 서로 끝없는 평행선을 달렸다.

하필이면 동트는 시각에 벌어진 일이라는 사실도 시비를 가리기에는 참 애매한 요소였다. 어둠 속의 일과 새벽이 밝아진 다음의 일은 천양지차일 것이기 때문이다. 그 당시 남한 전 국민들이 한 벌씩은 보유하고 있다는 검정색 등산복도 시빗거리에 올랐다.

남쪽 정부는 북측을 향해 사건 현장을 공동 조사하자고 제안했지만 북쪽에서는 받아들이기 어려운 측면이 아주 없지는 않아 보였다. 북에서 몇 번씩 강조했던 대로 그곳은 중요한 군사시설 지역이기 때문이었다. 두 마리의 고래 싸움에 등이 터진 새우 신세는 바로 우리 회사였다. 양측 눈치를 비상하게 다 살펴야 했고, 피해자 유가족을 위로하는 데 최선을 다해야만 했다. 새로 들어선 남쪽의 정권은 스스로 물러설 이유가 전혀 없어 보였다. 그 직전까지 전국 주요 도시에서 들불처럼 타오르던 광우병 집회를 단번에 종식시키는 절호의 돌파구가 저절로 열린 셈이었으니까.

그 무렵 우리 회사가 겪어야 했던 피 말리는 고통을, 융단폭격이라도 하듯 온갖 형태로 퍼부어지던 비난들을, 그 중상모략들을 여기서 다 까발릴 수는 없다. 사건은 결국 피해자만 남기고, 끝나지 않은 채로 끝이 났다. 한국전쟁이 오늘날까지도 끝난 게 아니라 그저 휴전 상태에 불과하듯…… 일차 피해자는 물론 그 부인이다. 그리고 말할 것도 없이, 엄청난 투자를 해놓고도 두 발이 꽁꽁 묶여버린 우리 회사였다.

도대체 어쩌다가 그런 황당한 일이 벌어진 걸까? 나는 애사심이 투철한 어떤 한 회사의 직원으로서 그걸 통탄하는 게 아니다. 실제로 내가 그 이후 회사에 재직한 기간도 그리 오래지는 않았다. 우선 내 코가 석 자였다. 회사 간부들은 서로 번갈아가며 나를 불러서 묻고 또 묻곤 했다. 희생자는 어떤 인물이었는지, 관심 대상으로 유심히 살펴보았는지, 또 내가 취한 일들은 무엇이었는지 그런 질문이었다.

림채하는 아흐레가 지나도록 약속 장소에 모습을 보이지 않았다. 물론 우리가 서로 약속을 한 건 아니었다. 내가 일방적으로 전한 쪽지에 지나지 않았다. 나는 휴대폰을 감춘 통조림에 장문의 편지를 써서 넣어두었고, 추신으로 그 내용을 전했었다.

림채하 동무…… 매일 저녁 8시, 추모비 뒤편 너럭바위에서 기다리겠습니다.

추모비라면 우리 회사 전 회장님의 추모비였다. 그걸 모르는 사람은 없을 테지만 나는 그게 혹시 잘못된 호칭은 아니었을까 거듭 돌이켜보기도 했다.

휴대폰은 내가 말한 그 너럭바위 아래 묻어둘 것을 부탁했었다. 휴대폰을 직접 휴대하는 일도, 그리고 전화 통화를 직접 하는 일도 위험하기 짝이 없었다. 그래서 서로 약속한 장소에 쪽지를 묻어두고 각자 와서 꺼내보는 고전적인 방식을 선택한 것이다. 비록 종이 쪽지보다는 현대적이라고 할 수 있는 휴대폰 문자 메시지를 이용하긴 했어도.

그렇다고 내가 마냥 일없이 기다리기만 했던 건 아니다. 아흐레 동안을 인고하면서 얻은 중요한 수확이 있었다. 나는 그녀의 숙소가 어딘지를 확인해두었고, 북쪽 종사원들에 대한 감시체제가 어떻게 운용되는지를 살펴보았다.

7월 20일 밤, 나는 내가 묵고 있던 사업소 건물을 나섰다. 강을 따라 흘러가는 종이배처럼 구름을 헤치고 가는 하현달이 보였고, 동에서 서로 길게 몸을 누인 은하수가 선명했다. 우리 지상에 휴전선이 동서로 놓여 있다면 천상에는 은빛 강이 동서로 흐른다. 고개를 더욱 꺾어서 머리 꼭대기를 올려다보니 견우와 직녀가 은하수를 사이에 두고 서로 조금씩 다가서는 듯했다. 직녀보다는 아무래도 견우 쪽의 발걸음이 더욱 급하게 보였다. 지상의 일과 천상의 일이 털끝만큼도 다르지 않았다.

"림채하 동무……."

온정리 마을 바깥에 세워진 여러 동의 작은 막사로 된 숙소들 앞에서 나는 잠시 심호흡을 한 뒤 그녀의 이름을 혼자 나지막이 불러보았다. 불이 이미 꺼진 숙소들도 많았다. 나는 어둠 속에서 몇 번이고 그녀의 방을 확인했다. 왼쪽 2열, 첫 번째 막사…… 나는 그곳을 향해 고양이처럼 발길을 옮겼다.

이윽고 노란 알전구가 켜진 방 안에 앉아서 뭔가를 들여다보는 그녀 모습이 눈에 들어왔다. 나는 몸을 잔뜩 숨긴 채 미리 계획한 대로 손만 들어 올린 채 항상 목에 걸고 다니던 아이디카드를 유리창에 갖다 댔다. 그러고는 창문을 가볍게 두드렸다. 어둠 속에 숨긴 내 얼굴을 밝은 방 안에서 본다면 귀신이 아니라면 괴한쯤으로나 여길 게 분명했다.

"……."

림채하가 유리창 쪽을 향해 조금 다가왔다. 나는 내 아이디카드를 밀어 올리면서 천천히 몸을 일으켰다. 그녀가 손바닥으로 자기 입을 틀어막았다. 그러고는 방문을 열고 나와서 내 손을 잡아 서둘러 이끌었다. 방으로 들어선 그녀가 알전구부터 껐다.

"어드래 이럼메? 동무가 생가망가 어드래……."

"견딜 수 없었어요."

"탁없는 일임메. 이러다, 이러다가 총 맞을 수 있단 말입네다. 디난 번 보디 않았슴두?"

그녀의 목소리는 낮고 둔탁하게 갈라져 나왔다. 몸까지 떨고 있다는 증거였다. 내가 그녀를 가만히 안았다.

"동무래, 참말 모르간?"

"압니다. 하지만 견딜 수 없었어요."

"반네미, 천치……."

림채하의 입에서 처음 듣는 진한 사투리들이 쏟아져 나올 때면 그녀가 어떤 식으로든 몹시 격앙돼 있거나 당황한 상태임을 나는 이미 알고 있었다. 그 말들이 무슨 뜻인지 제대로 이해할 수 없었지만 적어도 칭찬은 아니라는 것쯤도 안다.

나는 그녀를 진정시키기 위해 방바닥에 앉혔다. 잠시 침묵하는 사이를 비집고 그녀의 가쁜 숨소리가 내 귀를 자극했다. 깎인 풀잎 냄새…… 나는 그녀의 숨소리가 진정되기를 기다렸다. 문득 온정리 마을 쪽에서 개 짖는 소리가 들렸다. 녀석은 내가 그녀의 처소로 숨어들 때에도 짖었던 놈 같았다. 마을은 우리 사업소에서도 멀지 않은 곳이라서 나는 때때로 녀석의 울음소리를 듣곤 했었다.

"그 시각에는 하루하루, 사상총화와 학습이 있더랬습네다. 두 시간이나……."

림채하는 조금 진정이 된 듯했다. 아, 그랬구나! 그녀의 저녁 시간 동향을 좀 더 면밀하게 살피지 못한 게 후회스러웠다.

"끝나고 몇 번 거길 가봐뜨랜는데……."

그때 마침 하늘의 달이 유리창을 통해 방 안 동정을 엿보기라도 하듯 림채하의 얼굴이 달빛을 받아 희미하게 드러났다. 그녀의 이목구비가 어둠 속에서도 뚜렷했다. 나는 정확하게 그녀 입술의 위치를 알 수 있었다. 내 눈 앞에, 그것도 내 입술 바로 앞에 있었으니까.

그날 밤에 있었던 일들을, 나 혼자 평생 간직해야 할 소중한 비밀을, 내가 여기서 세세하게 함부로 드러내고 싶지는 않다. 무슨 얘기가 그러냐고 여러분은 실망할지도 모르겠다. 속은 게 분명하다거나 여태까지 얘기를 경청해준 상대에 대한 예의가 아니라고, 이건 말이 말답지 않은 일종의 횡포라고 비난할 수도 있겠다.

하지만 생각해보라. 림채하가 제삼자일 경우와 온전히 내 사람이 됐을 때는 사정이 판이하게 다른 법이다. 당신들도 그러지 않던가? 남자들은 흔히 이미 헤어진 연인에 대해서는 있던 일 없던 일까지 자랑삼아서 시시콜콜 떠벌이곤 한다. 그러나 현재까지 관계가 지속되고 있는 배우자에 대해서도 과연 그러던가?

아직도 나는 림채하와 결코 헤어진 게 아니다. 그리고 무엇보다 중요한 건 현재의 내 처지라는 사실이다. 여러분은 이 점을 명심해야만 한다.

다만, 내 기억의 저장고에 빠뜨리지 않고 반드시 기록해두고 싶은 얘기는 있다. 쓰나미 같은 거친 해일이 한 차례 우리를 사납게 덮치고 지나간 뒤에 림채하는 난파선마냥, 무너져 내린 건물더미마냥 꼼짝하지 않고 반듯하게 누워 있었다. 내 몸이 마구 떨리기 시작한 건 그때였다.

"내가, 내 목숨을 걸고, 내 목숨이니까, 채하 씨를 지킬게요."

"내래, 디난 86년 태어났어요. 그해 칠석날 밤에…… 뭐인가, 이제 짐작하겠습두?"

"아……."

"백 동무래, 오라바이가…… 올해 생일이 칠석이라고 말했을 때, 저는 제가 배운 주체사상과는 탁없게도 운명이란 거를 떠올렸디요."

그때 나는 떨리는 손가락으로, 처음으로, 그녀의 이마에 '산서이마'라고 새겼다. 림채하는 볼우물이 쏙 들어가도록 미소를 지은 다음에 다시 말을 잇기 시작했다.

"어느 해 여름밤에, 뎨 오마니가 마당가 멍석에 앉아 있다가 말씀하셨더랬지요. 채하야, 네 짝은 뎌기 뎌 별이다. 하늘이 네 짝을 점디할 거라 이 말이디…… 내래 오라바이에게 한순간에 빠져든 이유도 다 그런……."

림채하의 볼우물 양쪽에 내가 '산서볼우물'이라고 쓰는 바람에 그녀가 얘기를 잠시 멈추었다. 나는 어쩌다가 올해의 생일이 칠월 칠석과 겹치지만 림채하의 생일은 음력으로 해마다 칠석날이라는 얘기였다. 내친김에 나는 그녀의 입술에도 '산서입술'이라고 새겨놓았다. 그러고는 마치 중요한 절차라도 잊고 있었던 것처럼, 황급하게 입을 맞추었다.

"신성한 금강산에 마구 낙서하기요?"

그녀가 곱게 눈을 흘겼다. 나는 그 눈 양쪽에도 썼다. '산서눈'이라고…… 생각해보니 금강산의 그 많은 바위들마다 새겨진 낙서와 시와 이름들과 선전 문구에서 나는 나도 모르게 뭔가를 배우지 않았나 싶다. '산서눈썹'도 빠뜨리지 않았다.

림채하는 끝없이 이야기하고, 나는 끝없이 낙서를 했다. 독립적으로 이름 붙여진 사람의 신체 부위는 백오십 개도 넘는다는 사실을 나는 그때 처음 알았다. 한쪽 손만 해도 각자 이름 붙여진 부위가 그렇게 많았다. 엄지 검지 중지 무명지 소지 손톱 손등 손바닥 수도 지문 팔목 등등.

물론 손가락만으로 그걸 다 쓴 건 아니다. 만약 그랬더라면 내 손가락이 벌써 다 닳아 없어졌을지도 모른다. 감히, 나 스스로도 함부로 손댈 수 없는 어떤 장소에는 혀끝으로 새기기도 했다. 그녀의 입술에 손가락 끝으로 이름을 쓰는 건 아무래도 경망스러울 것 같은 자책감 때문에 혀로 고쳐 쓰고 난 다음부터였다. 이마나 코, 눈, 볼우물, 목덜미, 귀밑머리, 어깨, 귓불, 눈동자 등을 다 혀끝으로 다시 고쳐 썼다.

"디금은, 어드래, 뭐이라고 썼습둥?"

그녀가 침을 삼켜가면서, 다시 사투리로 물었다. 내가 그녀의 가슴에 무언가를 아주 길게 쓰고 났을 때였다. 금강산에서 저 멀리 북쪽으로 원산 지나서 청진, 그 근원으로부터 온 말투 같기도 했다. 오면서 다른 어느 것에도 오염될 수 없었던 날것 그대로의 말투…….

"이번에는 조금 긴 이름이었어요. '백산서무릉도원내고향남쪽전주봄날언덕배기활짝핀복사꽃판…….'"

"거기, 나를 데리가딜 수 있슴메?"

"물론입니다. 반드시 그렇게 할게요."

"그러디 않으문, 내래 오라바이를, 둑이갔시요."

그녀의 다른 쪽 가슴에 돌올하게 솟은, 그래봤자 기껏해야 석류씨 하나보다 작을 뿐인, 마치 선혈만으로 뭉쳐진 듯 선홍빛으로 물든 작은 유두 아래, 거기 복사꽃 색깔의 둥근 꽃판 주위에도 '백산서무릉도원'까지 쓰고 있을 때 그녀가 나를 협박했다. 나는 거듭 약속하고는 입안에 침이 고이기를 기다려 같은 낙서를 이어갔다. 워낙 길고 긴 이름이어서 그 경황 중에도 내가 제대로 순서를 찾아 똑같게 낙서를 했던 것인지는 지금도 장담할 수 없지만.

나중에 숙소로 돌아와 확인해보니 림채하의 생일은 양력으로 8월 12일이었다. 나는 8월 7일이고, 내 생일보다 정확하게 닷새 뒤였다.

그 뒤, 우리는 거의 매일 밤늦게 만났다. 그 사상학습이라는 게 끝나야 볼 수 있었기 때문이다. 내가 매번 그녀의 숙소를 찾아 기어든 건 아니다. 추모비 뒤편에서도, 온정각 서관 계곡에서도, 신계사 법당 뒤쪽으로 숨어 들어가 만나기도 했다.

내 생일이었던 8월 7일 밤, 그날의 기억만큼은 여기 남겨야겠다. 아홉수가 끝나고 내가 비로소 서른이 되던 날의 일기니까…… 그게 온정각 서관 뒤편으로 흐르는 계곡의 너럭바위 쪽 얘기다. 그곳은 계곡 물소리가 시끄러운 곳이기 때문에 우리가 웬만큼 큰 소리를 내더라도 길을 지나는 이들에게 들킬 염려가 없는 장소였다. 게다가 숲이 깊고도 짙었다.

림채하는 그날 나에게 고구려 고분벽화를 모사한 자수 손수건과 백두산들쭉술 한 병을 선물했다. 손수건은 인디언블루 비단 바탕에, 스니커즈 색깔처럼, 고구려 덕흥리 고분벽화를 고스란히 재현해낸 것이라고 했다. 견우와 직녀의 모습이 거기 있었다. 한가운데 굽이치며 흐르는 강 왼쪽으로는 소를 끌고 돌아서 가는 노란 옷의 견우가, 그리고 오른쪽으로는 두 손을 모은 채 견우를 하염없이 바라보는 붉은 적삼의 직녀가 있다. 그리고 직녀 뒤쪽으로는 큰 주작 한 마리가 날개를 활짝 펼치고 있고, 주작의 머리 위로 이른바 남두육성南斗六星까지 자수로 새긴…… 손수건의 자수는, 물론 말할 것도 없이, 그녀가 직접 수를 놓은 것이라고 했다.

우리는 백두산들쭉술을 함께 나누어 마셨다. 신혼 초야에 신랑신부가 서로 혼주混酒를 따라주면서 마시기라도 하듯…… 그리고 밤늦게, 그해의 칠석 비가 내렸다.

"기어코 칠석 비가 내립네다. 돌아가야디요."

"아닙니다. 칠석 비를 맞으면 원하는 사랑이 이루어진다는 속설이 있어요. 오늘은 우리 그냥 비 좀 맞죠."

"아, 그게 진짜임메?"

헤어지고 싶지 않아서 생각나는 대로 둘러붙인 말에 지나지 않았지만 림채하는 어린애처럼 반색했다. 나는 우리가 벗어던진 옷가지들을 바위 아래로 밀어 넣었다. 그 순간 시계를 보니 이미 자정이 지나 있었다. 내 생일이 지난 뒤였고, 칠석 비치곤 너무 늦은 비였다.

맨몸에 떨어지는 빗방울은 차가우면서도 달콤하고 또 아프기도 했다. 머리 위 키 큰 나무들이 나뭇잎에 빗방울을 모아두었다가 한꺼번에 우리 몸에 쏟아 부을 때면 화들짝 놀랐다가 동시에 웃음을 터뜨리기도 했다. 내색을 하지는 않았지만 그때마다 내 몸은 여지없이 아프게 느껴지곤 했다. 왜 이까짓 빗방울로 몸이 아픈 걸까? 나는 정말이지 중병을 앓는 사람처럼 웅얼거렸다.

"채하 몸속으로, 가루약처럼 물약처럼, 스며들고 싶어. 그렇게 하라고 명령해줘."

"명령하디요. 명령하디요. 가루약처럼……."

한낱 빗방울에 맞으면서 왜 아팠는지를 나는 지금 안다. 몇 분이 더 지나 날이 바뀌기는 했지만 그게 견우와 직녀의 칠석 비였기 때문이다. 보다 직설적으로 표현하자면, 만났으니까 이제 마땅히 헤어지면서 흘려야만 하는 눈물이었기 때문이다. 이건 하찮은 상징 따위가 아니라 완벽한 사실이다. 내 얘기는 이제 그 부분에 관한 한 끝까지 거의 다 왔다.

숙소에 돌아온 날부터 사흘 동안은 나름대로 바빴다. 관심은 오로지 그녀의 생일선물이었다. 머리를 쥐어짜면서 무엇을 준비해야 할지 나는 고민을 거듭했다. 무엇을 선물하든, 그녀가 내게 준 자수 손수건보다 나을 것 같지는 않았기 때문이다. 우선 하나는 떠오르는 게 있었다. 그건 성혼선언서였다. 지상에서 하나뿐인 나 백산서는, 백산서에게 하나뿐인 나 림채하는…… 그렇게 시작하는 문서였다. 8월 12일, 그녀가 스물셋이 되는 생일에 만나면 함께 읽고 또 서명까지 해둘 계획이었다.

궁리를 거듭했지만 실제적인 선물은 마땅한 게 떠오르지 않았다. 그러다가 10일이 되어 월급을 수령했을 때, 필요한 소액의 돈만 빼고 나머지 모두를 유로화로 환전했다. 그 무렵 북쪽에서는 달러보다 유로화를 더 선호한다고 들었던 것이다. 비록 사나흘을 만나지 못했지만 나는 무척 들뜬 채 그날 하루를 보냈다.

마침내 11일이 왔다. 12일이 아닌 11일이었다. 나는 그날을 죽어서도 잊지 못할 것 같다. 갑작스런 회사 명령으로, 아니면 북쪽의 추방 통보 때문인지도 모르지만, 금강산에 잔류하던 우리 회사 직원 전원이 짐 보따리 하나 제대로 챙기지도 못한 채 쫓기듯 철수를 단행해야 했던 날이 바로 그날이다. 나는 도망칠 수도 없었고, 누군가에게 따지거나 엎드려 빌어볼 수조차 없는 입장이었다. 허망하고 또 황당한 일이었다.

우리 직원들을 태운 버스가 금강산사업소 앞에서 막 시동을 걸기 시작했을 때, 나는 저 앞 문화회관 로비 쪽에 몸을 붙이고 서 있는 그림자를 하나 발견했다. 제정신이 아니었던 터라 나는 거기 서 있는 위치의 의미도, 그리고 그 자세도 무엇을 뜻하는지 바로 알아

차리지는 못했다. 손을 흔들 수도 없었다. 어찌 경박하게 손을 들어 흔들 수가 있었겠는가?

금강교를 건너 속초를 향해 한참을 달려온 뒤에서야 나는 두 개의 의미를 제대로 파악했다. 문화회관 로비 쪽은 내가 술에 만취됐을 때 누군가의 부축을 받아 잠시 서 있던, 누군가의 새끼손가락을 덥석 입에 넣었던 바로 그 자리였다. 그리고 그 자세는 무엇이었던가? 덕흥리 고구려 고분벽화에 등장하는 오른쪽 부분, 방위로는 북쪽, 두 손을 공손히 모으고 건너편을 하염없이 응시하고 있던, 내가 선물로 받은 자수 손수건 속 직녀의 초상이었다. 나는 그때서야 목울대에서 피를 토하는 듯 울음을 터뜨렸다. 울음은 서울에 도착할 때까지 멈춰지지 않았다. 내막을 알 리 없는 동료 직원들은 다 이해한다는 듯이, 뭔가 오해한 게 분명하지만, 내 시끄러운 울음소리를 그냥 인내해주었다.

림채하가 나에게 선물했던 손수건은 지금도 전주 한옥마을의 내 고향집에 보관돼 있을 것이다. 걸핏하면 의심하는 사람들을 위해 그 비밀스런 장소까지 여기서 아예 공개해야겠다. 거기 서재 한가운데, 내 아버지가 지으신 『에덴동산을 떠나며』라는 시집의 맨 뒷장에 고이 개켜진 손수건이 있다. 맨 앞 페이지에는, 림채하에게 미처 보여주지도 못했던 성혼선언서가 접혀 있을 것이다. 그리고 책 중간에는 일백 유로짜리로만 빳빳한 지폐 스물다섯 장이 역시 페이지마다 숨겨져 있다.

증거는 또 있다. 림채하를 위해 내가 맨 처음 구입하고도 차마 전하지 못했던 속옷 말이다. 그런데 속옷까지 어디에 보관돼 있는지 굳이 발설하고 싶지는 않다. 만약 그게 드러나 세인들의 구경거리가 된다면 나나 림채하에게는 조금 민망할 것 같기 때문이다. 금강산에도 증좌는 남아 있다. 거기 추모비 안쪽 너럭바위 아래를 파보면 내가 숨겨두었던 중국산 휴대폰이 하나 발견될 것이다. 금강산에는 도처에 너럭바위가 많으니까 잘 살펴봐야만 한다. 혹시 모르겠다. 휴대폰은 그녀가 잘 챙겨두어서 지금은 눈을 씻고 찾아 나선다고 하더라도 끝내 찾을 수 없을는지도.

림채하와 함께한 날들은 정확하게 40일로 끝나고 말았다. 2008년 7월 3일부터 8월 11일까지였다.

40일이라면 짧은가? 나는 지금, 당신의 낮과 내 밤이 상대적으로 어떻더라는 식의 건방진 비교를 하고 싶지는 않다. 그 40일과 내 남은 인생 40년을 결코 바꾸고 싶지 않다는 소망이라고 해두고 얘기를 끝내기로 하자. 40일은 충분히 길고도 긴 시일이었다. 내게 여한은 없다. 나 스스로를 위로하는, 간절한 마음으로 비유하면 이렇다. 예수는, 광야에서 40일을 지낸 뒤, 인간의 아들에서 비로소 신의 아들로 바뀌지 않았던가?

에덴동산을 떠나며 1

2012년 겨울은 몹시 춥고 우울한 계절이었어요. 남한에서도 남쪽 전주가 이렇게 추울 수 있을까 싶은 겨울이었답니다. 남쪽이 대통령 선거 열풍에 휩싸여 있던 바로 그해였어요. 그해 봄, 북쪽에서는 김정은이 노동당 제1비서와 국방위원장으로 추대됐었지요. 남과 북이 약속이나 한 듯 나란히 새 시대를 향해 나아가고 있었지만 달라질 것은 없어 보였어요. 그 나물에 그 밥이란 말들이 들려오기도 했죠.

이제 당신 아버님 소식을 전해야겠네요. 제 아버님이기도 하셨던 분…… 언제까지나 미루고 싶다고 해서 미룰 수도 없는 얘기거든요. 어쩌면 그해 겨울이 유난히 춥게 느껴졌던 이유도 아버님 때문이 아닐까 싶어요.

하나원을 졸업한 제가, 지금도 졸업이라는 표현을 쓰는지는 잘 모르겠지만, 무작정 향해 간 곳은 전주 한옥마을이었어요. 당연히 오라바이 집이었지요. 그게 2012년 봄날의 일이랍니다. 때마침 복사꽃이 필 무렵이었고요. 톨게이트 부근에서부터 시작해서 전주 인근에는 온통 복사꽃 천지더군요. 나중에야 저는 전주가 복숭아 특산지로 나라 안에서 으뜸이라는 사실을 알았어요. 그런데 당신이 나를 데려가겠다고 약속하셨던 그 남쪽 언덕배기 복사꽃은 어느 곳에 서 있는 나무였어요?

한옥마을은 엄청나게 많은 인파들로 붐볐어요. 때마침 저녁나절이었는데 식당 앞에는 삼사십 명이 넘는 관광객들이 줄을 서서 차례를 기다리는 모습도 눈에 띄었지요. 간간이 이층 한옥도 없지는 않았지만 크고 작은 단층 한옥들이 서로 머리를 맞댄 채 늘어선 모습은 분명 장관이었어요. 무늬를 새겨넣어 한껏 뽐을 낸 벽돌담, 그리고 그 담장 치마를 여미고 있는 듯 세워진 모든 한옥의 소슬대문, 담장 밖으로 고개를 내민 채 꽃을 피우고 있는 살구나무며 매화들까지, 저는 모든 게 의아하고 신기했지만 혹시 저를 알아보는 얼굴이 있을지도 모른다는 생각에 맘껏 다 구경할 수는 없었답니다.

오라바이네 집을 찾는 일은 어렵지 않았습니다. 오라바이가 저한테 써주신 통조림 속 장문의 편지에 주소까지 다 적혀 있었으니까요. 들킬지도 모른다는 염려 때문에 편지를 남쪽으로 가져오지는 못했지만 저는 내용 모두를 이미 다 외울 정도랍니다. 읽고 또 읽고, 끝없이 읽었으니까요.

"예약을 하신 분인가요?"

당신 어머님이 대문 안으로 들어서던 저를 보고 물으셨어요. 그때 그 순간의 일들은 아주 느리게 상영되고 있는 어떤 영화 장면들처럼 저에게 세세하고도 깊게 각인이 돼 있답니다. 집은 멋진 이층 한옥이었죠. 넓지는 않지만 담을 따라서 길게 정원이 있었고요. 당신 아버님은 정원에서 새롭게 움트고 있는 수국에 물을 주고 계셨고, 어머님은 소나무 아래 영산홍 옆에 서서 철지난 마른 잎을 따내시던 중이었어요.

"저, 백산서 오라바이를 찾아왔습니다."

"……."

제 말이 떨어지자마자 두 분께서는 뭔가 아주 곤혹스러운 듯, 그러면서도 한 가닥 기대가 담긴 눈빛으로 서로를 바라보셨습니다. 그때서야 저는 아차 했지만 이미 엎질러진 물이었어요. 전화라도 미리 드리고 찾아왔어야 했는데…… 그랬더라면 그분들, 특히 아버님께 아픔을 다시 환기시키는 일은 벌어지지 않았을지도 모르는데…….

부모님을 뵙기 전부터 어떻게 말씀을 드려야 할지 이미 몇 번씩 입안에 되뇌어보기는 했지만 막상 운을 떼자니 영 갈피를 잡을 수가 없게 돼버리고 말았어요. 아마 북쪽 사투리를 쓰지 않으려고 너무 긴장한 탓인지도 모르겠어요. 할 수 없이 저는 머리에 떠오르는 대로 사실을 대충 말씀드렸지요.

"잘 왔다. 잘 찾아왔다. 아가!"

그때까지 제가 양손에 들고 있던 짐 가방 하나를 받으시며 아버님께서 말씀하셨답니다. 저는 이제 비로소 제대로 찾아왔다는 안도감에 울컥했어요. 아버님께서는 제 가방을 들고 집 옆으로 돌아가시더니 그걸 어딘가에 두고 다시 오셨죠. 그러고는 말씀하셨어요.

"저녁을 먹으러 가자. 가서 얘기를 하자."

당신 아버님, 백병천…… 아, 그분께서는 지금 돌아가시고 세상에 계시지 않는답니다. 죄송해요, 오라바이. 이런 소식을 전하게 돼서.

아니, 그것보다는 당신 아버님을 돌아가시게 만든 사람이 바로 저 자신이라는 죄책감이 더 큽니다. 세상 누구보다 따뜻하셨던 분, 감수성이 누구보다 예민한 시인이면서도 자기 고통은 발산하지 않고 오직 안으로만 새기시던 분…… 어쩌면 그 세 가지가 아버님을 떠나가시게 만들었을 거예요. 아버님께서 남기신 시집 『에덴동산을 떠나며』처럼.

어머님께서는 저를 환대하지 않는 눈치셨어요. 처음에는 오히려 노골적으로 반감을 드러내셨지요. 그건 천 번이라도 이해해요. 저라도 그럴 테니까요. 세상에 하나뿐인 아들이 나타나야 할 자리에 제가 대신해서 떡 하고 모습을 보인 셈이니 말이에요. 물론 제 꼬락서니도 마음에 들지 않으셨겠지요. 만약 제 용모가 조금이라도 곱다고 여기셨다면 그 고운 자태로 아들을 유혹한 사실이 못내 미웠을 테고, 남의 옷을 빌려 입은 듯 뭔가 초라한 행색 역시 마뜩잖으셨을 겁니다.

어머님께서 직접 운전하시는 승용차로 우리는 어느 숯불구이 식당에 갔죠. 돼지 삼겹살을 구워 먹는 곳이었어요. 하나원에서 교육을 받던 시절에 두세 번 구경해보기는 했지만 제가 세상에 태어나 제대로 삼겹살이라는 고기 맛을 본 건 그때가 처음이었답니다. 가게 문을 열어 저를 먼저 앞세우시던 아버님이 문득 지나가는 말투로 일러주셨죠. 아주 공허하게 들리는 말씀이었어요.

"산서가 좋아하던 삼겹살이란다."

홀에 큼지막하게 내걸린 플래카드를 보니 '진안고원 군수 보증 흑돼지'라고 적혀 있더군요. 그래요, 오라바이. 혹시 저를 보고 싶지 않으시거든 흑돼지 삼겹살이라도 구워 드시러 전주에 나타나세요. 네?

제 얘기를 들려드리느라고, 또 두 분 말씀을 듣느라고 저는 막상 고기를 몇 점 먹지는 못했어요. 그래서 억울하다는 뜻이 아니에요. 두 분께서도 거의 들지 못하셨는데 제가 기껏 고기 따위에 섭섭했겠어요? 어머님께서는 이따금 눈물을 찍어내셨고, 아버님은 쓴 소주에 구운 마늘을 집어 안주로 드시곤 했죠. 그러면서 잘 익은 고깃점만을 골라 제 접시에 옮겨주셨고요. 저는 저 자신이 너무 뻔뻔스러운 게 아닐까 하는 생각에 얼굴이 자꾸 화끈거렸어요. 눈앞의 숯불처럼 말입니다.

"내 이름은 백병천이라고 한다. 산서 어머니는 조미숙이고……."

"네, 벌써 알고 있습니다."

"그래, 정말 잘 왔다. 언제까지나 우리 집에서 지내도 된다. 우리는 채하 너를 우리 딸로 여길 것이다. 아니, 산서 몫까지 합해서 대할 거야."

저는 앉은자리에서 숯불에 이마를 델 정도로 깊이 고개를 숙여 절을 드렸어요. 마냥 속절없이 삼겹살 타는 냄새가 퍼져 나왔습니다. 제가 아주 어린 시절, 저희 아빠가 양철지붕 사이를 뒤져 잡아낸 참새를 구워주실 때처럼…… 저는 그때 기억으로 한껏 느꺼워져서 좀 더 가까운 체를 하느라고 묻지도 않으시는데 말씀드렸어요.

"산서 오라바이는, 저에게 〈금강선녀〉라는 노래도 알려주셨어요."

"그랬겠구나. 내게 배워간 노래였다. 나도 선배 시인에게 배운 노래였다만."

"내 생각은 묻지도 않아요?"

어머님께서 침묵을 깨셨죠. 아버님은 잠자코 어머님이 말씀을 다 들이기를 인내하면서 기다려주셨답니다.

"이 아이가 야속하지도 않아요? 이 아이 얼굴을 조석으로 대해야 하는 일이 가혹하지도 않아요?"

저는 쥐구멍이라도 찾아들어가 숨고 싶은 심정이었어요. 그래서 고개를 숙이고 숨을 죽였죠. 한옥마을에 오기만 하면, 오라바이 집만 찾으면 오라바이까지 찾을 수 있다고 믿었던 제가 얼마나 어리석었는지요. 오라바이가 한옥마을에 그저 태평스럽게 숨어 있을지도 모른다고 실오라기 한 올만큼이라도 기대했던 제가 얼마나 바보 같은가요.

아버님이 소주를 따라 드시는 소리가 들렸어요. 저도 한 잔 따라 드리고 싶었지만 꼼짝도 못 할 정도로 제 몸은 얼어 있었죠.

"당신, 내 말 들어봐. 우선 산서 그놈이 이토록 아리따운 처자한테 반한 게 잘못이라도 되는 건가? 그리고 또 있어. 그놈이 지금 어디에 있든, 채하가 우리 집에 머물고 있는 것보다 더 빨리 돌아오도록 만들 방법이 달리 있을 것 같아?"

"그애가 걱정돼서 그렇죠. 그애가……."

갑작스럽게 어머님이 울음을 터뜨리셨어요. 저도 어머님을 따라 눈물을 뚝뚝 흘렸습니다. 어머님도 어머님이지만, 그 먼먼 곳을 빙 돌아서 전주까지 왔는데 이제 또다시 오라바이가 보이지 않는 캄캄하고 어지러운 미로를 만난 저 자신도 서러웠거든요.

"울지 마, 여보…… 채하도 그만 울고 내 말을 들어라."

아버님께서는 어머님의 어깨를 다정하게 감싸안고 포옹을 해주셨어요. 그날 이후 아버님께서 돌아가시는 날까지, 아버님의 모습은 항상 그러하셨지요. 어머님께서 조금만 눈물을 보여도 직접 닦아주시고, 어머님의 시선이 어디 먼 허공을 향하기라도 할 것 같으면 애써 그 앞을 가로막아 관심을 다른 데로 바꿔놓으시고…….

그게 어쩌면 아버님 병환의 씨앗은 아니었을까, 저는 자주 돌이켜보곤 합니다. 어머님을 지켜주시느라고 자신의 아픔은 한 번도 내색하지 못하셨던 일이 바로 그 씨앗을 발아하게 만든 건 아니었을까, 하고 말입니다.

"답답하던 의문점 열에 아홉은 오늘 채하를 만나서 저절로 풀렸다. 그래서 정말 고맙다. 나머지 하나에 대해서도 짐작되는 게 있다. 산서는……."

저는 또 술 한 잔 따라드릴 기회를 놓치고 말았어요. 아버님은 구운 마늘을 입에 넣고 나서 쓰디쓴 음성으로 말씀하셨습니다.

"산서는, 지금 북쪽에 있는 듯하다. 이제부터는 방향을 그쪽으로 잡아서 찾아야겠다."

어머님과 저는 눈물 그렁그렁한 눈을 들어 서로를 아연실색하고 멍하니 바라보았습니다. 세상에…… 그게 사실이라면, 꼬여도 이렇게 꼬일 수 있는 일이 세상에 또 있을까요? 서울에서 평양까지 택시요금 이만원. 소련도 가고 달나라도 가고 못 가는 곳 없는데 광주보다 더 가까운 평양은 왜 못 가…… 그렇게 유행가에도 등장하는 남북 관계잖아요.

"오늘부터는 이게 네 방이다."

집으로 돌아온 뒤, 어머님께서는 저를 오라바이 방으로 안내해주셨습니다. 일층 남쪽 끝에 위치한 방이었어요. 그게 오라바이 방이라는 걸 어떻게 알았느냐고요? 방문을 열자마자 제 코를 후비듯 끼쳐오던 아주 익숙한 냄새, 그게 오라바이 냄새가 아니고 무엇이었겠어요?

만약 어머님이 옆에 계시지 않았더라면 저는 그 냄새 때문에 왈칵 울음을 터뜨리고도 남았을 거예요. 당신 냄새는 방 문고리에서도, 책이나 서재에서도, 전신을 비추는 거울에서도, 그리고 말할 나위도 없는 것이겠지만 아무렇게나 흐트러진 채 구겨져 있는 이불이나 옷가지에서도 여지없이 풍겨져 나왔답니다. 어머님께서는 그때까지 일부러 방 안을 한 번도 치우지 않으신 게 분명해 보였어요.

그런데도 저를 위해 당신 옷가지를 모으려고 하셨지요. 제가 그때 어머님 손을 붙잡았어요.

"그냥 놔두시면, 안 될까요 어머님?"

"그래. 네가, 우릴 이해해다오."

"아니에요. 그냥 이 상태가 좋아서 그래요."

그날부터 저는 오라바이 방을 차지하고 생활하기 시작했죠. 아무것도 손대지 않고 말이에요. 아니, 손댄 것도 정말 많군요. 우선 제가 들고 왔던 저대를 벽에 걸어두었습니다. 그리고 오라바이가 벗어던진 추리닝 바지나 티셔츠를 입곤 했죠. 어머님께서는 그런 제 모습을 보고 백화점에 저를 끌고 가기도 하셨어요. 그러고는 승용차 뒷좌석이 가득 찰 만큼 옷을 사주기도 하셨지만 저는 집 안에서는 여전히 당신 바지를 입고 티셔츠를 걸쳤답니다.

아, 그것 말고도 제가 함부로 손을 댄 건 또 있어요. 아버님께서 지으신 시집을 읽어보려고 책을 빼들었다가 저는 거기서 무더기로 어떤 보물들을 발견했답니다. 돈을 말하려고 하는 건 아니에요. 제가 수를 놓았던 덕흥리 고분벽화 손수건, 그리고 미처 상상하지도 못했던 성혼선언서까지…… 오라바이도, 오라바이 회사의 회장님처럼, 여기저기 울음보를 찾아 터뜨리고 다니는 눈물 댐 관리소장 같은 재주를 타고 나신 건가요?

제가 미친 듯 울부짖는 소리를 듣고 부모님께서 놀라 달려오셨습니다. 두 분 모두 당신이 숨겨둔 물건들을 보셨죠. 저는 울면서, 두 분께서 바라보시는 바로 그 앞에서, 성혼선언서의 제 이름자 림채하 뒤에 정성스럽게 서명을 했답니다. 당신이 숨겨둔 보물들은 지금도 서재에 그대로 보관돼 있습니다. 당신 이름 백산서 뒤에는, 당신께서 직접 오셔서 서명을 하시면 돼요. 그날이 언제일까요?

그로부터 며칠 지난 뒤의 일이기는 하지만 저는 또 다른 보물 하나를 더 찾아냈답니다. 그것은 문갑 저 안쪽에 깊이 숨겨져 있었지요. 속옷 말입니다. 혹시 저에게 주려고 했던 선물이 아니라면 어떻게 하죠? 제가 몰래 입어봤거든요. 그러고는 얼른 벗어서 잘 개켜두기는 했는데, 그 뒤로도 여러 차례 입었다가 벗었다가 하는 바람에 이제는 새 옷이라고 할 수도 없게 됐으니 말이에요. 도대체 그 옷은 언제 사셨던 건가요? 언제 사셨기에 제 몸에 맞춘 듯 정확하게 일치하는 건지, 오라버니를 만나면 아주 세게 한 번 꼬집어줄 작정이랍니다.

이튿날, 그러니까 제가 한옥마을에 깃든 다음 날 아침식사를 하는 자리에서 아버님이 말씀하셨어요.

"이제 그놈을 기다리는 사람이 셋으로 늘었구나. 네가 와서 힘이 된다. 잘 왔다."

"고맙습니다. 아버님."

"그래. 오늘은 나랑 서울 좀 다녀오자. 그놈 다니던 회사 사장님을 만나뵈어야겠다."

"아니, 당신이 무슨 일로?"

어머님께서 물으셨죠. 문살 창호지를 투과해서 들어오는 햇볕으로 대청에는 따뜻한 기운이 감돌았어요. 아버님이 얼마나 지혜가 많은 분이신지 얘기를 들어보세요.

"지금 같은 시국이라면 남북대화는 기대하기 어렵지. 올해 내내 그럴 것이고, 지금 돌아가는 선거 판세로 보면 이번에 당선이 유력한 대통령 후보도 남북대화에 나설 가능성은 제로야. 그래서 남북대화를 통해서 산서 그놈을 데려올 수 있는 사람도 없는 셈이지. 아니, 남북대화를 통해서 일을 도모하려고 하면 그게 무슨 일이든 더욱 꼬이고, 더욱 진창으로 빠져들고 말 거야. 이건 불을 보듯 뻔해. 그래서 더 이상은 산서 찾는 일을 공개해서는 안 돼. 전처럼 사람 찾는 광고지를 돌려도 안 되고...... 그 대신 다른 방법이 하나 있어. 그게 산서 다니던 회사 사장님을 만나서 엎드려 부탁해보는 거야. 사장이 아니라 회장이라면 일이 성사될 가능성이 더욱 커지겠지. 그나마 다행스럽게 회사 전 회장님의 추모비가 금강산에 있는데, 현 회장님을 비롯한 임직원들은 거기 추도식에 가서 북쪽 관계자들도 만나고 있는 모양이더라고...... 채하야, 네가 거기 있을 때도 그랬지?"

"네. 아버님."

아버님께서는 결연한 표정으로 고개를 연신 끄덕이셨어요.

"당신 성격 급한 건 잘 알지만 아무리 그래도 내일 가면 안 될까요? 채하 데리고 미용실도 좀 다녀오고, 그 사이 당신은 어디로 어떻게 찾아가야 되는지 알아보기도 하시고......"

"당신도 함께 갈 거야?"

"그래야죠."

"그럼, 그렇게 하지. 아마 회사 쪽에서는 우리를 냉대할지도 몰라. 아주 난감하면서도 예민한 문제일 테니까 말이야. 그래서 채하 역할이 중요할 것 같다. 회사에서는 아직도 채하를 기억하는 이들이 없지는 않겠지."

저는 그날 어머님을 따라다니며 미용실이라는 곳에도 다녀오고, 집 안 구석구석을 샅샅이 둘러보기도 했답니다. 오라바이로부터 소식이 끊긴 뒤로 한옥 숙박체험을 할 수 있는 방은 이층에 있는 방 네 개로 줄였다고 해요. 관리실을 뺀 일층 방 세 개는 아버님과 어머님, 그리고 제가 쓰고 있죠. 아버님께서 일자리를 그만 두신 것도 오라바이가 사라진 직후의 일이라고 합니다. 이곳 전주의 한 방송사 프로듀서 일 말입니다.

아버님에 대해서는 들려드려야 할 얘기들이 많답니다. 정말이지 그렇게 허무하게 가셔서는 안 되는 분이었는데…… 그러니 조금만 더 기다려주셨으면 합니다. 저는 지금도 할 수만 있다면 아버님 얘기는 자꾸 뒤로 미루고 싶어집니다.

이층에서 나무 계단을 내려오다가 어머님이 바로 코앞의 산을 가리키셨어요.

"저 언덕 위에 세워진 게 오목대란다. 거기 올라보면 한옥마을이 다 내려다보이지. 그러니 언제든 한 번 올라가보렴."

오목대도 오목대지만, 그 순간 제 눈에 들어온 건 다른 어떤 것이었어요. 오목대 아래 남쪽으로 붉게 물들어 있는 한 그루 나무, 아직은 어둡고 칙칙한 숲 속에 홀로 밝은 알전구를 켜기라도 한 듯 그

나무는 서 있었답니다. 혹시 저 나무가?

남들처럼 저도 호기심을 잘 억제하지 못하는 여자랍니다. 골목길을 지나서 나무가 있는 곳까지 유혹을 떨치지 못하고 올라갔죠. 그래요. 그 나무는 복숭아나무였어요. 환하게 복사꽃을 매달고 있는, 하지만 일반 복숭아보다는 조금 더 진한 빛깔의 꽃을 피우는 개복숭나무…… 아, 저게 바로 오라바이가 읊조렸던 남쪽 언덕배기 활짝 핀 복사꽃이 아닌가요? 제 고향 청진 산허리에도 드문드문 자라고 있었지만 전에는 단 한 번도 주목하지 않았던 개복숭나무꽃.

아무도 모르게, 저는 복사꽃 몇 잎을 따들고 제 방으로 돌아왔습니다. 정말 색깔이 같은지 저도 궁금했답니다. 방문을 걸어 잠근 뒤 저는 거울 앞에 서서 꽃잎 몇 장을 일부러 가슴에 붙여봤습니다.

자, 보세요. 정말이지 똑같죠?

아니에요. 오라바이가 직접 와서 보고 말씀해주셔야 해요. 감쪽같다고, 백산서 무릉도원의 복사꽃 젖꽃판이 과연 틀림없다고…….

미친 돌개바람

그해 8월 이후 삼 년 동안, 나는 미친놈이 되어 살았다. 나 스스로 그렇게 외칠 수 있다. 미치지 않고는 단 하루도 버틸 재간이 없었다. 들어보나마나 여러분은 미친놈이 되어 지내는 상태가 어떤지 그 내면에 대해 잘 알지 못하리라.

우리가 금강산에서 철수하던 그해 11월에는 개성 관광도 중단되고 말았다. 금강산 관광이 재개되기는커녕 하나 남은 개성 관광길마저 막힌 것이다. 엎친 데 덮친 격이었다. 나는 그때 이미 발광 증세를 보이기 시작했다. 식사를 제대로 할 수 없었고 음식을 용케 삼켰다 싶으면 목이 따끔거렸다. 밤이면 불면증에 시달렸고 아주 짧은 토막잠에 들었다가도 번번이 가위에 눌리곤 했다. 나와 대화를 하는 회사 동료들은 내 말이 요령부득이라고 했으며 나는 그들이

하는 말을 전혀 알아들을 수 없어 애가 탔다. 그럴 때면 사옥 휴게실이나 화장실을 찾아가서 실컷 혼잣말을 하고 나면 답답한 증세가 조금쯤은 가라앉기도 했다. 때로는 가만히 앉아 있을 때조차 갑자기 호흡이 가빠질 때가 있었는데 그게 무엇보다 견디기 어려웠다. 그런데 정신은 말짱했다. 내 정신은 늘 말짱해서 문제였다.

물론 그런 증세들이 한꺼번에 몰려온다거나 끝없이 지속되지는 않았다. 아주 상태가 좋지 않을 때면 두 개나 혹은 세 개 증상이 겹쳐지는 경우가 없지 않았지만 매번 그러지는 않았던 게 그나마 다행이라면 다행이었다. 만약 그랬더라면 나는 그 시기를 넘기지 못하고 필경 죽고 말았을 것이다.

발광 증상은 언제 닥쳤던가? 나는 그때를 잘 알고 있다. 그 무렵 내가 혼잣말로 자주 외쳐댔던 것처럼 이른바 개 같은, 쥐 같은 뉴스가 터질 때마다 어김없이 그랬다. 이를테면, 2008년 11월의 개성관광 중단 사태가 빚어진 시기가 바로 그런 경우였다. 그런데 이듬해와 그 이듬해에는 훨씬 더 많은 발작이 찾아들었다.

첫째, 북남사이의 정치군사적 대결상태 해소와 관련한 모든 합의사항들을 무효화한다.

둘째, 「북남사이의 화해와 불가침 및 협력, 교류에 관한 합의서」와 그 부속합의서에 있는 서해 해상 군사경계선에 관한 조항들을 폐기한다.

2009년 1월, 새해가 열리자마자 북한의 조국평화통일위원회는 성명을 내고 남쪽 대통령을 역도逆徒라고 지칭하면서 남북합의 전면 무효화를 선언했다. 역도라면 민족반역자 무리라는 뜻이었다. 금강산과 개성 관광이 중단되면서 남북관계는 자꾸만 걷잡을 수 없는 소용돌이로 빠져들고 있었다.

희망이 없게 된 건, 다른 누구도 아닌 바로 나였다. 화장실에 앉아 신문을 읽던 나는 주먹으로 유리창을 내려치고 말았다. 유리창과 내 주먹이 동시에 깨졌다. 나는 그날, 병원에 들를 사이도 없이 출근을 해야 했으며 출근해서는 직장 상사로부터 미친놈이라는 소리를 들어야 했다. 그건 아무래도 상관이 없었다. 미치지 않고 살아가는 동료들이 나로서는 오히려 더 이상하게 여겨졌다.

오피스텔 화장실의 깨진 유리창으로는 기관포 사격이라도 하듯 찬바람이 불어왔다. 하지만 나는 창을 수리하지 않고 그대로 내버려두었다. 첫 불면 증세는 아마 그날 밤부터 찾아왔을 것이다. 새벽녘이 돼서야 겨우 한순간 깜박 잠이 들었는데 오피스텔 벽을 타고 올라온 시커먼 쥐떼들이 깨진 유리창을 통해 들어와 내 콧속으로 꾸역꾸역 밀려들었다. 나는 몸서리를 치면서 놀라 꿈에서 깨어난 뒤로 더 이상 잠을 이루지는 못했다.

유리창은 이튿날 수리됐지만 불면증은 수리되지 않았다. 나는 쥐떼가 들어올 만한 틈새는 없는지 꼼꼼히 문단속을 하고, 혹시 그날 밤에 오피스텔 안으로 들어왔다가 나가지 못한 쥐가 없을까 하고 구석구석 다 살펴보기도 했다. 그런데도 잠이 찾아오지는 않았다.

림채하는 지금 어떻게 지내고 있을까?

"개새끼들! 쥐새끼들!"

나는 허공에 대고 마구 외쳐댔다. 그러다가 퍼뜩 어떤 한 생각이 들어 책상 서랍을 열었다. 그 안에 고구려 고분벽화 손수건이 있었다. 나는 침대에 반듯이 누운 채로 손수건을 펴서 얼굴에 덮었다.

숱한 일들이 머리를 스치고 지나갔고, 수많은 소리들이 손수건을 통해 들려왔다. 나는 그 소리들에 귀를 기울였으며 머릿속에 떠오르는 영상들을 가만히 응시했다. 거기서 저대 소리가 울려나오고, 명령하디요. 가루약처럼…… 하는 소리가 들리고, 구룡대가 보이고, 스니커즈와 복사꽃잎의 색깔이 눈앞에 아른거렸다. 림채하가 나타나 흰 손길로 내 눈꺼풀을 부드럽게 쓸어주고 있었다.

그해 5월이 될 때까지, 나는 그 오래 묵은 느낌의 고분벽화 손수건으로 잠을 되찾았다. 적어도 5월 23일까지는 그랬다. 잠은 아주 깊고도 달콤했다. 하지만 내 회사생활과 남북관계가 아예 절단 나버리는 사건들이 그 사흘 동안에 발생했다. 하나는 상징이라는 측면에서 그랬고 나머지 하나는 실제적으로 그랬다.

노무현 전 대통령이 자리에서 물러난 지 정확하게 15개월에서 이틀이 모자라던 날이었다. 그는 남한에서 대통령을 지낸 인물로는 처음으로 서울이 아닌 자신의 고향으로 돌아가 여생을 보낼 준비를 다 해놓고 있었다. 틈이 나면 마을 가게에 나와 앉아서 주민들과 더불어 막걸리를 함께 나누어 마시고, 때로는 손녀를 자전거에 태우고 동네 고샅길을 달리기도 했다. 전 대통령을 가까이에서 만나보려고 찾아오는 이들에게는 허리까지 숙여 절하기도 했다. 현직 대통령으로 재직하고 있을 때는 일본 총리에게 고개조차 숙이지 않던 사람이었다.

그런 그가 집 뒷산의 바위에서 투신했다. 자존감이 그를 바위로 오르게 했고, 모멸감이 그로 하여금 뛰어내리도록 만들었다. 10년 만에 권력을 쥔 우파정권과 보수언론이 의기투합해서 줄기차게 그를 낭떠러지로 밀어붙였다. 그들은 전 대통령의 시골집을 아방궁이라며 비아냥거리기도 했고, 대통령 재임 중에 선물로 받았다는 시계를 찾다가 발견되지 않자 논두렁에 버렸다고 하면서까지 그를 파렴치한으로 조작했다.

내가 회사에 사직서를 낸 건 바로 그날이었다. 희망을 품는 일 자체가 바보 같은 짓이라는 생각이 들었기 때문이다. 나라고 왜 사태를 더 지켜보면서 언젠가 다시 금강산 구룡연 코스로 관광객들을 이끌고 싶지 않았겠는가?

"어차피 회사는 구조조정을 해야 할 판이었는데, 축하해야 할지 원……."

내 사표를 받아든 직장상사는 반가운 기색을 내비쳤다. 그러고는 내가 다시 마음이 변해서 그걸 회수할까봐 겁이 나는지 서랍 깊숙이 집어넣었다.

그날 이후에는 식사를 할 수 없는 거식 증세가 나를 괴롭히기 시작했다. 오피스텔 구석에 쪼그리고 앉아서 나는 생수만 마시며 버티고 있었다. 이틀 뒤에야 내 사직서는 처리될 예정이었다. 그리고 내 사표가 수리되던 날, 북한은 2차 핵실험을 단행했다.

"쥐새끼들! 개새끼들!"

우리가 알 수 없는 어떤 비밀스럽고도 간사한 남북의 밀약이, 남북관계가 파탄나기 이전에나 이후에도 존재하는 건 아닐까 하는 의구심이 들 때가 있다. 금강산 총격 사건만 해도 그랬다. 당시 새로 들어선 남쪽 정권은 백 일이 넘게 전국 모든 도시에서 계속되던 광우병 파동 집회로 인해 곤욕을 치르고 있었다. 체면이 영 말이 아닌 상태였다. 그 와중에 총격 사건이 발생했던 것이다. 노무현 전 대통령의 자살도 마찬가지였다. 정권의 끈질긴 흑색선전과 심리전으로 인해 잠시 우향우를 했던 국민들은 그의 투신 사건으로 말미암아 조금 제 정신을 회복하는 듯했다. 그런데 핵실험이라니…….

양쪽 모두 비열한 모사꾼들이 아니라면 그저 우연에 지나지 않는 일일 테지만, 우연으로 치부하기에는 매사가 너무 절묘했다. 그것도 저것도 아니라면 눈에 보이지 않는 제3의 통치기구가 분명 존재할지도 모를 일이었다. 과거에 남쪽 보수정권이 저지른 언행들도 그런 증거로 내세울 수 있다. 이른바 북풍北風 말이다. 그들은 중요한 선거 직전에는 항상 북한의 위협을 과장하거나 심지어 북한으로 하여금 남쪽 바다를 향해 대포를 발사해주도록 은근히 종용한 일들도 있었다. 그러니 이듬해 봄에 벌어졌던 천안함 폭침 사건을 국민들이 어찌 오로지 정부 발표대로만 받아들이기를 바랄 수 있었겠는가?

사표가 수리되고 난 뒤 나는 고향으로 내려왔다.

"베이징으로 가서 공부를 더 해야겠어요."

우리 가족의 단골집인 흑돼지 삼겹살집으로 가서 저녁을 먹다가 나는 부모님에게 내 계획을 밝혔다. 불면의 밤마다 이미 작정을 한 일이었다.

"관광사업이 중단되는 바람에 상심이 컸던 모양이로구나. 얼굴이 그게 뭐냐?"

"학비는 오피스텔 전세금을 빼서 쓸게요. 퇴직금도 좀 있고……."

"가기 전에 몸을 추스르고 가거라."

"공부하는 동안에는 연락을 자주 하지 못할 겁니다. 늘 그러긴 했지만……."

아버지는 아무런 말씀도 하지 않았고, 어머니와 내 대화는 자꾸 겉돌았다. 그날 밤 나는 억지로 밀어 넣었던 고기 몇 점을 끝내 토해내고 말았다. 그런데 이상했다. 음식을 토해내고부터 호흡이 어려워지기 시작했다. 집에 돌아오면 좀 나아질 줄 알았는데 설상가상으로 새 증세가 더해진 것이다. 그건 어쩌면 금강산으로부터 더욱 멀리 떠나오고 말았다는 불안감에서 비롯된 증상이었는지도 모르겠다. 내 자가진단이 그랬다.

전주 오거리광장에서는 매일 밤 전 대통령 추모 집회가 열렸다. 노란 리본이 시내 곳곳에 나부꼈다. 서울에서는 추모 집회에 참석하려는 시민들을 막기 위해서 거대한 차단막을 만들기도 했다. 버스를 겹겹이 늘여 세우는가 하면 컨테이너 박스로 성城을 쌓기도 했는데 언론에서는 점잖게들 '명박산성'이라고 표현했지만 일반 시민들은 노골적으로 '쥐새끼산성'으로 호칭했다. 비열하고 치사한 정권의 상징이 그랬다.

그해의 봄꽃 색깔은 그 전해와 마찬가지로 노란 개나리색 천지였다. 하지만 나는 집회에 참가하지는 못했다. 노란 리본이 아니더라도 황달에 걸린 것처럼, 혹은 횟배 앓는 것처럼 내 눈에 보이는 사물들이 온통 노랗기 때문이었다.

손님들이 묵고 간 이층 방 네 개를 청소기로 밀고, 베갯잇이며 이불과 요 시트를 갈아 끼우고, 수건과 화장지를 채워 넣고, 헤어드라이기 코드 선을 반듯하게 말아놓고, 거울을 닦는 틈틈이 나는 중국어에 매달렸다. 어머니는 그 사이 방마다 딸린 화장실을 쓸고 닦으며 행복해 하시는 것 같았다. 모처럼 세 가족이 함께 모여서 생활을 하게 되니까 충분히 그러실 만도 했다. 허나 내 맘은 우리 셋으로는 결코 다 채워질 수 없었다.

봄날의 천안함 폭침 사건에 이어 그해 늦가을 연평도 포격 사건이 터졌을 때 나는 인천공항에서 베이징 행 비행기를 기다리던 중이었다. 여행 기분에 잔뜩 들뜬 채 공항에 나왔던 이들은 모든 노선의 항공기 이륙이 취소될지도 모른다는 걱정을 여기저기서 늘어놓았다. 헛웃음이 터져 나오는 일이었다. 개새끼들, 쥐새끼들, 쥐새끼들!

세상 전체가 미친 듯했다. 나 혼자 미쳤던 게 아니라 나는 그저 미친 듯 빙빙 돌아가는 롤러코스터 안의 관람객처럼 미친 돌개바람에 휘말렸을 뿐이라는 생각이 들었다. 내 잘못은 아니라고, 나는 스스로를 위로했다. 숨 가쁘게 속보를 전하는 TV 앞쪽으로는 아예 고개조차 돌리지 않았다. 그리고 얼마 후에 내 호흡이 거짓말처럼 아주 편해진 사실을 알아차렸다. 그게 혹시 맘껏, 속으로나마 욕을 퍼부은 탓이었을까?

베이징에서 방을 얻어 생활한 곳은 왕징望京 쓰치四區에 있는 아파트 민박집이었다. 일대에서 만나는 주민 중에 십중팔구는 한국인이 아니면 조선족이었지만 내가 그 때문에 왕징을 선택한 건 아니었다. 얼굴을 기억하지는 못해도 왕징 근처 대학가 우다코우五道口에 병원을 개업한 중학교 동기 하나가 그 아파트에 거주한다고 들었던 것이다. 이름이 강무곤이었다.

"무슨 일로 베이징까지 흘러왔냐? 너도 한국에서 사고 쳤냐?"

아파트 후문 근방의 삼겹살집에 앉아서 소주잔을 비우던 동기가 내게 물었다. 당시만 해도 중국까지 흘러 들어온 한국인들에 대한 인상이 좋지 않다는 소문은 이미 알고 있었다.

"사고라…… 그런 셈이지."

"우리 고향 말로, 기면 기고 앙 기면 앙 기지, 무슨 셈이 그렇게 복잡하냐?"

"여기서 탈북자들을 좀 만나보고 싶어."

"뭐? 뭘 하려고 그러는데?"

"내가 사실대로 얘기할 테니까 너도 나 좀 도와줘. 네가 무슨 일을 하는지는 한국에서 벌써 듣고 왔어."

"그럼 잘 알겠네. 내가 취득한 사실들을 함부로 발설할 수 없다는 사실까지."

강무곤은 일반 한국인들도 진료하지만 영사관 쪽에서 운영하는 탈북자 보호시설에 수용된 이들을 전담하는 의사라고 들었다. 말이 영사관이지 업무만큼은 국가정보원의 소관일 게 분명했다. 그렇다면 사사건건 비밀일 게 또한 뻔했다. 메주를 팥으로 쑤는지 콩으로 쑤는지, 심지어 그런 사실조차 비밀 취급을 한다고 사람들은 쑥덕거렸었다.

"북쪽에서 사람을 하나 빼내오려고 해. 그러려면 먼저 브로커를 구해야겠지. 그 일 때문에 여길 왔다. 네가 도와줄 수 있는 것과 그럴 수 없는 것의 기준은 네가 정해도 돼. 그만큼만 나 좀 도와줘라. 경비는 물론 내가 댈 거야. 단, 프로여야 해. 진짜 꾼, 진짜 전문가여야 된다고……."

"너, 미쳤구나?"

"맞아! 정확하게 봤어. 나 미쳤어."

"……."

녀석은 그날도, 그다음 날도 쉽게 입을 열려고 하지 않았다. 일이 수월하게 풀릴 거라는 기대를 나 역시 처음부터 하지 않았었다. 하지만 나는 지푸라기라도 붙들어야만 하는 처지였다. 서울에서 탈북자들을 사전에 만나볼 생각을 하지 않은 건 아니었다. 당시만 해도 한 달이면 삼백 명 정도 되는 사람들이 북한을 탈출한다고 했다. 그렇지만 나는 이제 막 탈출한 사람들을 만나서 생생한 얘기를 듣고 싶었다. 그러다보니 마음이 급했었다.

쓰치 아파트 담벼락에는 네모진 작은 철제 불판에 숯불을 피워

놓고 양꼬치구이를 파는 조선족들이 많았다. 강무곤은 그걸 즐겨 먹는 눈치였다. 나는 녀석이 퇴근하기를 기다려 거의 매일 양꼬치 서른 개씩을 사 날랐다.

어느 날, 강무곤은 마치 혼잣말이라도 하듯 이상한 어투로 입을 열었다. 나도 양꼬치구이에 조금은 익숙해질 무렵이었다.

"창바이長白, 허롱和龍, 싼허三合…… 모두 연변 쪽 지명인데, 거기가 3대 루트라든가 뭐라든가, 꾼들도 득시글거린다는 얘기가 들리고……."

"알았어. 잊지 않을게."

"나는 아무런 말도 하지 않았다."

"그래. 알아."

"양꼬치구이를 파는 사람들 가운데 허롱 쪽 일을 봐주는 친구가 하나 있다는 얘기를 들었던 것도 같고…… 그게 누군지를 알 수 있나, 원!"

"내가 알아볼게."

"꼬리 밟히지 않게……."

나는 지체하지 않고 강무곤이 귀띔해준 조선족을 찾아냈다. 망설일 이유도, 그럴만한 여유도 없었다. 그는 자신의 이름을 끝내 밝히지 않았는데, 며칠 동안 양꼬치 장사를 하지 못하는 데 대한 보상금을 요구했다. 당연한 일이었다. 나는 그에게 수고비를 포함해서 백만 원을 지불했다.

다음 날, 중국 언론 매체들은 김정일 국방위원장 사망소식을 대대적으로 보도하기 시작했다. 확인해보나마나 은근히 반기면서 보도할 남쪽 언론들과는 달리 객관화되고 중성화한 중국 언론의 뉴스 보도는 신선했다. 아니, 나는 보도 태도에 관심이 있었던 건 아니다. 돌이켜보면 그는 풍운아와는 거리가 먼 삶을 살다 갔다. 그런데도 불구하고 그에게서는 언제나 풍운아 같은 면모가 있었다. 아마 남북관계에서 오는 긴장감 때문이었을 것이다. 남북은 늘 정변 속에 있었던 셈이고, 혁명 전야 같은 불온한 기운 속에서 늘 당겨진 활시위만큼이나 팽팽했다.

엿새 뒤에 우리는 비행기를 타고 옌지延吉까지 갔고, 거기서 다시 버스로 허룽에 닿았다. 2010년이 저물어가던 그해 크리스마스 아침이었다. 나는 허룽이라는 낯선 도시에서 아주 낯설게 느껴지던 크리스마스를 맞이했다.

허룽의 겨울은 몹시 춥고도 길었다. 10월부터 시작됐다는 겨울은 5월이 되어서야 끝이 난다고 했다. 호텔 방을 얻어 생활하면서는 몰랐지만 중국과 북한의 국경지대로 나갈 때마다 혹독한 추위를 실감해야만 했다. 특히 낮과 밤의 일교차가 심했다. 나는 매일 국경으로 나갔다가 늦은 밤에 돌아오곤 했다. 내가 할 일이라고는 그 일 말고는 없었다. 오직 기다릴 뿐…… 심지어는 혹시 누군가가 저쪽에서 강을 넘어오지는 않을까 하고 밤늦게까지 기다린 날도 있었다. 뼈에까지 스미는 삭풍 속에서 별들도 오들오들 떨던 밤이었다. 만약 그런 사람을 만난다면 얼싸안고 울고, 내가 묵고 있는 호텔로 데려가서 따뜻한 국밥이라도 사 먹이고 싶은 바람이 굴뚝같았다.

나 자신이 할 일은 정작 아무것도 없다는 좌절감으로 나는 종종 내가 바로 허룽에 몰래 잠입한 쥐새끼에 불과한 것은 아닌가 하고 자책을 한 적도 많았다. 음식이나 축내고, 호텔 비용을 낭비하고…….

머지않아 국경 쪽 난핑촌南坪村으로 옮겨 민박을 정한 건 순전히 그 때문이었다. 그래도 여전히 할 일이 없기는 했지만.

겨울 두만강은 내내 얼어붙어 있었다. 여울이 있는 곳에는 물이 흐르기도 했지만 강물은 느리고 태평스러웠다. 중국과 북한 쪽으로는 양쪽 다 강변이 넓었지만 실제적으로는 강폭도 좁은 편이었다. 물이 흐르는 물길 넓이로만 보자면 남한강 맨 위 상류보다 오히려 더 좁아 보였다. 하지만 그게 얼마나 넓고 또 깊은 강인지를 머지않아서 나는 뼈저리게 경험해야만 했다.

강은 늘, 그렇다. 아무리 얕고 좁은 강이라고 하더라도 건너기는 막상 쉽지 않은 법이다. 하물며 하늘의 은하수는 어떻겠는가?

에덴동산을 떠나며 2

오라바이네 회사를 처음 찾아간 날은 봄볕이 아주 좋았어요. 회사 근처 종묘와 창경궁에서는 벚꽃이 활짝 피어 돌담 너머로 고개를 내밀고 우리 모습을 지켜봤지요. 마치 밖으로 나오고 싶어 안달하는 처녀들처럼 말이에요.

저에게도 그런 날이 있었답니다. 대학을 졸업한 후에도 저대 전문 연주자로 나서기는 했지만 저는 왠지 그 생활이 성에 차지는 않았어요. 제 신세가 그토록 단단한 나무에, 단단하다는 우리 말 어원도 박달나무나 자단나무에서 비롯된 것처럼, 꽁꽁 틀어박혀 비명을 내지르고 있을 뿐이라는 느낌이 없지 않았거든요. 저대를 불 때마다 터져 나오는 소리가 저 자신의 하소연처럼 들리곤 했답니다.

할 수만 있다면 중국이나 러시아, 아니면 북유럽까지 유학을 떠나고 싶었어요. 그게 불가능할 것 같으면 하다못해 해외에 진출한 북한 음식점에서라도 일자리를 구하고 싶은 심정이었고요. 그래서 제 부모님께 도움을 청했던 것인데, 그때도 또 외숙부 장성택 동지의 영향력으로 금강산에서 일하게 됐던 것이랍니다.

아시겠죠? 오라바이네 회사의 금강산 관광사업과 장성택 동지 사이의 밀접한 관계를 말이에요. 저는 물론 나이 들 때까지 금강산에 갇혀 있고 싶지는 않았죠. 그저 간접적으로나마 자본주의를 경험해보고 기회를 봐서 유학을 떠나겠다는 꿈은 여전히 간직하고 있었답니다. 그건 장성택 동지가 제안한 방법이기도 하다고, 엄마가 저를 달랬죠. 그러다가 하늘의 뜻에 따라 오라바이를 만났고…….

오라바이네 옛 회사 건물에 들어서자마자 두 분 부모님과 저는 경비실에 들러 회장님 면담을 신청했어요. 하지만 예상한 대로 보기 좋게 거절당하고 말았죠. 우리는 물러서지 않고 끈질기게 매달렸지만 기껏해야 차후에 날짜를 잡아 통보해주겠다는 대답밖에는 들을 수 없었답니다. 그때 아버님께서 회사 안쪽에 대고 큰절을 하기 시작하셨고, 어머님과 저는 미리 준비한 작은 플래카드를 꺼내 들었죠.

회장님께 간청합니다.

저는 금강산 구룡연 코스를 안내하던 북쪽 안내원 림채하입니다.

저희를 한 번만 만나주세요.

플래카드에는 그렇게 적혀 있었어요. 그것도 아버님께서 작성하신 거랍니다. 회사 경비원들은 더욱 완강하게 우리를 끌어내려고 했죠. 어머님과 저는 누가 먼저랄 것도 없이 울음을 터뜨리고 말았어요. 거기까지 가서 그냥 허탕치고 돌아와야 한다는 절망감에다가 아버님께서 체면도 다 잊고 연신 큰절을 해대시는 모습에 그냥 와락 터져버린 것이겠지요.

그때 기적이 일어났답니다. 아버님의 비책이 통한 것이었어요. 물론 비책이니 묘수니 하는 그 어떤 것보다 아버님의 간절한 바람과 진심이 상대를 움직였다고 봐야겠죠.

"저를 따라오십시오."

엘리베이터를 타고 내려온 정장 차림의 직원 하나가 우리를 이끌었습니다. 보기 흉하게 얼룩이 졌을 눈물 콧물을 닦을 새도 없이 우리는 12층까지 올라갔어요. 아버님은 저와 어머님만 회장실로 들어가도록 등을 떠밀고 당신께서는 문 앞에 무릎을 꿇었답니다.

"무슨 일로 저를 보자고 하셨나요?"

어머님과 제가 소파에 앉아서 숨을 고르기를 기다려 회장님께서 나직하게 물으셨죠. 제가 아직 금강산에 있을 때 먼발치에서 회장님을 뵌 적은 있지만 그렇게 가까이서 마주보기는 당연히 처음이었어요. 무엇보다 그분은 정이 많고 또 후덕한 인상을 지니고 계셔서 저는 그나마 마음이 좀 놓였답니다. 회장실 벽에는 비운에 가신 전 회장님이 환하게 웃는 초상 액자가 걸려 있었지요. 그분 웃음도 참으로 맑고 티가 없으셨는데…….

"아들 녀석이 이 회사를 다녔어요."

어머님께서 말문을 여셨어요. 어디서부터 말씀을 드려야 되는지 저로서는 갈피를 잡을 수가 없었는데 어머님은 오라바이와 회사의 관계를 먼저 강조하신 거죠.

"그래요? 이름이 어떻게 되죠?"

"백산서라고……."

"아, 알 것 같아요. 어디 다른 회사에 취업했나요?"

다행스럽게도 회장님은 오라바이를 기억하고 계셨답니다. 고마운 일이지 뭐예요.

"회사를 그만둔 뒤에는 중국으로 유학을 떠났는데, 지금껏 행방불명입니다. 산서 아버지는, 그애가 북한으로 들어갔을 거라고 믿고 있답니다. 그런데 요즘 같은 시국에 정부에게 손을 내밀었다가는, 회장님께서도 미루어 짐작하시듯, 오히려 일만 그르칠 것 같아 이렇게 염치불구하고 회장님을 찾아왔습니다. 부디 사람 목숨 하나 건져주시기를 부탁드립니다."

"아버님께서도 오신 듯한데, 어디 가셨나요?"

"회장님을 뵐 면목이 없다고, 밖에서 무릎을 꿇고 기다리고 있답니다."

"아닙니다. 그러실 것 없어요. 들어오시라고 해요."

제가 아버님을 모시러 나갔죠. 하지만 아버님은 완강하게 버티시며 제 등을 도로 떠미셨어요. 어서 안으로 들어가보라고 말입니다. 할 수 없이 저는 혼자 들어왔죠.

"림채하 씨는 탈북을 하신 건가요?"

"네. 작년 여름에 나왔습니다."

회장님께서 잠시 저를 찬찬히 살펴보셨어요. 잠시 침묵이 흘렀습니다. 아마도 회장님께서는 저간의 사정을 헤아리고 계셨겠지요.

"림채하 씨를 보니까 조금은 짐작이 되는군요. 누구라도 반할 만해요. 백산서는 유학을 간 게 아니라 채하 씨를 구출하기 위해서 중국에 들어갔을 테고, 내친김에 아마도……."

"이따금 미친 짓을 하긴 했지만 산서는 바르게 자란 자식이었어요. 그러니 회장님, 제발 우리 아이를 살려주세요. 이렇게 무릎을 꿇고 빕니다."

회장님이 어머님을 일으켜 세우셨어요. 그러고는 말씀하셨죠.

"모범적인 사원이라 저 역시 백산서에 대해서는 어느 정도 알고 있어요. 말씀하신 내용은 충분히 이해를 했습니다. 제가 할 수 있는 일에도 분명히 한계가 있지만 우리 회사 또한 책임이 아주 없다고는 말할 수 없겠군요. 저도 나름대로 알아볼 테니까 기다려보시죠."

2012년 봄, 정말이지 그 무렵에는 남북대화에 대한 어떠한 조짐도 보이지 않을 때였어요. 5년 내내 집권했던 보수정권이 물러나야 하는 시기라서 남북대화를 언급할 처지도 못 됐거든요. 그런 판국에 오로지 기댈 수 있는 언덕은 회장님밖에 없었기 때문에 우리는 비로소 새로운 희망을 품어볼 수 있었답니다. 특히, 회사에도 책임이 아주 없다고는 말할 수 없다던 말씀은 우리에게 무한한 신뢰를 안겨주는 선물 그 자체였습니다.

오라바이가 이제 곧 돌아오신다는 소식이라도 들은 양 부모님과 저는 한껏 고무된 채로 승용차에 올랐습니다. 이번에도 운전은 어머님 몫이었고요. 알고 보니까 아버님께서는 운전면허조차 아예 따지 않은 분이시더군요. 어머님께서는 아버님에게 쉴새 없이 많은 얘기들을 들려주셨어요. 회장님 말씀에서부터 그분에 대한 인상, 표정과 말씨까지 반복하고 또 반복하셨지요.

"그애가 만약 북쪽에 억류돼 있는 게 사실이라면, 고생은 할지 몰라도, 중국이나 다른 제삼국에서 행방불명된 것보다는 더 안전하다고 할 수 있어. 그쪽에서 까닭도 없이 처형하지는 않을 테니까 말이야."

"북한에서도 회장님 영향력이 크겠죠?"

어머님께서는 간절한 염원을 담은 질문을 하셨어요. 아버님이 뭔가 골똘히 생각하시는 듯 한동안 아무 말씀도 하지 않으셨죠. 그러고는 이윽고 코를 골며 주무시기 시작했어요. 사흘 전에 제가 나타난 이후로 신경도 많이 쓰셔야만 했고 회사에서 연거푸 큰절을 하신 터라 피곤하신가보다 하고 그냥 대수롭지 않게 여겼답니다.

그게 아버님과는 마지막으로 회사를 다녀온 일이 되고 말았습니다. 그 뒤로는 어머님과 제가 두 차례 더, 그리고 저 혼자 한 차례 회장님을 더 만나뵈었답니다. 회장님께서는 최선을 다하고 계셨지만 눈에 보이는 어떤 성과는 없었어요. 심지어 당신이 거기 있는지 어쩌는지도 확인할 수 없는 날들만 흘러갔지요.

이제 말씀드릴게요. 불행하게도 아버님께서는 그때 이미 췌장암

말기에 접어든 몸이셨답니다. 그런데도 고통과 증상을 어머님에게조차 내색하지 않으셨던 거죠. 단 한 번도…….

아버님께서는 그해 12월, 대통령 선거가 끝난 다음날 돌아가셨어요. 아버님께서 하필 그날을 택해서 가신 이유는, 다른 사람들에게는 몰라도, 혹시 선거 결과가 오라바이와 저와 그리고 아버님에게는 더 이상 희망이 없다는 그런 뜻이었을까요?

아니에요. 그게 제 믿음은 아니에요. 하도 슬프고 답답해서, 하도 억울하고 허망해서 그냥 스친 생각에 지나지 않았어요. 아버님께서 남기신 유언도 꼭 그랬답니다. 그분께서 세상에 남긴 마지막 말씀은 이랬어요. 산서는, 살아, 있다…… 일곱 음절의 말을 띄엄띄엄, 그렇지만 분명하게 뱉어내셨지요.

삼한사온도 무색하게 열흘 가까이 기승을 부리던 12월 중순의 추위는 정작 아버님께서 돌아가신 다음 날부터 조금씩 풀리기 시작했습니다. 그 때문인지는 몰라도 옛적 아버님 회사의 동료 분들이며 문학을 하시는 선후배 분들, 그리고 수많은 지인들이 문상을 와주셨답니다. 아버님 가시는 길이 쓸쓸하지만은 않았다는 얘기를 오라바이께 해드리는 거예요.

아 참, 이런 일도 있었답니다.

아버님 지인들 중에는 시인뿐만 아니라 화가와 사진작가, 영화감독 등 문화예술에 종사하시는 분들도 많았어요. 나중에 그분들 중에서 몇몇이 저를 모델로 쓰고 싶다고 연락을 해오셨죠. 저는 제가 결정할 일이 아니라면서 어머님과 상의하시라고 했답니다. 어머님께서는 처음에 그분들을 향해 몹시 화를 내셨어요. 그러다가 어쩐 일인지 화가 선생님에게만큼은 허락하시더군요. 그것도 장소가 한옥마을 우리 집 대청이라는 조건으로…….

그림의 소재는 제가 저대를 부는 모습이었어요. 제가 모델이 됐던 그림을 계기로 광고를 찍게 되고, 광고 한 편을 계기로 드라마를 또 찍고…… 진본은 아니지만 그림의 사본 한 장 정도는 지금도 대청에 그대로 걸려 있답니다. 이런 얘기는 사실은 앞에서 말씀드린 대로 대단한 건 아닙니다. 중요한 일이 될 수도 없는 거고요. 다만 오라바이가 궁금해 하실 수도 있는 얘기들은 제가 빼놓지 않고 말씀드리려는 것이죠.

아버님 백병천 어른께서는 고향 땅 선산에 묻히셨어요. 오라바이가 훗날 돌아와서 찾아뵐 수 있도록 어머님께서 그렇게 결정하셨지요. 그때 아버님 연세가 기껏 67세, 너무 분하고 억울할 뿐이랍니다. 저도 그렇고 어머님도 그런 심정인데 정작 아버님께서는 어떠셨을지 짐작이 되지 않을 정도예요. 그러니 오라바이, 반드시 살아서 돌아오셔야 해요. 차마 감지 못하셨을 아버님의 눈을 그때 비로소 편안하게 감겨드려야만 해요.

아버님께서 세상을 떠나가신 뒤, 어머님은 한동안 제정신이 아니신 듯했습니다. 빈방이 없는데도 불구하고 숙박 예약을 받았다가 낭패를 당하시기도 했고, 빈방이 많은 평일에는 예약이 이미 다 끝났다고 말씀하시는 경우도 많았어요. 어느 추운 겨울밤에는 아버님께서 심으셨다는 살구나무 앞에 얼어붙은 듯 꼼짝도 않고 서서 계시기에 놀라 방으로 모시고 들어온 일도 있었답니다. 제가 보기에도 아버님이 떠나가신 집 안은 뭐랄까요, 우리 한옥 집 일층 지면에서부터 이층 처마까지 지탱하고 있는 두 개의 높은 기둥 가운데 하나가 무너진 느낌이었는데요. 어머님에게는 정말이지 그 두 개의 고주高柱가 한꺼번에 주저앉은 것보다 더하셨겠지요.

하루는 제가 어머님께 여쭤봤답니다. 저도 깜냥으로는 어머님이 슬픔에서 조금이나마 벗어나실 수 있도록 위로해드리려고 얘깃거리를 찾아본 거죠.

"처음에 아버님을 어떻게 만나셨어요, 어머님?"

사춘기 이후 과년한 모든 여자들이라면 자다가도 벌떡 일어나 얘기를 청할 만한 그런 질문 중 하나였죠. 여자들은 그런답니다. 남들은 어떻게 애인을 찾고, 또 배우자를 만나서 결혼을 하게 되는지 그보다 더 큰 관심은 없을 정도거든요. 그런데 어머님께서 갑자기 소녀처럼 볼을 발그레 물들이셨어요.

"옛날 일이다, 애…… 그래, 옛날 일이지."

두레박으로 샘물을 퍼 올려 양동이에 담듯, 어머님께서는 당신의 기억을 저에게 옮겨 담아주기 시작했습니다. 어머님은 자랑스러워하시는 기색이 역력했죠. 저도 뿌듯했고요.

"들어봐라, 채하야. 대학에 입학하고 나서 내가 그게 무슨 벼슬이라고, 학과 대표에 출마를 했더란다. 당시만 해도 그건 남학생들만 해야 한다는 어떤 그릇된 인식이 없지 않을 때였는데 아마 나로서는 그 점이 못마땅해서 그랬을 거야. 예상대로 결국은 투표에서 지고 말았지 뭐냐. 그때 네 아버님이 나한테 다가오더라. 복학생 백병천 형이 말이다. 북쪽에서 너희 대학생활은 어떤지 모르지만 그 무렵 우리는 군대를 다녀온 복학생들을 남녀 불문하고 다들 형이라고 불렀단다. 나는 투표에서 아깝게 졌기 때문에 볼멘 표정으로 앉아 있다가 그 복학생 형 앞에 섰지. 복학생이라면 적어도 집안 큰오빠나 둘째오빠 정도 되는 대우를 받는 풍조였지만 그때 내 심사는 조금 뒤틀려 있었을 거야. 그래, 당신이, 아니 형이 이 투표결과에 대해서 뭐든 그럴싸하게 변명해봐라, 하고 따지듯 노려보기까지 했을 거야. 그러자 장차 내 남편이 돼서 나와 함께 살아가게 될 그 복학생 형이 그러더라. 졌지만 잘 싸웠습니다. 나도 한 표 던지고 아주 흥미진진하게 선거 결과를 지켜봤습니다. 같은 과 학생으로 지내게 돼서 반갑습니다. 그러면서 그가 자기 손을 내미는데, 내가 어찌 그 손을 외면할 수 있었겠니? 나도 손을 내밀어 그의 손을 잡았지. 무슨 약속이나 다짐처럼…… 아직은 삼월이어서 손이 시릴 때였는데 그 손은 테이크아웃 커피처럼 따뜻하더라. 아, 그때 내 나이가 스물하고 둘이었으니까, 네가 산서를 만나던 나이와 같았구나."

아, 오라바이. 제가 왜 이렇듯 장광설을 늘어놓았는지 이해하세요? 어머님께서는 그날 이후로 다시 활기를 되찾으셨답니다. 예전처럼 강하고 사리분별이 똑바른 그런 분으로 돌아오신 거죠. 제가 잘하지 않았나요? 뿐만 아니라 어머님께서는 모녀지간이 아니라 그때부터 마치 친자매처럼 저를 대해주셨답니다.

예를 하나 들어드릴게요. 어머님이 생뚱맞게 말씀하시죠. 채하야, 너 치마 한 번 높이 쳐들어보렴. 저는 되묻습니다. 아니, 치마는 왜요? 얘, 늬 각선미 좀 감상해보자, 얘! 그래서 저는 소녀 애들처럼 속옷이 훤히 드러날 정도로 치마를 걷어 올려서 어머님께 보여드리기도 하죠. 이게 자매 사이의 행동이 아니면 뭔가요?

어머님께서는 당신의 옛사랑에 대해 고백하신 직후에 총총걸음으로 저를 제 방으로 이끄셨어요. 그러고는 아버님의 시집을 펼치셨지요. 아버님께서 평생 한 권밖에 출간하신 적이 없는 바로 그 시집 말입니다. 책갈피에는 여전히 제 보물들이 잔뜩 박혀 있어서 저는 순간 가슴이 마구 뛰기 시작했어요.

"얘야, 이 시를 한 번 읽어보렴. 네 아버님이 처음 쓰신 시란다."

저는 여전히 가슴이 뛰는 가운데 아버님의 그 시, 시집의 표제작이기도 하고 또한 아버님께서 어머님에게 하는 일종의 프러포즈 같은 시를 찬찬히 읽었답니다.

에덴동산을 떠나며

내 온몸에,
이름 붙여진 내 몸 모든 부위에
아프도록 당신을 새긴다.
이게 당신 이마라고
이게 당신 가슴이라고……

바위에 제 이름을 파놓고 가는 사람처럼
당신이 떠난 자리 홀로 남아
이제는 내 몸 곳곳에
당신 이름을 쓴다.

시는 아주 짧았습니다. 말할 나위도 없이 오라바이 역시 이 시를 읽으셨겠지요. 오라바이는 이 시를 통해서 무엇을 배우셨는지 알 수 없지만, 아니 잘 알지만, 저는 좀 다른 느낌을 받았답니다. 스물아홉쯤 되던 무렵, 이 시를 쓰셨을 당시의 아버님과 오라바이가 겹치고, 어머님과 제가 또 스물두 살의 나이로 정확하게 일치하고 있다는 사실 말이에요. 뿐만 아니라 아버님께서는 어머님을 처음 만나시던 날들의 간절한 사랑을 죽음에 임박한 순간에도 고스란히 유지하셨을 거라는 확신이 들었답니다. 처음부터 끝까지 시종일관, 목숨을 걸고 어머님을 사랑하셨을 아버님의 모습이 눈에 선합니다.

저는 지금도 어느 긴 이름 하나를 한 글자도 틀리지 않고 정확하게 기억하고 있답니다. 백산서무릉도원, 내고향남쪽전주, 봄날언덕배기, 활짝핀복숭아꽃판…… 그렇게 조금씩 떼어서 외우면 아주 단순해지는 제 가슴의 어느 부위에 당신이 써놓은 이름을.

당신, 오라바이도 틀림없이 아버님 같은 분이라는 걸 제가 의심하지 않는답니다. 하지만 다른 사실이 하나 없지 않습니다. 도대체 왜 저를 홀로 두시는 거죠?

아, 이러면 어떨까요? 오라바이까지 시를 쓰는 사람은 아니니까, 그냥 제 앞에 모습을 드러내는 걸로 저에게 프러포즈를 한다고 이해할게요. 그리고는 추호도 망설이지 않고 오라바이의 프러포즈를 제가 받아들일게요. 어떠세요?

난핑촌 그 겨울

난핑촌은 강변 마을이었다. 눈을 들어 바라보면 두만강 건너 북한 무산읍 칠성리 마을이 손에 잡힐 듯했다. 난핑촌의 개가 짖으면 칠성리의 개들도 따라서 짖어댔고, 칠성리에서 사람들의 갑작스런 웃음소리가 들려오면 난핑촌 노인들이 무슨 일인가 하고 강 너머를 건너다보곤 했다. 나는 마을의 한 작은 식당에서 하숙을 했다.

마을 주민들은 열에 아홉은 조선족이었지만 우리 남한의 농촌처럼 거의 대부분 노인들뿐이었다. 젊은이들은 허룽이나 옌지가 아니면 베이징 같은 대도시로 떠나갔고, 그중 절반 가까이는 남한에 가 있다고도 했다. 그 때문인지는 몰라도 주민들은 나를 진심으로 반겨주었다. 저녁이면 아예 내 방으로 마실을 와서 무슨 이야기든 청해서 듣다 가곤 했다.

내가 하숙하고 있는 식당 주인인 오십대 류 씨 부부도 아들 둘이 모두 남한에 가 있다고 했다. 그래서 남한의 어떤 권력자라도 대하듯 내 앞에서는 자주 머리를 조아리기도 했다. 물론 몇 푼 지나지 않는 액수지만 내가 선금으로 지불해준 석 달분 하숙비 때문이기도 했으리라. 그것도 웃돈을 더 얹어서 백 위안 단위로 만들어드렸던 것이다.

탈북자들은 이삼 일에 한 번 꼴로 강을 건너 난핑촌으로 넘어왔다. 때로는 여자 혼자 건너오기도 했고 일가친척이 한꺼번에 넘어오기도 했다. 마을을 그냥 스쳐 지나간 탈북자들은 어쩔 수 없었지만 나는 그해 겨울과 봄 사이에 난핑촌으로 숨어들어왔던 거의 모든 사람들을 만났다.

나중에 요령이 생겨서 한 일이지만 나는 류 씨 부부와 상의한 끝에 그들 모두에게 국수를 말아주거나 콩나물국밥을 끓여 대접했다. 그 음식들은 내가 고향 전주에서부터 배워서 혼자 오피스텔 생활을 하는 동안 즐겨 먹던 것이기도 했다. 국수는 허룽에 나가서 박스로 떼어왔고, 콩나물은 아예 내 방에서 동이를 얹고 물을 주면서 직접 키웠다. 거기서는 콩나물을 콩주름이라고들 불렀다. 그러니 콩나물국밥은 콩주름국밥이 될 터였다. 국밥이든 국수든, 탈북자들은 정말이지 맛있게 들곤 했다. 나는 정성을 다하는 대신 간절히 바라 마지않았다. 언젠가는 다른 사람이 아닌 림채하가 직접 와서 내가 끓인 국밥 맛을 볼 수 있기를…….

혹시 청진의학대학 림용진 교수를 아세요? 그럼 청진청년역에 근무하는 장훈선 씨는 모르세요? 림채하는?

왕징 쓰치 거리에서 꼬치구이 장사를 하던 친구는 허룽의 누군가에게 나를 소개했으며 그 친구는 또 다른 누군가에게 나를 데려갔다. 그리고 한동안은 누구한테서도 아무런 소식이 없었다. 브로커라는 자들이 나를 찾아온 건 새해 2011년 1월 중순의 일이었다.

"선생 앞에까지 안전하게 모시고 나오기로 하고 중국 돈 일만 위안, 어떻갔소?"

"좋습니다. 단지, 안전하고 확실해야만 합니다."

"곱고 젊은 여성이라문, 깨디지도 않고 상하지도 않게 모셔야 하갔디요. 기래서 비싼 거인데, 선수금으로 우선 절반을 주오다."

비용이 비싼 건지 싼 건지, 일반적인 시세는 어떤지 나는 상관하지 않았다. 돈은 다행히 있었다. 그 두 배나 세 배를 요구했다고 하더라도 거절하지 않았을 것이다. 나는 미리 준비해두었던 돈을 그들에게 지불했다. NGO라든가 종교단체에서도 탈북 구출작업을 벌이는 이들이 있다는 얘기를 들었고, 그들이 원하는 비용은 훨씬 저렴하다는 사실을 들어서 알고는 있었지만 그들은 왠지 미덥지 않았다. 전문가가 아닐 것 같다는 선입견 때문이었다.

이제는 정말이지 기다리는 일만 남은 듯했다. 나는 마중이라도 나가듯 매일 강변으로 나갔다. 그야말로 매일이었다.

북한 측 경비 초소는 언제 봐도 별로 삼엄해 보이지는 않았다. 남한 예비군들을 보는 듯했다. 군복을 입고 총만 들었을 뿐이지 걷는 모습이나 쪼그리고 앉아서 담배를 피우는 모습은 영락없는 농부였다. 열을 지어 강둑길을 따라서 행군할 때도 있었는데 어딘지 모르게 어색했고 마치 남의 일이라도 대신하는 사람들처럼 성의가 없어 보이기도 했다. 초소 인근보다 훨씬 더 먼 어떤 곳에서 포 사격을 하는 소리가 들리기는 했지만 낮이나 밤이나 초소 부근에서는 총소리 한 번 들리지도 않았다.

한 번은 강가를 거닐고 있다가 내 쪽을 향해 넘어오는 탈북자 두 사람을 직접 목격한 일이 있었다. 눈이 새까맣게 보일 정도로 퍼붓고 있었지만 아직은 해가 지지 않고 있을 때였다. 그들은 서두르는 기색도 없이 그냥 언 강을 건너왔다. 마치 이웃집에 잠시 볼 일을 보러 나선 사람들 같았다.

"어서 오세요. 고생하셨습니다."

"……?"

내내 아무런 일도 아닌 듯 강을 건넌 사람들이 정작 내가 인사를 건네자 몹시 당황해하고 있어서 오히려 무안할 지경이었다. 나는 그들을 안심시켜서 하숙집 식당으로 데려갔다. 때마침 식당 안은 조개탄 난로로 인해 열기가 후끈했다. 석탄은 강 건너 북쪽 무산탄광에서 오는 것들이라고 했다. 처음에 불을 붙이기가 쉽지 않아서 그렇지 한 번 불이 붙으면 오래 탈 뿐더러 불땀도 아주 좋은 우수한 품질의 석탄이었다. 겨울 내내 충분히 때고도 남을 수 있을 만큼 조개탄을 사드렸기 때문에 식당은 마을 노인들의 사랑방이나 다를 바 없이 운영되고 있었다.

"아주마이, 밥 좀……."

탈북자들이 얼굴까지 칭칭 동여맨 목도리를 풀면서 모기소리를 냈다. 그렇지 않아도 류 씨 부부는 우리가 들어설 때부터 국밥을 말고 있던 중이었다. 나는 그때서야 탈북자들을 살펴보았다. 놀랍게도 두 사람 다 여자였다.

그들은 국밥을 아주 맛나게 들었다. 적어도 난핑촌에서는 내가 원조라고 자부할 수 있는 국밥이었다. 물론 천성적으로 타고난 주인 내외가 금세 익힌 요리 솜씨는 나를 뛰어 넘은 지 이미 오래이긴 했다. 나는 그들이 수저에 국밥을 떠서 입김으로 대충 식히고, 커다랗게 입을 열어 수저를 밀어 넣은 다음에 거의 한순간 그걸 삼키는 동작들을 바라보았다. 밥 한 끼가, 혹은 밥을 먹는 행위가 나에게 그렇게 감동적으로 다가온 경우는 전에 없었다. 눈시울이 뜨거워져서 나는 그들 모습을 오래 지켜볼 수는 없었다.

"고난의 행군인지, 가난의 행군인지……."

두 사람 중에서 좀 더 나이가 들어 보이는 여자가 혼잣말처럼 중얼거렸다. 문득 그들이 언 강을 건너오던 태연자약한 모습이 떠올랐다. 무슨 배짱이 있어서 그들로 하여금 어느 방향에선가 총구가 노리고 있을지도 모르는 상황에서도 그토록 의연하게 만들 수 있었던 것일까? 그게 물론 흔하고 값싼 표현대로 자유에의 동경 같은 건 분명 아니었다. 내가 살펴본 대로 얘기하자면 그들 표정과 행동은 도강을 하기 이전부터 이미 자유로 충만해져 있었던 것이다. 적어도 내가 보기에는 그랬다.

"어디서 오시는 길입니까?"

"함북도 경성군…… 청진, 남쪽 고을입네다."

혹시 청진의학대학 림용진 교수를 아세요? 그럼 청진청년역에 근무하는 장훈선 씨는 모르세요? 림채하는?

"목적지는 있습니까? 찾아갈 만한 사람이라든지……."

"아무도, 없슴메."

그날 점심 직후에 마을 할머니들이 나에게 들고 왔던 두부가 떠올라서 나는 그걸 갖다가 두 사람에게 내밀었다. 류 아저씨가 김치를 조금 내왔다. 그들은 김치 접시까지도 우아하게 보일 정도로 깔끔히 비워냈다.

두 사람은 모녀라고 했다. 딸은 메마른 몸에 앳된 얼굴이어서 중학생 또래나 되는 줄 알았더니 나이가 벌써 스물셋이라고 해서 또다시 나를 놀라게 만들었다. 그날 두 사람은 내 방에서 하루를 묵고 떠났다. 나는 난로 옆에 탁자를 붙여놓고 거기 누워 밤을 새웠다.

림채하는 스물셋이 되던 생일을 금강산에서 어찌 보냈을까? 얄궂게도 그 바로 전날, 뒤도 돌아보지 않고 떠나가던 나를 얼마나 원망했을까? 나는 태평스럽게 잠을 이룰 수도, 이루지도 못했다. 다시 불면증인가 싶기도 했다. 안쪽 내 방에서는 두 사람이 번갈아 코를 고는 소리가 들려왔다.

"아저씨, 저 좀 보세요."

그들 모녀가 떠나기 직전에 나는 류 아저씨를 불렀다. 허룽으로 안전하게 데리고 가서 베이징까지 기차를 태워 보내달라고 당부하기 위해서였다. 그는 모처럼 대처를 나가게 됐다고 기뻐하며 승낙

했다. 나는 모녀에게 밤에 미리 써두었던 편지를 건넸다.

"우다코우 칭화대 남문 앞에 한국병원이 있습니다. 거기 강무곤 원장에게 이 편지를 보여주세요. 아마 뭔가 도움을 받을 수 있을 겁니다."

"고맙습메. 고맙습메."

모녀는 거듭해서 허리를 굽히면서 감사 표시를 했다. 나는 그들에게 중국 화폐도 몇 장 쥐어주었다. 림채하를 떠올리면 그 무엇도 아까울 게 없었다. 심지어 그날 밤늦게 돌아온 류 씨 아저씨에게 새로운 제안을 하기도 했다. 다른 사람들은 몰라도 젊은 여자 혼자서 강을 건너오는 경우에는 오늘처럼 선처를 해주시오. 적어도 스물여섯 명, 아니 서른 명을 베이징으로 보낼 수 있는 비용은 내가 한꺼번에 아저씨에게 드리리다.

림채하의 나이가 스물여섯이 돼 있을 해라서 나는 그렇게 숫자를 정해서 말했다. 내 고향 남쪽 전주 어머니가 사월초파일이면 항상 식구 수만큼 연등을 밝히던 것처럼…… 그깟 돈이야 충분했다. 돈을 아끼다가는 부정한 일이 생길 것만 같기도 했다. 서른 명이 차례로 허룽 철도역으로 버스를 타고 나가서 베이징까지 갈 수 있는 기차 요금과 기차 안에서의 식사비, 그리고 약간의 용돈까지 모두 합쳐봐야 우리 돈으로 삼백만 원 정도면 해결할 수 있던 시절이기도 했다.

"선생 뜻을 내래 잘 료해했수다래. 걱정하디 말라우."

"감사합니다."

"선생도 날래 처자를 만나기를 바람메."

내가 쓸데없이 돈 자랑을 했던 건 아니다. 물론 결과적으로는 돈 자랑을 했던 셈이 돼버렸고, 고스란히 대가를 지불해야 했던 것도 사실이다. 단지 소문이 맞는지 확인하지는 못했지만 젊은 여자들 가운데는 무사히 도강을 한 뒤에 오히려 위험한 일을 당하는 경우가 종종 있다고 들었기 때문이다. 그건 다른 사람도 아니고 류 씨 아저씨가 들려준 얘기이기도 했다. 브로커에게 인신매매 대상이 되거나 마땅히 갈 곳이 없어서 헤매다가 성폭행을 당한 채 한족이나 조선족 사내들의 노리개로 전락하는 경우가 많다는 얘기였다.

난핑촌에서 보낸 날들은 나에게 좋은 추억만을 안겨주지는 않았다. 하루 종일 림채하만 떠올리면서 기다리는 일은 행복하면서도 동시에 괴로운 일이기도 했다. 괴로운 행복, 세상에는 그런 일도 많다는 걸 나는 난핑촌에서 깨달았다. 삼십대 초반에 벌써 그걸 알았다면 나는 이미 그때 세상을 살 만큼 다 살았던 걸까?

하루는 북한군 병사 하나가 식당에 불쑥 나타났다. 사나흘 계속해서 내린 눈으로 강둑까지 겨우 길을 내면서 나갔다가 돌아온 저녁나절의 일이었다. 때가 때여서 그랬는지 몰라도 그는 폭설에 먹이를 찾아 마을로 내려온 야생동물 같았다. 내 예상은 적중했다.

"밥 한 술만 부탁하갔시오."

계급장을 보니 하사였다. 군복이 말쑥하게 잘 어울렸으며 말투 역시 공손한 편이었다. 소총은 따로 들고 있지 않았지만 허리에 권총을 차고 있었다.

"잘 왔습둥. 조 앞에 앉소꼬마."

류 씨 아저씨가 병사를 안심시켰다. 드물기는 해도 병사들이 도강해서 밥을 동냥하기도 한다는 얘기를 들은 적이 있지만 막상 내 앞에서 그런 일이 벌어지자 다리가 후들거릴 지경이었다. 그도 처음에는 나를 몹시 경계하는 듯했다. 그때쯤 내 옷차림은 이미 난핑촌 주민들과 다를 바 없었으며 머리도 제멋대로였고 수염까지 깎지 않은 터라 남한 사람이라고는 믿기지 않았을 것이다. 하지만 자기 또래의 젊은 사내라서 아무래도 껄끄럽게 여겼던 게 분명하다.

"시름 노시라요. 에미나이 조카임메."

"일 없수꾸마. 초소에서 하루하루 보고 있었으니끼니……."

류 아저씨가 자기 아내의 조카라고 나를 소개했고, 북한군 하사는 이미 나를 알고 있다고 말했지만 경계를 다 풀지는 않는 눈치였다. 나는 그가 편안하게 식사를 할 수 있도록 자리를 비켜주었다.

오래 된 연변 신문을 들추어보다가 이 기회에 북한군 병사 하나쯤 가까이 해두는 것도 괜찮을 거라는 생각이 들었다. 남아 있는 국수가 얼마나 되는지 박스를 열어보니 큰 포장으로 여섯 통이었다. 거기에 라면 여남은 개를 채워 넣고 박스를 포장했다. 눈치가 빠른 류 씨 아저씨는 벌써 내가 무엇을 하려는지 알고 다가와서 도왔다.

"밥값이 좀 부족하우다. 내래 연변 사정이 밝지 않아서리……."

하사는 처음부터 밥값을 계산하려고 했던 것처럼 꼬깃꼬깃한 지폐 한 장과 동전 서너 개를 내밀었다. 류 아저씨는 한사코 그 돈을 받지 않았다. 하사도 우리가 포장해놓은 국수와 라면을 받지 않겠다고 끝내 버텼다. 할 수 없이 류 씨 아저씨와 나는 짐을 번갈아 들고 하사를 뒤따라갔다. 그러고는 강변에 이르러 그걸 얼음 위로 힘차게 밀어놓았다. 다음 날 오후쯤 눈이 좀 녹기를 기다려 강가에 나가보니 국수 박스는 이미 사라지고 없었다.

브로커에게서는 좀체 연락이 오지 않았다. 사기를 당한 건 아닐까 걱정이 컸다. 돈이 아깝다고 여긴 적은 물론 없다. 다른 브로커를 구해볼까 하고 궁리해보기도 했었으니까 말이다. 허나 그 일은 오히려 림채하를 궁지에 빠뜨릴 수도 있겠다 싶어서 고려하지 않기로 작정했다. 저쪽 정보원들끼리 경쟁을 하다가 자칫 무슨 일이 벌어질지 알 수 없었다.

류 아저씨와 나는 허롱에 나가서 중고 트럭을 한 대 구입했고, 국수를 평소보다 두 배나 더 사오곤 했다. 눈썰미 좋은 류 씨 아저씨는 운전을 금세 익혔으며 면허도 어렵지 않게 따냈다. 만약 아저씨가 트럭을 팔지 않았다면 지금도 난핑촌에는 그 검은색 트럭이 굴러다니고 있을 것이다. 국수 두 박스 중 한 박스는 늘 강 건너편 초소 몫이었다.

언젠가 곱디고운 여성 하나가 이 강을 건너올 거요. 그때는 부디 총을 쏘지 마시오. 날은 차고 어두울 테니, 밖으로는 아예 눈길도 주지 말고 국수나 삶으면서 기나긴 겨울밤을 보내시구려…….

4월이 되어서도 난핑촌에는 눈이 자주 내렸다. 겨울이 길어지는 것만큼이나 내 머리도 길게 자라나서 땋아도 될 정도였다. 아마 모르면 몰라도 내 수심 역시, 그 겨울이나 머리카락 길이에 결코 뒤지지 않았을 것이다.

홀딱 벗고, 홀딱 벗고…… 쪽박 바꿔, 쪽박 바꿔…….

어떻게 들어도 꼭 그렇게 들릴 법한 두견새가 새벽부터 늦은 밤까지 두만강 앞마을에 와서 울기 시작했다. 내 고향 한옥마을에서는 그렇게 우는 두견이를 홀딱새라거나 쪽박새로 부르곤 했다. 깊은 밤에는 소쩍새도 피울음을 토하며 암컷을 부르던 때였다. 소쩍 소쩍 소쩍다, 귀촉 귀촉 귀촉도, 접동 접동 아우래비 접동…… 접동 접동 아우래비 접동. 진두강 가람 가에 살던 누나는 진두강 앞마을에 와서 웁니다. 소월의 시에 언급된 진두강이 두만강인지 어쩐지, 그것까지는 내가 기억하지 못했지만 늘 그러려니 하고 여겼다. 두만강 앞마을에 와서 우는 건 바로 나 자신이었으니까.

"선생, 마이 기다렸지비?"

브로커였다. 내가 그렇게 여러 번 전화를 시도했는데도 불통이던 브로커의 전화였다.

"물론입니다. 어떻게 됐습니까?"

"민주스럽기는 하오만, 말 마우다. 말단지 조교 하나가 허룽에서 되쎄우 마세피는 까타나 맘세먹은 대로……."

나는 재빨리 류 아저씨에게 전화를 바꿔주었다. 함경도 방언이든 연변 사투리든 이제 웬만큼 알아들을 수 있겠다 싶었는데 브로커의 말은 영 아니었다. 거기다가 말까지 빨랐다. 두 사람은 오랫동안 통화했다. 간간이 귀에 들어오는 단어도 없지는 않았지만 도대체 무슨 대화를 나누고 있는지 알 길은 없어서 가슴이 거의 터질 듯했다.

내가 류 아저씨를 통해 간접적으로 들어야만 했던 림채하에 대한 소식치고는, 그러니까 무려 삼 년이 다 돼가는 만 33개월 만에 얻어들었던 소식은, 몹시 실망스런 것이었다. 우선은 림채하를 데리고 나오기가 쉽지 않다는 얘기였다. 북한쪽 정보원이 그녀를 확인하는 데까지는 성공했다고 한다. 림채하는 청진에 머물고 있다고도 했다. 한데 그녀가 남한에서 개통된 휴대전화와 몇몇 자본주의 상품들을 소지하고 있다가 발각이 되는 바람에 곤욕을 치러야 했고, 지금까지도 요시찰 대상이라는 얘기였다. 그러거나 말거나 평범한 주민들 같으면 그냥 데리고 나오면 될 일인데 알고 보니 그녀가 고위층 인사의 친척이어서 접근이 쉽지는 않다고도 말했다. 문제는 그것 말고도 또 있었다. 탈북자들을 밀고하고 색출해서 돈벌이 수단으로 삼는 자들을 '조교'라고 부르는데 그들 중국인 중 하나가 어떻게 정보를 입수했는지 으름장을 놓으며 위협을 하고 있다고도 했다.

그렇다고 내가 좌절한다거나 림채하를 포기할 일은 아니었다. 그럴 이유가 없었다. 림채하는 분명히 살아 있고, 더구나 내가 준 선물들로 곤욕을 치렀다고 했다.

류 아저씨는 브로커가 돈을 더 요구하는 것 같다고 조심스럽게 자기 의견을 밝혔다. 내 생각도 같았다. 사람들의 목숨 값이라는 건 자본주의 사회에서만 서로 다른 건 아니다. 내 생각은 그랬다. 림채하가 나에게 아주 특별한 존재인 것처럼 북쪽에서도 충분히 그럴 수 있었다. 북한 쪽에서 활동하는 정보원이나 안내원에게 위험수당이라는 것도 더 지급해야만 한다. 그러니 값을 더 치르는 건 마땅하고도 합당한 일이었다. 나는 기꺼이 그렇게 믿고 나머지 잔금을 우선 지급해주었다.

믿었기 때문에, 흔한 표현대로 사기를 당한 셈이었지만, 지금도 그들을 원망하지는 않는다. 물론 일을 멋지게 성취해냈더라면 하는 아쉬움은 있다. 하지만 그건 그들 능력 밖의 일이었을 수도 있다. 최선을 다한다고 하더라도 할 수 없는 일들은 세상에 많다. 나 자신이 바로 그 증거다.

브로커에게서는 더 이상 아무런 연락도 없었다. 두만강에도 여름이 무르익고 녹음이 울창하던 8월 11일, 나는 더 이상 난핑촌에 그대로 주저앉아 있을 수는 없었다. 8월 11일이라는 사실만으로도 숨이 컥컥 막혔던 것이다. 림채하와 헤어지던 날, 그 뒤로 벌써 세 번째 맞이하는 날이기도 했다.

나는 그날, 쑥대처럼 우북하던 머리를 잘랐다. 그리고는 류 씨 아저씨에게도 비밀로 한 채, 홀로 두만강을 건넜다.

두만강 이쪽과 저쪽

오라바이, 저는 그해 2011년 8월 12일 저녁에 홀로 두만강을 건넜어요. 그날이 무엇을 의미하는지는 잘 알고 계시겠지요? 그래요. 오라바이하고 헤어진 지 천 날이 지나고도 다시 96일째, 그러니까 만 삼 년하고도 하루가 되는 날이었어요. 물론 제 생일이기도 했죠. 더 이상 버틸 수 없었고, 단 하루도 더 이상은 기다릴 수 없었어요. 오라바이를 만나든지 아니면 죽든지 해야겠다고 결심한 일이었습니다.

홀로 강을 건넜다는 뜻을 굳이 밝혀드려야겠네요. 이 말은 누군가가 저한테 가라고 해서도 아니고, 함께 가자고 한 것도 아니고, 오라고 해서도 아니며 내쫓겨서 간 것도 아니라는 뜻이에요. 순수한 제 의지로 오라바이를 찾아 강을 건넜다는 애기랍니다.

제 부모님은 조금만 더 기다렸다가 유학을 가라고 달래셨어요. 그런 다음에 어디로 가든 마음대로 하라시면서요. 그게 안전하다는 이유에서였죠. 부모님은 제가 남쪽을 향해 가리라는 사실을 이미 알고 계셨던 거랍니다. 전부 다는 아니지만 오라바이에 대해서 약간 언질을 드렸으니까 제 마음이 어디로 향하고 있을지 뻔히 아셨겠지요. 하지만 저는 그때도 싫다고 단호하게 얘기했어요. 죽어버리겠다고 엄포를 놓기도 했죠.

아, 가엾은 부모님…… 저 때문에 얼마나 속을 태우셨을까요? 하지만 유학 허가는 언제 떨어질지 모르는 일이었답니다. 더군다나 그 무렵에는 상황이 저한테는 그리 유리한 편도 아니었죠. 제가 또 하염없이 허가를 기다려야만 한다고요? 허가받고 곱은 사람, 사랑하는 사람을 만나야 한다고요? 아뇨, 싫었어요. 죽기만큼이나 싫었어요. 그러니 남은 하나는 죽음을 무릅쓰고 강을 건널 밖에요. 건너서 오라바이를 만날 밖에요.

"뛰디 말고, 몸을 낮춘 채 거저 시름 놓고서리 츤츤히 건너도 됨메. 내래 초소 동무들을 푹 구워삶아 놓았으니깐두루 경비도 허슨할 거구만."

안내원 동무가 저를 안심시켜주었죠. 새골 뒷산에서는 강 건너 중국 영토가 손에 잡힐 듯 가깝게 내려다보였어요. 강폭도 가장 좁은 곳은 불과 십 미터나 될까 말까 할 정도였습니다. 새골 아래로 칠성리가 있었지만 안내원은 저를 그쪽으로 이끌었답니다. 저는 엄마를 떠올렸습니다. 오마니, 내 오마니…….

"날래 가라우. 가서 행복하게 살라우."

"고맙습두."

저는 잘 알고 있습니다. 제 탈북은 엄마 때문에 가능했고 또 수월하기도 했죠. 엄마가 청진에서 무산까지 열차를 타고 갈 수 있게 해주셨거든요. 그것도 모자라서 믿을 만한 길 안내자를 물색해주셨고…… 그러니, 오라바이! 나중에 저희 엄마를 만나시거든 오라바이께서 직접 고맙다고 얘기 한 번 해주세요. 네?

"날래 가래두!"

안내원이 제 등을 밀었어요. 저는 천천히 산을 내려왔습니다. 열사흘 달은 보름달만큼이나 밝게 길을 비추고 있었죠. 강변 자갈들은 희게 빛났고요. 건너편 중국 조선족 마을은 드문드문 가로등이 켜져 있었답니다. 칠석을 불과 엿새 지난 터라 견우와 직녀는 거의 움직임이 없어 보였어요. 아니, 견우는 잠자코 서서 직녀가 이윽고 은하수에 발을 담그고 있는 모습을 지켜보고 있었지요.

아, 이 얘기를 마저 해드려야겠네요. 청진에서부터 무산 새골리까지, 그리고 강을 건너 난핑촌까지, 허룽에서 베이징까지, 한국영사관까지, 그리고 한국까지 오는 동안 저는 제 옆에 바짝 붙어서서 오라바이가 항상 저를 지켜주고 있다는 느낌을 받았답니다. 제가 그토록 자신만만하게 일을 도모한 것도 바로 그 때문이었어요. 느낌은 너무나 강렬해서 지금까지도 제 머릿속에 생생한 걸요. 오라바이, 그때 정말 제 곁에 계셨나요?

천천히 걸어서 건너도 괜찮다고 안내원 동무가 말한 것도 잊고 저는 거의 뛰다시피 강을 건넜습니다. 손에는 저대를 들고 있었으니까 누가 본다면 바통을 쥐고 달리는 육상선수인가보다 하고 생각했는지도 모르겠네요. 물 첨벙이는 소리 때문에 심장은 터지기 직전이었죠. 강물은 무릎 높이에 지나지 않았지만 아랫도리가 다 젖어버렸고요.

난핑촌은 정말이지 가까운 마을이었습니다. 눈을 질끈 감고 강물에 뛰어들자마자 건너편 강변에 닿을 정도였으니까요. 이깟 강물 하나를 건너지 못해 수많은 세월을 전전긍긍했을까 생각하니 억울하고 분한 마음이 들기도 했답니다. 그동안 두만강을 진짜 하늘의 은하수만큼 넓고 깊은 강으로 마음속에 새긴 탓이었을까요?

북쪽과 너무 가까웠기 때문에 저는 내친김에 그곳을 지나쳐 좀 더 멀리까지 갈까 하다가 그냥 어느 집 문짝을 두드렸죠. 숨이 너무 가빴기 때문이었어요. 나이 드신 할머니 한 분이 나오시더니 근처에 있는 다른 집을 가리키면서 그곳으로 찾아가보라고 하시더군요.

"잘 왔슴둥. 인차 시름 노시라요."

"여기가 중국 령토 맞슴두?"

"맞슴메. 혹시 처녀가…… 아임메, 내래 상관할 처지가 아니지비."

"……?"

그곳은 작은 식당이었어요. 주인아저씨가 뭔가 저에게 물으시려다가 스스로 입을 다무셨죠. 그들 내외는 저를 반겨주었답니다. 식당에 딸린 작은 방으로 안내하면서 배가 고픈지를 묻기도 했습니다. 국수라도 삶겠다고 말이에요.

저는 배가 고프지도 않았고 두렵지도 않았어요. 두렵기는커녕 방 한구석에 콩주름 동이가 놓인 방은 이상하게 안락하기 그지없었습니다. 오라바이를 이제 곧 만날 수 있겠다는 기대감이 저를 혼돈스럽게 만들었을까요? 벌써 오라바이 품속에 안기기라도 한 듯, 바람벽이나 천장에 가득 배인 냄새가 왠지 익숙하다는 느낌을 지울 수가 없었죠. 그래서 더욱 오라바이께서 제 옆에 가까이 계신다는 생각을 떨쳐버릴 수 없었던 거랍니다.

저는 그날 밤을 그 방에서 묵었습니다. 나중에 오라바이를 만나게 되고, 우리가 옛날 일을 웃으면서 얘기할 때쯤 된다면 꼭 오라바이 손을 붙잡고 다시 찾고 싶어집니다. 오라바이를 찾아 북쪽을 떠나온 뒤 처음 묵었던 방…… 나중에 제가 그곳을 다시 찾아서 하룻밤을 꼭 묵도록 해줘요. 오라바이와 함께요.

주인 내외는 아침 일찍 콩주름을 넣어 끓인 국밥을 대접해주시기도 했어요. 아주 맛있고도 별스런 국밥이었죠. 함께 식사를 하면서 아저씨가 저에게 물으셨습니다.

“어찌 강을 건넜슴메? 남조선으로 갈 작정임메? 아님, 옌벤서 일자리를 구해서리…….”

“남조선으로 가려고 합네다.”

저는 단호하게 제 뜻을 밝혔답니다. 누구에게나 자랑하고 싶은 마음이었으니까요. 그러자 아저씨는 베이징 우다코우에 있는 한국 병원의 원장을 찾으면 길이 열릴 것이라면서 만약 남조선에 도착해서도 의지할 데가 없거든 자기 아들들을 찾으라는 얘기까지 해주셨어요. 두 아들이 남쪽에서 찍은 사진을 보여주기도 했고 이름이며 주소를 알려주기도 하셨죠. 그런 뒤에 저는 아저씨가 운전하는 트럭 짐칸의 국수 박스 속에 몸을 숨겼습니다. 중국 공안公安의 검색을 피해야 한다는 것이었어요.

아저씨는 옌지까지 트럭을 운전하셨죠. 그리고 거기 역 앞에 있는 버스회사에서 자신이 직접 표를 끊어서 얼마간의 중국 돈과 함께 제 손에 쥐어주셨습니다. 버스 삯도 용돈도 저에게 다 있어서 돌려주려고 했지만 아저씨는 한사코 받지 않으셨답니다. 그러고는 속마음을 거듭 드러내셨어요.

“내 아드르 사진 봤지비? 한 번 련락해서 만나보문 스나이男子로도 맘세 들꾸마.”

“그러카겠습네다. 아저씨 은혜는 잊지 않겠습두.”

아저씨 관심은 오로지 아들뿐인 듯했어요. 저를 며느리 삼고 싶어 하는 마음 말이죠. 저는 건성이긴 했지만 그러겠노라고 약속했답니다. 처음 대하는 낯선 저에게 왜 그토록 잘 대해주셨는지 충분히 짐작할 수 있는 일이었으니까요. 장성한 아들을 가진 부모들 마음이란 다 똑같은 법이겠죠. 과년한 딸을 둔 부모들처럼.

옌지에서 베이징까지 가는 버스는 놀랍게도 침대버스였답니다. 저는 덕분에 아주 편하게, 물론 낡은 침대에다가 서른 시간을 훌쩍 넘긴 긴 여정에 지치기는 했지만 베이징에 무사히 도착할 수 있었어요. 하긴 뭐, 삼 년을 버텼는데 겨우 서른 시간 가지고 지루했다고 말한다면 엄살이겠지요. 맞아요. 오라바이에게 엄살을 좀 부린 거랍니다. 나중에 우리가 다시 만나서 난핑촌에서 하루를 묵고 난 다음에는 침대버스를 타고 베이징으로 돌아왔으면 좋겠어요. 그렇게 하겠다고 약속해줘요. 오라바이, 응?

베이징에서 버스를 내려 제가 맨 먼저 한 일이 무엇인지 알아맞혀보세요. 그래요. 전신국에 들러 멀리, 아주 먼 나라로 전화 통화를 신청한 일이었답니다. 옌지에서 전화를 하고 싶었지만 거기서는 시간도 없었고 또 아저씨 때문에 참았었죠.

전화는 연결되지 않았습니다. 아니, 연결은 됐지만 누군지 전혀 알 수 없는 사람이 전화를 받았죠. 다시 해보고, 거듭 해봐도 마찬가지였답니다. 다리에 맥이 풀려서 저는 그 자리에 그만 무너지듯 주저앉고 말았습니다. 물론 오라바이가 남쪽에 없을 것이라는 생각은 아예 할 수도 없었고 또 하지도 않았죠. 그래서 하루라도, 한시라도 빨리 남쪽으로 가야겠다는 일념뿐이었습니다.

우다코우는 베이징의 대학들이 한 곳에 밀집해 있는 지역이었어요. 어딜 가나 대학생들로 활기가 넘쳤지요. 그래서 그들 열기로 인해 더욱 무더웠는지도 모릅니다. 제가 평양에서 대학에 다니던 시절에도 저렇듯 풋풋하고 활기가 넘쳤겠구나 하고 저는 저 자신을 위로해보기도 했죠. 이따금 살수차가 오가며 길거리에 물을 뿌려대기는 했지만 오히려 한증막으로 바뀌는 느낌이었어요. 저는 시금치처럼 절반 정도는 데쳐져 풀이 죽은 모습으로 한국병원에 들어섰습니다.

강무곤 원장이라는 분도 아마 더위에 지치셨던 모양입니다. 비록 에어컨이 켜져 있기는 했어도 누구나 그럴만한 날씨였죠. 그 때문인지 약간은 퉁명스럽고 무뚝뚝한 느낌을 주는 분이었어요. 안경을 쓰고 넥타이를 매고 있는데다가 의사 가운을 입고 있어서인지는 몰라도 오라바이보다 조금 더 나이가 들어 보이기도 했고요. 머리를 뒤로 빗어 넘긴 걸로 봐서는 일부러 나이가 들어 보이도록 의도한 게 아닌가 하는 생각도 들었죠.

"난핑촌에서 여길 찾아가보라고 해서 왔습네다."

"그놈, 참……."

제가 허리를 숙여 인사를 하고 미처 허리도 다 펴기 전에 하신 말씀이었습니다. 누구에게 하는 말인지 저는 뒤를 돌아보기까지 했죠. 어쩌면 그 말씀 때문에 첫인상이 퉁명스럽게 여겨졌는지도 모르겠어요. 원장님은 비로소 저를 찬찬히 뜯어보시듯 했습니다. 아마 그때 제 꼬락서니는 형편없었을 거예요. 얼굴이며 귀밑머리에서 흘러내린 땀은 어쩌면 군데군데 얼룩을 남겨놓았는지도 모를 일이었습니다. 한시라도 빨리 남쪽으로 떠나고 싶은 열망에 사로잡혀 처음 대하는 원장님께 결례를 한 듯 저는 몹시 무안해지고 말았죠.

"이름하고 나이가 어떻게 됩니까?"

"림채하, 스물여섯입니다."

"림채하라, 아까 그 말은 괘념치 마세요. 채하 씨를 두고 한 말이 아니니까."

"네. 저는, 일 없습니다."

"난핑촌에서 곧바로 베이징에 왔다면, 브로커를 통하지 않고 혼자 힘으로 탈북을 하신 건가요?"

"네. 북쪽 엄마 도움으로……."

"아, 행운이군요. 보나마나 이곳을 찾아오신 걸 보면 한국으로 가기를 희망하실 텐데, 거기 혹시 아는 사람이 있어요?"

"잘 모르겠습니다."

제가 그때 왜 그런 대답을 했는지 알 수 없습니다. 백 번 천 번, 오라바이 이름을 댈 수도 있고 자랑을 할 수도 있었는데 말입니다. 보나마나 전신국에서 국제전화를 했다가 실망한 뒤 자신감이 사라진 탓이라고 해야겠죠. 그러니 혹시 나중에라도 오라바이가 이해를 해주셔야 해요. 저는 한순간이나마 오라바이를 감추려고 했던 게 아니란 말이에요.

"원한다면 지금 당장 한국영사관에 데려다드릴 수 있어요. 내가 병원 차트에 써주는 검진 결과에 따라서 이번 주 안에 즉시 한국으로 떠날 수도 있고 말입니다. 헌데 한국에 지인들이 살고 있지 않다면 내가 제안 하나 할 테니까 들어보세요. 자본주의 속성을 잘 알지 못하는 사람들은 실수하는 경우가 아주 많습니다. 설마 그런 일이 있을까 싶겠지만 남한테 사기를 당하는 경우도 비일비재해요. 남한 사회에 적응하지 못해서 스스로 목숨을 끊거나 다시 탈출을 시도하는 사람도 적지 않은 게 분명한 사실입니다. 그러니 여기서 좀 생활하면서 서서히 남한 사회를 배우고 익히는 건 어떻겠어요? 내가 이 병원에서 일할 수 있도록 특별히 채용할 테니까 내 일을 좀 도와주고 말입니다. 어때요?"

"저는……."

"아, 지금 결정하지 않아도 됩니다. 이삼 일 말미를 드릴 테니까."

원장님의 뜻은 분명해 보였어요. 제가 베이징에 남아 있기를 바라신 거죠. 그분의 제안 역시 고마운 일이었고 또 타당했다고도 믿어요. 물론 제 결심은 확고했습니다.

"죄송하지만……."

"아, 말이 나온 김에 덧붙일게요. 이름만 대면 알 만한 북한 여배우 한 사람은, 그녀도 채하 씨만큼 아주 대단한 미모인데, 한국에 가보기도 전에 여기 거대한 중국 사회에 그대로 먹히고 말았어요. 먹혔다는 말, 이해하세요. 자신의 의지와는 무관한 불행한 삶을 살고 있다는 뜻입니다. 한 달에 두 번 정도는 우리 병원에 들르니까 기다렸다가 직접 만나볼 수도 있습니다. 내가 오늘 진찰을 좀 받아보라고 나오라고 하면 금방 나올 수도 있을 겁니다. 채하 씨 같은 분은 여기 이 자리까지는 정말 운이 좋았어요. 하지만 인천공항에 내리는 순간부터 늑대들이 사방팔방에서 벌떼처럼 달려들 게 뻔한데, 채하 씨는 그걸 아마 눈치 챌 겨를도 없을 겁니다. 눈뜨고 있는 생사람 코를 베어가는 재주가 자본주의 자랑이자 수법이거든요."

저는 잠자코 고개를 끄덕였습니다. 원장님께 어떻게 사실을 말씀드려야 할지 막막했거든요. 너무 단호하게 거절을 하다가는 알게 모르게 불이익을 당할 수도 있겠다는 걱정도 아주 없지는 않았고요.

"솔직하게 고백하자면, 저도 아직 결혼을 하지 않은 총각입니다.

이 말뜻은…….”

“선생님, 저 사실은 한국에서 기다리는 사람이 있습니다.”

오래 참고 있었던 숨을 내뱉듯, 저는 기어코 그 말을 하고 말았어요. 북쪽에 있을 때도, 그리고 금강산에서 일할 때도 저는 저에게 접근하는 남자들에게 항상 제 뜻을 분명하게 전달하곤 했답니다. 제 자랑 같지만 고등중학교에서도 저를 친구로 삼으려는 남자애들에게는 미리 그렇게 못을 박아두기를 잊지 않았거든요. 그렇게 하지 않으면 자기 편한 대로만 오해하기 일쑤인 남자들을 막을 도리가 없다고, 골수에 사무칠 만큼 저희 엄마가 가르친 것 중에 하나가 그것이었어요.

“아까는?…… 그래, 알았어요. 그게 진심이기를 바랍니다. 내 진심도 이해하죠?”

“잘 료해하고 있습니다. 은혜를 잊지 않갔습네다.”

북쪽 억양과 사투리를 쓰지 않기 위해서 제 깜냥에 애를 써도 어떤 때는 나도 모르게 불쑥불쑥 튀어나오곤 합니다. 그게 어떤 경우인지, 아마 오라바이는 벌써 눈치 채고도 남았을 거라고 믿어요. 제가 오라바이 앞에서 사투리를 심하게 구사하던 때가 언제인지 떠올릴 때마다 매번 얼굴이 화끈거리기도 하지만, 그렇죠?

원장님은 더 이상 저를 설득하려고 들지는 않으셨어요. 그분도 역시 저에게는 고마운 분이랍니다. 난핑촌에서 하룻밤을 묵고, 침대버스를 타고 베이징까지 돌아온 뒤에는 우리 함께 원장님을 만나 뵙기로 해요. 오라바이가 저 대신 그분께 감사 인사를 하신다면 더

할 나위가 없겠지요.

그날 밤, 저는 원장님 승용차에 동승해서 한국영사관으로 들어갔습니다. 탈북자들이 우르르 몰려들어 담을 넘거나 대문을 밀치고 들어가려고 한바탕 소동을 벌이곤 하는 바로 그 유명한 영사관 건물 말입니다. 원장님 차량을 확인한 중국 공안들은 짝 소리가 나도록 구둣발을 갖다 붙이며 거수경례를 올렸어요. 순간 저는 더 이상 북한 주민이 아니고, 물론 탈북 난민도 아닌, 남한 국민 자격을 새롭게 취득하게 됐음을 절감했답니다. 오라바이와 제가 다시 금강산에서 볼 수 있다면 우리가 제각각 남과 북에서 따로따로 와서 만나는 게 아니라 서울에서부터 함께 손을 잡고 그곳을 찾을 수 있다는 뜻에 다름 아니겠지요. 제가 늘 꿈에 그리던 일이 가능해진 거죠.

승용차에서 내리자마자 저는 오랜 버릇 그대로 베이징의 밤하늘을 올려다보았습니다. 하지만 악명 높은 베이징의 대기 오염은 제가 찾는 두 개의 별을 보여주지는 않았어요. 참으로 알고 싶고 보고 싶었는데도 말입니다. 지금쯤 두 별은 서로 얼마나 떨어져 있을지, 직녀는 여전히 눈물 그렁그렁한 눈으로 견우를 바라보고 있을지…….

우리가 손을 들어

림채하, 기다리고 있어야 한다. 내가 청진으로 간다.

강물은 한여름인 8월 11일에도 차가웠다. 나는 두만강을 건너면서도 사지를 향해, 이를테면 요단강(Jordan River)을 건너고 있다고는 여기지 않았다. 그러니 두만강은 심리적으로 차가웠던 게 아니라 실제 수온이 낮다는 얘기가 된다. 그 차가운 강물이 안겨주는 긴장감을 즐기는 마음도 없지는 않았다고 밝혀두고 싶다. 림채하를 만날 수 있다는 기대감으로 적지 않게 부풀어 있었던 셈이다.

사람마다 달리 말하기는 해도 무산에서 부령을 거쳐 청진까지는 직선거리로 백 킬로미터 내외다. 나는 난핑촌에서 날마다 강변에만 나갔던 게 아니고 국수나 국밥만 끓였던 것도 아니다. 하루도 빼놓지 않고 빠른 걸음으로 체력을 다졌으며 무산 청진 사이의 마을 이름들과 기차역을 차례로 외웠고, 류 아저씨를 통해 함경도 사투리를 익히고 중국어 공부도 게을리 하지 않았다. 강을 건너 난핑촌으로 넘어온 탈북자들을 통해 그들이 지나온 길도 꼼꼼히 메모하곤 했다. 심지어는 북에서 사로잡힐 경우에 대비해서 치밀한 전략까지 다 세워두기도 했었다.

군대 수색대대 시절과는 아무래도 사정이 다르고 또 낯선 길이기 때문에 백 킬로미터면 밤을 새워 걷고 한나절쯤은 더 걸어야 할 거리로 계산이 됐다. 청진에 도착해서 늦은 점심을 먹으려면 자정 무렵에 출발하면 가능한 거리였다. 돌버섯으로 불리는 석이와 말린 표고버섯, 고사리와 각종 약초들로 괴나리봇짐을 만들어 어깨에 메기도 했다. 약초를 지고 청진으로 가서 쌀이나 생선으로 바꿔오려는 장사꾼으로 변장한 것이다. 사정이 급박하면 봇짐은 그냥 쉽게 벗어던질 수도 있게 단출했다. 물론 굳이 벗어던져야 할 만큼 무겁게 꾸리지도 않았지만.

정말이지 나는 완벽하고도 철저하게 준비를 해왔다. 내 얼굴과 그리 닮지는 않았어도 비슷하게 보이는 젊은 탈북자의 공민증公民證을 사두기도 했다. 김일성대 경제학부를 졸업했다던 탈북자 양주택은 지금 서울에서 잘 살고 있을까? 아니, 내 존재를 기억하고 있을까? 강을 건너기 전에 내가 머리를 깎았던 건 순전히 양주택의 공민증 사진과 얼추 닮아 보이도록 하기 위해서였다. 공민증 값으로 류 아저씨와 나는 그를 멀리 옌지까지 태우고 갔으며 침대버스 티켓을 끊어 베이징까지 안전하게 갈 수 있도록 해주었다. 물론 공민증 하나로 무사통과를 장담할 수는 없다. 다만 한두 차례는 통할 수도 있으리라고 믿었고, 공민증을 의심하는 이들의 눈을 일시에 현혹하거나 마비시킬 수 있도록 뇌물로 찔러줄 중국 화폐도 준비해두고 있었다.

탈북자들이 옌지에서 침대버스를 타고 북경에 갈 수 있도록 계획을 바꾼 이유는 한 어이없는 사건 때문이었다. 우리가 허룽까지 무사히 데려다주었다고 믿었던 열아홉 살 된 꽃제비 탈북 여성 하나가 또 두만강을 넘어 난핑촌으로 기어들어왔던 것이다. 그날 나는 그녀가 들려준 기막힌 불행에 밤새도록 몸서리를 쳤다. 그녀는 허룽에서 옌지로 가는 도중에 중국인 조교, 곧 탈북자 사냥꾼에게 붙잡혀 인신매매를 당했다. 그녀를 사간 사람은 나이 많은 랴오닝성 한족이었다고 했다. 그곳에서 성노리개로 석 달을 버티다가 어찌어찌 탈출했는데 임신한 몸으로 다시 붙잡혀 북으로 끌려가고, 보위부 감옥에서는 화냥년還鄕女이라는 욕설과 함께 온갖 모멸을 겪다가 아이를 사산하고…… 나는 그 사연을 차마 더는 얘기하지 못하겠다.

림채하, 반드시 기다리고 있어야 한다. 내가 청진으로 간다.

무산읍을 벗어나자 비로소 안도의 한숨이 나왔다. 나는 끊임없이 중얼거리며 철로가 아니면 도로를 따라 걸었다. 탈북자들은 주로 산길을 따라 이동했다고 증언했지만 아무래도 내 생각에 산길은 더 위험해 보였다. 대부분 민둥산인데다가 군대 초소는 산자락에 지어져 있을 것이기 때문이었다. 물론 내가 악명 높은 철도경비대 얘기를 듣지 못한 건 아니다. 터널 근처에 자리 잡고 있는 기차굴 초소나 철교 초소 같은 곳 말이다. 그들은 인근 마을에서 밥이나 곡식뿐만 아니라 닭이나 돼지까지 약탈해가는 것으로 유명세를 떨쳤다고 했다. 하지만 나는 알고 있었다. 그런 군대는 오합지졸에 지나지 않는 법이다. 그게 아니더라도 그들 초소나 역이 가까워지면 조금 우회해서 지나가면 그만이었다.

아, 나는 지금도 내가 지나왔던 함경북도 무산군의 강선리와 주초, 풍산리, 차유리 등과 부령군의 서상, 무수리, 고무산 등 마을 이름들을 하나도 잊지 않고 있다. 어둠 속에 파묻힌 그런 마을들은 내가 소리 없이 길을 가고 있는 동안 아마도 평온했으리라.

무산선茂山線이 끝나는 고무산청년역에서 청진까지는 쭉 곧은 철로 길이었다. 그곳은 함북선의 일부라고 들었지만 그게 중요한 건 아니었다. 경비초소가 세워져 있는 곳이 아니면 나는 뛰다시피 걸었다. 그래도 부령, 형제역을 지나 장흥역 가까이에 이르렀을 때는 이미 동이 터오르고 있었다. 이제 장흥을 거쳐 석막을 지나면 이윽고 청진의 관문인 수성역이 나타날 참이었다. 그때 나처럼 단봇짐을 이고지고 철로 옆길을 따라 걷고 있는 시골 노인 부부가 눈에 들어왔다. 나는 일부러 그들을 따라붙으며 물었다.

"아바이 동무래 안냐하시우까? 어디 감두?"

"텅진 장마당 가우다."

"내래 그기 가는 질임메. 동무해서 같이 가지 않겠슴두?"

노인은 지친 눈으로 내 행색을 살폈다. 내가 그들을 밭둑으로 잡아끌었다. 그러고는 괴춤을 풀어 난핑촌에서부터 준비해왔던 비상식량을 나눠주었다. 강냉이와 쌀을 섞어 만든 떡이었다. 노인 부부가 얼마나 고마워했을지는 따로 얘기할 필요도 없다.

셋이 옥수수 밭둑에 앉아 떡을 우물거리고 있을 때였다. 남쪽 장흥역에서 열차 하나가 달려오고 있는 게 보였다. 내가 함북선 철로를 따라 걸으면서 목격했던 유일한 기차였다. 느리고 답답한 두 노인들 걸음처럼 시커먼 열차는 다가왔다.

그때 내가 왜 그랬는지는 모르겠다. 자리에서 벌떡 일어나 저만치 내 옆을 스쳐 지나가는 열차를 향해서 두 손을 마구 흔들었던 것이다. 어쩌면 이제 거의 다 왔다는, 더구나 노인 부부의 환심을 얻는데 성공해서 마음이 더욱 놓인다는 안도감 때문이었는지도 모른다. 열차에 타고 있는 보안원이든 보위대원이든, 심지어 북한군 병사라고 한들 그들이 어떤 짓도 할 수 없을 거라는 자신감의 표출일 수도 있었다. 하지만 무엇보다 이제 곧 림채하를 만날 수 있다는 황홀한 기대감이, 그저 밋밋하고 정적인 대상이 아닌 살아 움직이는 기차를 보자마자 어떤 식으로든 저절로 터져 나온 게 분명하다.

열차 승객들은 딱 두 사람을 제외하고는 아무도 반응을 보이지 않았다. 하나는 열차 지붕 위에 납작 엎드린 꽃제비 소년이었다. 열차 지붕에 무임승차해서 도시를 이동해 다닌다는 꽃제비들 얘기는 이미 들어서 알고 있었다. 그러다가 열차에서 떨어져 죽기도 하고 전기에 감전돼 타죽기도 한다는…… 소년은 엎드린 채로 한 손만을 들어 천천히 흔들었다. 마치 열차 차장이라도 되는 듯 자랑스럽고 여유 있는 동작이었다. 나처럼 누군가에게 들키지 않고 가고 있다는 자랑처럼 보이기도 했다.

또 한 사람은 열차 끝 부분 좌석에 앉아 있던 진녹색 셔츠를 입은 젊은 여자였다. 아니, 비교적 먼 거리라서 젊은 여자처럼 보였을 수도 있다. 그녀는 꽃제비 소년처럼 손을 흔들지는 않았다. 유리창에 지장이라도 찍듯, 내 쪽을 향해서 손바닥을 활짝 편 채로 오래도록 그냥 우아하게 대고 있었을 뿐이다. 그 우아함이 내 뇌리에 새겨졌다.

기차가 지나가고 우리 일행도 다시 길을 재촉했다. 그리고 점심참이 되어서야 기어코 청진의 철도 관문인 수성역에 이르렀다. 북쪽에서부터 걸어온 내 눈으로 보자면 청진은 수성천輸城川의 물길로 인해 열리는 도시 같았다. 수성역 역시 수성천에서 이름을 따왔다고 했다. 서쪽과 북쪽에 병풍처럼 솟아 있는 높은 산자락들이 품고 있던 물을 흘려보내면서 형성된 벌판이 곧 청진인 셈이다. 내가 풍수지리 같은 것에 관심이 있었던 건 아니다. 그럴 여유도 물론 없었다. 하지만 군 수색대 시절 이후 몸에 밴 직감이 그런 정도는 우선 본능적으로 살펴보도록 만들었다. 목적지 인근에 도착하면 지형과 지세를 먼저 숙지하는 게 목숨 보전에 절대적으로 필요한 법이다.

수성천은 넓고 희고, 매끈하게 보였다. 흰 자갈과 모래 때문이었는지도 모르겠다. 하지만 보다 솔직하게 고백하자면 그 느낌은 다른 것으로부터 내게 왔다. 림채하가 어릴 때부터 숱하게 눈에 담고 손발을 적셨을 하천이라는 사실 말이다. 이 때문에 나는 수성역과 수성천을 대하면서는 주체하지 못할 정도로, 행인들이 보고 혹시 신고하지 않을까 염려가 될 정도로 마구 뛰는 가슴을 진정하느라 애를 먹었다.

노인 내외와 나는 수성천을 따라 걸으며 장마당 쪽으로 향했다. 어느 누구 하나 나를 의심하지는 않았다. 의심은커녕 관심조차 주지 않았다. 하기야 남한에 침투해서 생활하는 북한 첩자들이 길거리를 활개치고 다닌다고 할지라도 그들을 알아볼 사람은 없다. 나도 위치만 다를 뿐이지 그들과 똑같은 상황인 것이다.

수성천의 동쪽 둑, 그러니까 수남 시장의 서쪽 일대가 바로 청진 장마당이었다. 수남 시장이 공인된 시장이라면 장마당은 일종의 난전亂廛 같았다. 말 그대로 어지럽기 이를 데 없는 도깨비시장이었다. 두 노인이 땅바닥 한 군데를 먼저 비집고 앉았다. 나는 마음이 조급해졌다.

"아바이, 내 잠깐 보르 일이 있소꾸마. 날래 돌아올 끼니깐 그새 짐뱅이를 지켜두지 않겠습두?"

"다녀오우다."

나는 노인들에게 허리를 굽혀 절하고는 장마당을 빠져나왔다. 내가 짐을 되찾는 일은 없을 것이다. 그건 노인 부부의 몫이었다. 노인들이 나를 기다리다가 그것까지 다 처분하고 돌아가기를 나는 간절히 기원했다.

림채하가 살고 있다는 아파트, 곧 살림집은 수남시장 남쪽의 청남동에 비교적 작은 규모의 단지에 있었다. 나는 어렵지 않게 그녀의 집을 찾아냈다. 의학대학 서쪽, 수성천의 지류로 보이는 작은 하천이 흐르는 곳이었다.

자, 이제 어떻게 할 것인가?

숱한 밤마다 계획을 세우고 메모하고 정리를 거듭한 일이었지만 그녀의 아파트 앞에서 잠시 머릿속이 하얗게 비워지고 말았다. 속절없이 뱃속에서는 텅 빈 창자를 긁어대는 꼬르륵 소리가 새어나왔다. 주민들이 드비밥이라고 발음하는 두부밥이든, 국시라고 부르는 농마국수든 장마당에서 한 그릇 사서 삼키고 올 걸 하는 생각도 들었지만 다시 돌아간다고 하더라도 그럴 일은 없을 것 같았다.

더 이상 망설이지 않고 나는 림채하가 살고 있을 아파트로 성큼성큼 걸어갔다. 공터 나무그늘에 앉아서 더위를 식히고 있던 노인들 서넛이 나를 바라보았다. 그냥 가로수나 풍경을 보듯 무심한 눈길이었다. 노인들이 나를 보고 놀랄 일은 없을 것이다. 다만 림채하가 놀라 까무러치는 일이 없었으면 했다. 금강산에서 내가 숙소를 찾아갔을 때도 그녀는 거의 기절할 뻔하지 않았던가!

집 안에서는 아무런 반응도 없었다. 시간 간격을 두고 여러 차례 초인종을 누르고 기척을 살피기도 했다. 하지만 안에 사람이 없는 게 분명했다.

만약 림채하가 모습을 보이면, 나는 그러려고 했다. 먼저 그녀가 놀라서 비명을 지르지 않도록 뜨겁게 입을 맞춘다. 그리고 사랑한다, 사랑한다, 사랑한다고 세 번을 거듭 말한다. 만약 당신을 데려갈 수 없다면 여기서 함께 살기 위해 죽을 각오를 하고 왔다는 말도 덧

붙인다. 망명이라는 표현을 쓸 수도 있으리라. 그런 다음에 다시 두꺼비처럼 혀를 최대한 길게 빼서 그녀의 입 안 깊은 곳까지…….

달콤한 상상도 잠시였다. 서둘러 아파트 밖으로 물러나야 했다. 그건 내 머릿속 어디에도 없던 돌발적인 변수였다. 팔에 차고 있던 값싼 중국산 전자시계가 제대로 작동하고 있는 게 틀림없다면 그때 시각은 오후 다섯 시를 조금 넘기고 있었다. 나는 아파트 입구가 바라보이는 곳으로 멀찍이 자리를 옮겨 이게 어떤 일인지를, 그리고 내가 당장 해야 할 일이 무엇인지를 궁리해보았다. 하긴 남한에서 일자리를 구하지 못한 청년 실업자라고 하더라도 방구석에 콕 틀어박혀 있을 것 같지는 않았다. 스물여섯 살 청춘에게는, 비록 무더운 여름날이라고 해도 말이다.

한자리만 지키고 있을 수도 없었다. 거동수상자는 같은 자리에서 움직이지 않거나 끝없이 같은 곳을 맴도는 이들을 지칭하는 말일 것이다. 나는 수성천변을 따라 무엇인가 급한 볼 일이 있는 사람처럼 걷다가 다른 길로 돌아왔다. 그러고는 천천히 의학대학이 있는 쪽으로 발걸음을 옮겼다.

림채하의 부친이신 림용진 교수를 만나면, 그분께서는 내 존재를 이해하고 받아주실까? 청진청년역으로 가서 장훈선이라는 이름의 채하 모친을 찾으면? 당장이라도 달려가서 어떤 분이든 뵙고 싶은 마음은 참으로 굴뚝같았다. 만약 좀 전에 림채하를 만났다고 하더라도 그냥 우리 두 사람만 몰래 청진을 빠져나올 수는 없지 않았을까? 그렇다면 어차피 두 분을 한 번쯤은 반드시 뵈어야만 할 것 같기도 했다. 림채하가 나를 그분들에게 소개를 하든, 아니면 내가 그분들과 함께 먼저 만난 자리에 그녀를 불러 놀라게 하든.

그때 갑자기 내가 이곳에서 할 수 있는 일이라고는 이제 아무것도 없고 오로지 하늘의 뜻에 맡겨야 할 뿐이라는 생각이 들었다. 늦어도 너무 늦은 각성이었다. 처음부터 목숨을 걸지 않았던 건 아니지만 이젠 정말이지 얼굴도 모르는 이들에게 내 목숨을 꼼짝없이 저당 잡혀야 한다는 낭패감이었다. 그래서 나는 해가 기울 무렵쯤해서 술에 취하기라도 한 듯, 머릿속이 어질어질한 상태로 림용진 교수의 연구실 문을 두드렸다.

"선새임, 양주택임네다."

50대 초반쯤으로 보였고, 돋보기를 쓰고 있었으며, 머리에는 드문드문 새치가 돋아나고, 북방계형의 깡마른 얼굴이 아니라 상호가 두툼하게 보이는 림용진 교수, 림채하의 부친이 고개를 들어 나를 바라보았다. 처음에 나는 공민증의 이름을 댔다.

"님재 누기야?"

"놀라지 마십시오. 저는 남쪽 서울에서 왔습니다. 따님인 림채하를 찾아서, 백산서라고 합니다."

"……?"

그가 자리에서 일어나 내 등 뒤로 오더니 연구실 문고리를 걸었다. 나는 잠자코 꼿꼿하게 서 있었다. 그도 내 앞에 섰다. 키가 나보다는 조금 작은 분이었다.

"림용진 교수님이 맞으신지요?"

"맞소."

"놀라게 해드렸다면 죄송합니다."

"상구도 놀라는 중이우다."

"송구합니다."

나는 그 자리에 무릎을 꿇고 앉아 일본 막부시대의 사무라이들처럼 팔을 곧게 뻗어 두 주먹을 바닥에 붙였다. 복종의 표시였다. 내가 내 목숨을 누군가에게 저당 잡힌 게 확실하다면 그가 림채하의 아버지였으면 했다.

"내 안해를 이곳으로 불러도 일 없갔소?"

"처분에 맡기겠습니다."

그가 책상 위에 있던 휴대폰을 들어 전화를 걸었다. 이윽고 꿈속에서 들려오는 목소리처럼 상대의 음성이 내 귀에도 전해졌다. 나는 숨을 죽였다.

"네, 저입네다."

"디금 바로 대학에 있는 내 방으로 오기요. 아무것도 묻디르 말고……."

"그럴게요. 상구도 가심팍이 마구 떨리우다."

"알았꾸마."

상대편의 목소리는 림채하의 음성과 놀랄 만치 똑같았다. 아무리 모녀지간이라고 해도 그렇게까지 비슷할 수 있을까? 전화기 저쪽 상대는 혹시 그녀의 어머니가 아니라 그녀 자신은 아닐까? 내 가슴이 벌떡벌떡 뛰었다. 헌데 저쪽 목소리도 여전히 가슴이 뛴다고 했는데 그건 무슨 뜻일까?

우리는 한동안 서로 침묵했다. 낯선 남자가 자신의 딸을 찾아온 세상의 아버지들이 그러하듯 그는 분을 삭이고 있는 듯했고, 나로서는 마땅히 드릴 말씀이 없었다. 벽면 어딘가에 걸려 있을 벽시계가 째깍거리는 소리, 그가 간간이 내뱉는 숨소리뿐이었다. 림채하를 이 자리에 불러도 괜찮겠느냐고, 그분이 나에게 물어보셨으면 했다. 아니, 묻고 자시고 할 것도 없이 그러기를 소원했다.

"이, 이거는 용기 있는 행동이 아니우다. 간뎅이 부은 줄을 젊은이는 아오?"

한참 만에 그분이 물었다. 묻고 있는 게 아니라 나를 꾸짖고, 나아가서는 나에게 크게 실망했다는 표현 같기도 했다. 간덩이가 부었다는 말은 미쳤다는 뜻일까? 그렇다면 맞는 말씀이라고, 나도 안다고 대답해드리고 싶기도 했다.

"채하가 방금 뎐에 갱물을 건넜다는 련락을 받았꼬마. 가 오마니가 가심팍이 상구 떨린다는 말을 여서 듣지 않았습두?"

"네? 그게, 사실입니까?"

"거짓뿌리를 하르 때가 앙이잖습지비."

하느님…….

목구멍에 걸린 채 끝내 튀어나오지 않은 말은 어떤 특정한 존재가 아니라 아마 비명이었을 것이다. 그녀가 나를 찾아서 스스로 강을 건너갔다는 자랑스러운 사실이 그 순간 왜 아득하게 추락하는 느낌으로 내게 다가왔는지, 나는 지금은 안다. 청진에서부터 그녀와 동행해서 장차 국경을 넘어야 하는 일보다 이미 절반 이상의 성공을 거둔 상태임에도 불구하고 왜 절망적인 느낌을 내게 안겨주었는지 말이다.

"어드렇게, 어드렇게 이런 일이?"

림채하 어머니는 처음에 탄식만을 되풀이했다. 그리고는 소리 내지 않고 울었다. 그분의 눈물은 왠지 모르게 자신의 따님인 림채하의 기구한 사랑 때문이 아니고 우리 민족 전체에 대한 거창한 동정심 같은 것으로 여겨졌다. 내가 이미 그때쯤은 마음이 조금은 평온해졌던 탓인지도 모르겠다.

"저희가 헤어진 게 삼 년 전 어제였습니다. 그래서 강을 건너왔고……."

"알디요. 알고 있소구마."

장훈선, 그분께서 직접 내 팔을 잡아 일으켜주셨다. 무릎은 쉽게 펴지지 않았지만 고통이 오히려 달게 느껴질 때도 있다. 그때, 나 자신도 그러했다.

"혹시?"

"……?"

채하 어머니가, 내가 어머님이라고 천 번 만 번이라도 불러보고 싶어지던 그분이 나를 올려다보셨다. 나도 그때서야 그분 얼굴을 똑바로 바라보았다. 목소리도 그랬지만 얼굴 역시 림채하와 자매처럼 닮은 게 확실했다. 쌍꺼풀 지지 않은 큰 눈과 길고 뾰족한 코, 볼우물, 하얀 피부까지.

"혹시 채하 씨가 입고 간 셔츠가 진녹색이었습니까?"

"기래요. 쑥색!"

예감은 왜 항상 빗나가지 않는 법인지 나는 알지 못하겠다. 아니, 그게 중요한 게 아니다. 어느 순간부터 내 안에 깃들기 시작한 다른 어떤 새롭고 불길한 예감 때문에 거의 숨이 막힐 지경이었다. 그렇더라도 당장 내 머릿속을 가득 채우는 것은 기차 유리창에 펼쳐져 있던 손바닥 형상이었다. 그녀가 나를 알아봤을 리는 만무했다. 그건 나도 마찬가지였다. 그런데도 우리는 서로 알아보기라도 한 듯 손을 들어 알은 체를 했다.

림채하가 나에게 선물한 자수 손수건에서는 직녀가 손을 들어 흔들지는 않는다. 고구려 고분벽화에서는 어떤지 인터넷에서 확인한 적이 있다. 희미하기는 했지만 실제 벽화에서도 직녀가 손을 들지는 않은 모습이었다. 견우는 아예 소를 끌고 돌아서서 가고 있는 형상이었다. 나는 그때 벽화 사진을 들여다보면서 섭섭했고 또한 슬펐다. 견우는 왜 돌아보지도 않고 길만 재촉하는지, 직녀는 왜 그냥 가만히 바라보고만 있는지…… 그건 어쩌면 정확하게 일 년이 지나 또 칠석날이 되면 다시 만날 수 있다는 희망 때문이었는지도 모르겠다. 헌데 림채하와 나는 약속이나 한 듯 손을 흔들거나 손바닥을 들어 인사했다. 그렇다면 지금 나는 섭섭하지도 않고 슬프지도 않은가?

"부디 붙잡히지 말고, 다시 강을 건너가우다. 기러카고 우리 채하를 찾아주오다. 절대로 붙잡히지 말고 꼭, 기러니깐드루, 우리 채하를 보살펴줄 사람은…….”

비록 내 이름이 생략되긴 했어도, 그분이 하신 간절한 부탁 가운데는, 내 이름이 수백 번 호명된 것보다도 더 강하고 분명한 지향성이 있었다. 나는 앉아 있던 자리에서 일어나 두 분을 향해 큰절을 올렸다. 나 역시 약속의 말씀을 드리지는 않았다. 어쩌면 그분들도 수백 번 내가 약속할 수 있는 말 이상의 신뢰를 해주셨을 것이라고 나는 믿고 있다.

쑥색 셔츠를 입고, 손바닥을 활짝 펴서 우아하게 기차 유리창에 대고 있던 젊은 여자…… 이제 비로소 실토해야겠다. 그게 바로 내 기억 속 림채하의 마지막 모습이었다. 검고 어두운 철마鐵馬에 사로잡힌 듯, 하얗게 질려 있던, 참 고운 얼굴.

북쪽 녀자

오라바이, 오라바이, 내가 곱아하는 오라바이…….

제 생애에 있어서 가장 길고 지루하고 덧없는 날들은 금강산에서 돌아와 청진에 머물던 삼 년 세월이었답니다. 돌아보면 스물셋에서부터 스물여섯 나이에 이르는 기간, 그 누구의 인생이 됐든 가장 빛나야 할 시기가 온통 음울한 암흑의 날들로 점철되고 말았으니까요. 하지만 오라바이에 대한 제 사랑은 오히려 깊어졌으니 염려하지 말아요. 말하자면 그 시기는 잎과 꽃이 무성해지는 때가 아니라 뿌리가 활착되는 시기였던 셈이죠. 뿌리가 잘 벋어야 언젠가 봄이 오고 여름이 올 때 잎이나 꽃이 더욱 화사해지는 게 아니겠어요? 제 사랑도 언제쯤인가 활짝 만개할 날을 보려면 울면서, 때로는 억지로 웃으면서 인내해야겠지요. 이제 그 얘기랍니다.

제 외숙이셨던 장성택 동지는 저 어릴 때, 그러니까 제가 청진을 떠나 평양으로 유학을 가면서 처음 뵐 때부터, 저를 점찍어두셨다고 합니다. 자신의 일가붙이인 저 림채하를 이른바 백두혈통白頭血統의 누군가에게 시집을 보내려고 말입니다. 이 얘기는 엄마에게 직접 들었던 내용이니까 아마 사실일 거예요. 백두혈통 아시죠? 북에서 백두혈통이라면 오직 하나의 가문만을 지칭하고 있어요.

제가 만약 외숙의 뜻대로 백두혈통의 가문에 들었더라면 외숙이 북에서 숙청되고 급기야 비명에 가시는 일은 없었을까요? 아니, 이건 망발에 지나지 않는 얘기였습니다. 부질없는 생각이었어요. 죄송해요, 오라바이.

2010년 새해가 되자마자 청진의 쌀값은 한 달 전보다 무려 스무배나 폭등했었답니다. 12월만 해도 킬로그램 당 오십 원 정도였는데 삼백 원, 오백 원으로 막 뛰어오르더니 1월 하순에 이르러서는 천 원 이상으로 치솟았던 거죠. 물론 배급은 끊긴 지 오래였고요. 엄마는 다른 이들처럼 장마당에 나가서 장사를 할 수도 없는 형편이었죠. 그때 저희를 먹여 살렸던 게 무엇이었는지 짐작하시겠어요? 우선 하나는 장성택 동지께서 보내주시던 곡식들이었답니다. 그분께서는 당신 친가와 더불어 특별히 우리 집도 챙겨주셨던 거예요. 아마도 저 때문이었을 거라고 믿어요. 장차 백두혈통에 들어야 하는…… 그리고 나머지 하나, 정말로 요긴했던 건 미국 돈 사백 달러였답니다. 기억하세요? 오라바이가 비타민 박스 속에 돌돌 말아 건네주셨던 달러 말입니다.

"장 총리님 까타나 니팝 먹지비?"

엄마는 제가 드린 미국 돈은 안중에도 없는 듯 장성택 동지를 종종 입에 올리셨어요. 그분 때문에 우리가 쌀밥을 먹을 수 있다고 말입니다. 저로서는 엄마가 조금은 야속하기도 했죠. 오라바이를 인정하지 않으려는 속셈도 없지 않았으니까요.

그해 겨울, 하루는 장성택 동지에게서 전화가 왔었답니다. 엄마가 전화를 받으셨죠. 아빠와 저는 수화기 너머로 들리는 그분 음성에 귀를 기울였죠. 헌데 외숙부의 목소리는 본래 작은 편이라서 도통 알아들을 수는 없었고 엄마가 말하는 거나 대답하는 내용도 도대체 요령부득이었어요. 그러다가 엄마가 잠약(수면제) 어쩌고 하시기에 저는 제 방으로 들어와 문을 잠가버렸답니다. 그건 제 얘기가 분명했거든요.

이틀 동안 저는 방 안에서 꼼짝도 하지 않고 버텼습니다. 부모님이 출근하신 뒤에는 물론 살림집 거실로 나와서 밥도 먹고 물도 마시기는 했지만요. 그러다가 제가 결국 항복하고 엄마 얼굴을 대하게 됐을 때 들었던 얘기가 바로 그거였어요. 백두혈통 얘기 말입니다.

장성택 동지는 적지 않게 실망했다고 합니다. 그건 물론 이해를 해요. 저를 출세의 수단으로 삼으시려다가 어쨌거나 결과적으로는 끝내 헛물을 켜신 꼴이 됐으니까요. 하지만 제가 소나 돼지처럼 누군가가 끌고 가는 대로 따라가서 주인 집 여물을 먹고 뭐, 그래야 하는 존재인가요?

"이 간나야, 번갯불에 콩 볶아 먹는다는 녯말이 그르지 않다고 총리께서 말씀하셨어야!"

"오마니!"

저는 엄마를 향해 있는 힘껏 눈을 흘겼죠. 금강산에 잠시 가 있는 동안에 오라바이를 만난 일이 글쎄, 번갯불에 콩을 볶아 먹은 일로 치부되다니요. 헌데 오라바이는 진짜로 그렇게 해보려고 시도한 적이 있다고 했으니까 오라바이와 저는 결국 똑같은 사람이었네요. 그래요. 같은 사람끼리 만났다, 그런 엉뚱한 상상으로 잠시 즐거워집니다.

"너희 대학 동무들 가운데 똑똑하고 당성이 강하고 용모 바른 몇몇 간나를 뽑아갖구서리 니름을 알쾌달라고 하시었다. 얼굴 상판이야 다 드러나는 대로 보는 거이고, 첫째는 혈통을 이어야 하니깐드루 똑똑해야 한다고 강조하셨슴두."

엄마는 가만히 한숨을 내쉬다가 손가락 끝으로 내 눈 꼬리를 문지르셨어요. 그새 주름이라도 질까봐 그러셨겠지요.

"은향이 언니 있잖슴메. 서은향!"

"억이 막힘메. 죽 쒀서 개르 준다던 말이……."

"아, 설주가 있다! 그애가 딱 제격이네, 설주!"

"그거이 텅진 두 송이 꽃 가운데 하나는 발써 져버리고 말았다이 말임메?"

"내래 와 져버린 꽃임두?"

저는 볼멘소리를 했답니다. 청진의 두 송이 꽃은 저와 설주를 두고 하는 표현이었어요. 제 자랑 같기는 하지만 저도 청진에서는 제

법 알려진 인물이었답니다. 저희가 어릴 때부터 이웃에 사는 인민들이 그렇게 별명을 붙여주셨고, 나중에는 온 청진 시내에 소문이 다 퍼져나갔던 거죠. 북한에는 청진에 와서 얼굴 자랑 말고 맹호출림猛虎出林의 의주에 와서는 주먹 자랑 말라는 속담이 있답니다. 청진 여자들의 미모는 옛날부터 그만큼 알아줬다고 해요. 그러니 청진의 두 송이 꽃이면 북조선 전체의 꽃들로도 불릴 만하다구요. 아시겠어요? 제 얘긴 결코 다른 뜻이 아니랍니다. 저, 형편없는 여자 아니니까 어서 빨리 오라바이가 저를 찾아가라는 얘기에 지나지 않아요. 어서요…….

그해 가혹한 겨울이 새해 들어서도 맹위를 떨치고 있을 때, 설주도 저처럼 고향집에 머물고 있었어요. 우리는 거의 매일 만나서 수다를 떨곤 했죠. 청진 시절 얘기며 평양에 유학하던 학창시절 얘기, 남자 아이들이 우리에게 접근하려고 유치하게 수작을 부리던 얘기, 북쪽 응원단 일원으로 남쪽을 다녀온 얘기 등등으로 수다꺼리는 정말이지 무궁무진했답니다.

잠깐, 북쪽 응원단 시절 얘기를 들려드릴까요? 저는 2002년 부산 아시안게임 때 북쪽 응원단에서는 최연소로 남쪽을 다녀왔고, 설주는 그보다 3년 뒤인 인천 아시아육상선수권대회 때 역시 최연소 단원으로 남쪽을 다녀온 특이한 경력들이 있답니다. 그때를 생각하면 지금도 웃음이 나오곤 해요. 북쪽에서 내려온 저희 응원단을 보려고 남쪽 군중들이 우르르 따라다니고, 여기저기서 카메라 플래시가 터지고…… 하나가 우월하면 모든 게 우월해질 수 있다는 사실을 저는 깨달았어요. 설주 표현대로, 침을 질질 흘리던 남쪽 졸부들을 보면서 말이에요. 그들은 개화기 양반 댁 문지기 아들로 태어나서 어쩌다 신식 자전거 점포라도 하나 열어 돈을 모은 사내들로 돌아와서는 마치 주인댁 규수를 대하듯 우리 응원단을 바라보기 일쑤였어요. 그러니 응원단으로 남쪽에 머무는 동안 내내 우월감을 맘껏 뽐낼 수 있었던 거랍니다.

얘기가 끝나지 않을 때면 저희는 때로 우리 집에서, 또 설주네 집에서 밤을 새워가면서 수다를 떨기도 했어요. 설주네 집과 우리 집은 청진 수남구역 한 동네였고, 부모님들도 서로 잘 아는 사이여서 그런 일은 전혀 간섭하지 않으셨어요. 설주네 아빠도 저희 아빠처럼 대학 교원이신데요. 게다가 설주 엄마는 병원 의사여서 우리 집안과는 얼추 환경이 비슷했답니다. 아, 혹시 오해하지는 마세요. 북한에서는 대학 교원이든 병원 의사든 남한처럼 일반 노동자와 지위가 절대 다르지는 않습니다. 가령, 병원 원장과 병원 수위를 비교하자면 만약 수위 노동자가 더 나이가 많고 오래 근무했다면 당연히 수위의 봉급이 더 높은 거죠. 물론 사회적 지위도 그렇고요.

설주에게 오라바이 얘기를 들려줬는지 궁금하지 않으세요? 그래요. 제가 왜 그 사실을 숨기겠어요?

우리는 이따금 청진청년역과 그 남쪽에 있는 해변공원에 앉아 오래도록 얘기를 나누곤 했습니다. 북쪽과 서쪽이 높은 산들로 가로막히고 남쪽으로는 바다가 열려 있는 청진항 부근은 한겨울에도 아주 견딜 수 없을 만큼 춥지는 않아서 햇볕 따뜻할 때는 그럭저럭

앉아 있을 만하죠. 제가 오라바이 얘기를 실토한 건 거기 공원에서였답니다. 아마도 제가 남쪽으로 널찍하게 열린 바다를 하염없이 바라보고 있었던 모양이에요. 그때 설주가 물었죠.

"채하언니, 어드메르 바라보우까?"

"남쪽, 전주……."

"뎐주가 보임메?"

"응, 보여."

설주가 의아해하는 눈길로 저를 쳐다보았어요. 크고 동그란 눈, 짙은 눈썹이 아주 고왔죠. 그애는 얼굴이나 맵시가 고울 뿐만 아니라 심성이 착하기도 했어요. 저는 설주의 착한 심성을 믿고 오라바이 얘기를 띄엄띄엄 들려주기 시작했습니다. 금강산이며 나무꾼과 선녀, 설주 역시 잘 알고 있는 〈금강선녀〉라는 저대 연주곡, 견우와 직녀를 새긴 손수건, 오라바이와 제 생일에 얽힌 인연까지…….

저는 그때 아마 설주에게 눈물을 들키고 말았을 거예요. 설주가 한참 동안 저를 외면하고 있더니 느닷없이 제 어깨를 감싸 안았던 사실만 봐도 알 수 있는 일이죠. 그러더니 그애가 제 귀에 대고 속삭였답니다.

"언니, 기카문 날래 여길 벗어나서 오라바이를 찾아야 하지 않슴메?"

"……?"

저는 깜짝 놀랐어요. 설주 입에서 그런 단어들이 아무렇지도 않게 새어나오다니요. 순박한 아이가 저를 떠보려고 한다거나 속이려고 했던 말은 결코 아닐 테니까요. 물론 청진에서는 심지어 탈북이란 말조차 그리 귀에 설지도 않을뿐더러 애써 숨기고 감추는 말은 아니랍니다. 그도 그럴 것이 그 당시만 해도 청진 인민들 열 가운데 적어도 셋에서 다섯 정도는 탈북자 가족에 해당할 정도였으니까 말입니다. 제 고향 청진은 그런 곳이었어요. 북쪽 체제에 가장 불만이 높은 곳, 인민들의 저항의식이 가장 심하기도 한 땅.

"그기 정말임메? 설주 아야, 늬 값눅은 말을 하는 거 아임메?"

"내래 허튼 말을 언니에게 할 턱이 없지비. 앙이 그렇소?"

"기렇긴 하디!"

"깊이 궁냥하고, 날래 뜨기요. 내래 남조선 형부 하나 맨들어봅세."

"설주 아야……."

저는 설주를 불렀습니다. 이제 제 마음속에 품고 있던 얘기를 그애에게 들려줘야 할 차례였어요. 저는 거기서 장성택 총리가 중매자로 나선 가운데 백두가문의 신붓감을 물색 중인데 제가 그애를 추천했다는 얘기를 했습니다. 그러니 행동을 더욱 조신하게 하라는 주문도 하고 가능하면 김일성대학 대학원에 진학했으면 좋겠다는 충고도 했죠. 북쪽에서도 좋은 학벌은 누구에게나 무시 받는 게 아니니까요. 그쯤이면 용모뿐만 아니라 똑똑해야 한다는 요구에 충분히 부합할 만한 일이죠.

설주는 저를 껴안으며 감사 표시를 했어요. 설주의 품성을 잘 알고 있는 저로서는 일이 잘 풀리기를 진실로 바라는 마음이 컸답니다. 그래야 우리 공화국에도, 당에도, 인민에게도 좋은 미래가 열릴 테니까요.

"언니가 원하기만 하문, 언니 자리가 되고도 남을 텐데……."

"쓸데없는 소리 말라우. 내래 자랑스러운 오라바이가 있어야. 이거이 우리 공화국 간나들 순정 아니겠습메?"

그리고 저는 설주의 귀에 대고 속삭였어요.

"아야, 너 상구도 처녀디? 기걸 잘 지켜야 한다이. 알간?"

설주의 귓불이 빨개졌답니다. 저도 옛날 같으면 당연히 그랬겠죠. 마치 설주의 친정엄마나 되는 것처럼 말하는 저는 그만큼 뻔뻔해진 걸까요? 아니에요. 제 귓불이 빨개지지는 않았을지 모르지만 그 순간 오라바이를 떠올린 제 가슴은 마구 뛰었으니까요. 오히려 설주에게 자랑하고 싶은 마음이었단 말이에요.

남한 보수언론에 하나 따질 게 있다는 얘기로 백두혈통에 대한 얘기는 이만 접을까 해요. 물론 귀에 담아둘 가치도 없는 가십거리였죠. 제 외숙 장성택 총리가 그애를 건드렸고, 그런 다음에 중매를 했다구요? 그건 정말이지 치사하고 옹졸하며 비열하고 가당찮은, 악랄하기 그지없는 수작들이었어요.

만약 그게 눈곱만치라도 사실이 될 수 있으려면 제 외숙께서는 설주가 아니라 저를 강제로라도 백두가문에 들여보냈을 거예요. 그런데 외숙 말씀처럼, 저는 이미 번갯불에 콩을 볶아 먹은 몸이라서 단칼에 포기를 하셨던 거잖아요. 안 그래요? 보수언론들이 스스로 어수룩한 줄은 모르고 그쪽 세계를 어수룩하게 취급하는 것이죠. 제가 이제 와서 북쪽을 두둔할 생각이 조금이라도 있다고 혐의를 둔다면 그건 오산이에요. 그럴 생각은 추호도 없답니다. 다만 정도껏 웃기라는 말이고, 더군다나 설주 그애를 욕되게 보도하는 건 제가 참을 수 없어서 하는 얘기랍니다. 그건 동시에 북쪽 전체 여성들의 순정을 욕보이려는 수작에 다름 아닙니다. 한 남자를 만나 사랑하고 연애질까지 다 해놓고는 새 남자와 결혼하는 남쪽 여성들을 보라는 말인가요? 아직도 제 말뜻을 제대로 이해하지 못하는 아둔한 사람들이 있다면 단도직입적으로 묻고 싶어요. 백두가문에서 처녀인지 아닌지 확인해보지도 않고 그냥 건성으로 사람을 들인다고요?

북쪽 녀자, 북쪽에서 온 여자로서 말할게요. 그건 아니에요. 결단코 아니랍니다. 저희 엄마께서 제 운명이랄까 사랑을 묵인하고 용납하셨던 것도 바로 그 때문이었죠. 이미 한 남자와 몸을 섞어버렸다는 엄연한 사실 말입니다. 오라바이에 대한 제 사랑이 꼭 그러하답니다. 이제는 제 사랑을 믿으실 수 있겠죠? 그러니…….

설주와 저는 그렇게 서로 하나씩 값진 선물을 주고받았습니다. 그 선물의 정체는 사랑하는 남자, 사랑해야 할 남자를 제대로 찾아가는 일이었죠. 저는 그때부터 탈북을 꿈꾸기 시작했습니다. 물론 이전에 그런 생각이 왜 없었겠어요? 다만 이전에는 청진항에 놓인 방파제처럼 그저 꿈만 꾸고 있었다면 이제 방파제 옆에 정박해 있는 배들처럼 출항 계획을 차근차근 세우기 시작했던 거죠.

아, 제 뜻대로 일이 추진됐더라면 아마도 일 년 정도는 빨리 오라바이를 만나러 갈 수 있었을 거예요. 아빠나 엄마조차도 제 고집을 꺾지는 못하셨으니까 말입니다.

물론 부모님은 제가 처음 탈북을 말씀드렸을 때는 울고불고 하셨을 뿐만 아니라 온갖 협박과 회유를 하셨어요. 덕분에 저는 다시 공화국으로 돌아온 모든 이들의 증언을 빼놓지 않고 다 들어야 했답니다. 탈북 과정이나 중국 체류 당시에 일부 젊은 여성들이 당했다는 인신매매 얘기 같은 건 정말이지 귀젓이 날 정도였고요. 중국 공안에게 붙잡혀 북쪽으로 호송된 탈북자들이 겪어야 했던 비참한 옥살이 경험담도 순전히 협박용이었습니다. 물론 저는 그게 다 거짓은 아니라는 사실을 잘 알고 있었죠. 하지만 그때마다 제가 했던 말이 하나 있었답니다. 아무리 그렇더라도 제가 죽는 것보다는 낫지 않겠느냐, 하고 대들던…….

저는 참말로 불효한 자식이 맞죠? 하지만 세상의 모든 딸들은 끝내는 불효자가 되고 맙니다. 사랑을 찾게 되면 가차 없이 떠나간다는 측면에서 보자면 그렇다는 말이에요.

유학을 보내주겠다는 회유는 어쩌면 제 부모가 저를 반쯤은 포기한 끝에 나온 제안일 수도 있습니다. 어디로 유학을 떠나든 결국은 제가 향할 곳이 남쪽이라는 사실을 잘 알고 있는 분들이었으니까요. 그게 제 몸을 지킬 수 있는 더욱 안전한 길이기도 할 테니까 어쩌면 제 부모는 진정으로 저를 위한 방법을 찾아주신 셈이겠지요. 하지만 유학을 떠나려면 이루 헤아릴 수 없이 많은 절차가 필요하답니다. 시일도 오래 걸릴 테고요. 아무리 외숙부의 도움을 받는다고 하더라도 마찬가지랍니다. 물론 남쪽으로 내뺄 계획을 가지고 있는 터에 그분에게 손을 내밀 수는 없는 노릇이었죠.

제 발목을 붙든 건 헝겊신, 오라바이가 선물해주셨던 바로 그 스니커즈였어요. 우습게도 제가 신었던 신발이 제 발목을 묶어놓았던 것이죠. 해가 두 번째 바뀌던 무렵까지도 헝겊신은 거의 새것이나 다름없었답니다. 그도 그럴 것이 진창이 있는 쪽으로는 아예 걷지도 않았고 흙먼지가 앉은 길로도 발을 내딛지 않았으니까요. 어쩌다가 모래흙이 헝겊신에 앉으면 입김으로 호호 불어서 제거할 정도였단 말이에요.

북쪽에서 외국 물건, 특히 남쪽에서 생산된 제품들을 갖고 있는 건 사실 아무렇지도 않은 일이랍니다. 우리 집에도 남쪽 밥솥과 전기분쇄기라고 부르는 믹서기가 있을 정도니까요. 설주네 집도 그렇고 웬만큼 잘사는 집에는 남쪽 제품 두세 개씩은 다 있답니다. 그러니 제가 신었던 스니커즈가 전혀 문제될 게 없었죠. 더군다나 저희 집안이 장성택 동지의 후광을 받고 있기도 했으니까 시빗거리가 될 수 없었어요. 몇 번씩 말씀드리는 것이지만 청진에서 장성택 동지와 그 집안의 위세는 누구도 함부로 넘볼 수 없을 지경이었잖아요. 헌데 고무공을 세게 치면 되돌아오는 반발력도 크듯, 저희 집안을 감시하는 눈도 그만큼 많이 늘어날 수밖에 없는 법인가봐요.

봄날 어느 하루는 엄마를 만나고 돌아오는 길이었는데 말쑥한 옷차림을 한 남자 하나가 저에게 접근해왔어요. 아마 당에서 높은 자리를 차지하고 있는 사람이었겠지요. 처음에 저는 누가 뒤따라오는지도 몰랐답니다. 눈부신 봄날의 신록과 제 헝겊신이 너무 잘 어울려서 저는 걸으면서 내내 헝겊신의 앞코만 바라보았으니까요.

"문동철이라고 합니다. 제가 차 한 잔 사드려도 되겠습니까?"

그는 남쪽 말을 정확하게 구사했어요. 제가 깜짝 놀라 그의 얼굴을 쳐다보았습니다. 남쪽에서 혹시 나를 찾아온 사람은 아닐까, 오라바이가 보낸 사람은 아닐까 별 생각이 다 들었던 거예요.

"림채하 씨를 잘 알고 있습니다. 부모님 두 분도……."

"무슨 일로?"

"그냥, 선남선녀의 일입니다. 림채하 씨를 보고 누가 말이라도 한번 걸어보고 싶지 않겠습니까?"

"어디서 오셨습네까?"

"평양 총국에서 청진으로 파견 나온 지 얼마 되지 않았어요."

그래요. 평양에는 이름을 알 수 없는 기관들도 많답니다. 단순히 총국이라고 말하는 걸로 봐서 무슨 비밀스런 업무를 담당하는 사람이겠다 싶었죠. 청진에 온 지 얼마 되지 않았으니까 저에게 접근했던 것이겠고요.

"꿈 깨시라요."

저는 짧고 단호하게 거절의 뜻을 밝혔답니다. 사투리를 날것 그대로 구사하면서 더욱 완고한 제 의지를 표명한 거죠. 그러고는 가던 걸음을 재촉했어요. 헝겊신 앞코만 바라보면서 말입니다.

"꿈을 깨야 할 사람은 그쪽입니다."

"비키라요!"

"그 헝겊신, 자랑스럽게 여기는 채하 씨 헝겊신을 좀 조사해봐야 되겠군요. 손가락에 끼고 계신 반지까지 말입니다."

그가 내 앞을 가로막았습니다. 남자들은 유치해요. 그게 아니라면 포기를 모르거나 포기하는 대신 다른 어떤 방식의 복수를 준비하죠. 그렇게 해서 제 일 년 세월은 또 덧없이 뭉텅 뜯겨나가고 말았습니다. 이틀이 멀다하고 사상총화에 불려나가야 했고 집밖을 나가는 데도 허가가 필요했어요. 그러면서도 매일매일 그날 한 일과 사상총화에 대한 기록을 제출해야만 했죠. 감옥이 세상에 따로 없었고 수용소가 달리 없었습니다. 집이 감옥이고 수용소였으니까요.

개똥도 약에 쓰려면 없다더니, 그때는 웬일인지 장성택 동지의 보살핌도 없었답니다. 아마 어쩌면 외숙이 직접 내린 벌이 아닐까 의심할 정도였어요. 덕분에 얻은 수확도 하나 있었죠. 저희 부모님께서도 이제는 제가 북쪽에 남아 있어서는 아무런 희망도 없는 게 아닌가 하고 여기기 시작했다는 거였어요.

저는 8월 12일, 제 생일을 자나 깨나 머릿속에 새겼습니다. 마땅히 11일이어야 했지만 부모님은 제 생일을 몇 번씩 강조하셨어요. 그날 떠나라는 얘기를 직접 하신 것은 아니었지만 생일을 쇠고 가기를 은근히 바라셨던 거죠.

드디어 스물여섯이 되던 제 생일날 새벽, 우리 가족은 어쩌면 제 생애 마지막이 될지도 모르는 생일상을 앞에 두고 앉았습니다. 아빠는 닭고기를 삶아서 찢어 넣은 미역국을 맛나게 드셨고, 엄마는 곁에 앉아서 눈물만 훔치셨죠. 저는 억지로 국에 밥을 말아 태연한 듯 입안에 밀어넣었고요. 엄마는 통행증과 기차표, 그리고 모아두었던 미국 돈과 중국 돈 뭉치를 제 앞에 내밀었습니다. 그때 갑자기 제가 떠나고 난 뒤에는 아마 두 분 태도가 서로 다를 것이라는 이상한 생각이 들었습니다. 엄마보다 아빠가 오히려 더 우실 거라고 말입니다. 그래서 저는 아빠에게 다가가서 힘껏 껴안아드렸어요. 아빠는 그때 재채기라도 하듯 울음을 터뜨리셨죠. 가엾은 아빠…….

오라바이, 조국이라는 말을 써도 이해해주시겠어요? 조국을 마지막으로 떠나오던 순간에 보았던 어떤 풍경 하나가 지금도 잊히지 않습니다.

기차가 청진시를 벗어나 부령군 어디쯤인가를 달려가고 있을 때였어요. 철로에서 오십 미터 가량 떨어진 옥수수 밭두렁에서 아침이라도 들고 있는 듯, 농부 가족이 모여서 뭔가 먹고 있는 장면이 우연히 제 눈에 띄었답니다. 그런데 젊은 아들쯤으로 짐작되는 사내 하나가 벌떡 일어나더니 기차를 향해 마구 두 손을 흔드는 것이었어요. 그때 제가 무슨 생각을 했는지 아세요? 오십 미터가 아니라 오백 킬로미터 떨어진 저 남쪽 어딘가에서 다른 사람도 아닌, 바로 제 오라바이가 저를 향해서 손을 흔드는 것처럼 보였어요. 떠나오기를 잘했다고, 자신을 찾아와줘서 고맙다고 인사를 하듯 말이에요. 실제로 그때 남자의 표정은 정말이지 환희에 들떠 있는 것처럼 보였습니다.

처음에는 저도 남자를 향해 손을 흔들어줄까 생각했답니다. 그러다가 그냥 유리창에 손바닥을 활짝 펴서 대는 정도로 끝내고 말았죠. 저 자신도 근원을 알 수 없는, 어떤 불길하고도 두려운 기운이 이불을 확 뒤집어씌우듯 저를 사로잡은 때문이었어요. 뭐랄까요. 그 기운은?

칠석날이 되어 당신 어머님과 함께 전주 한옥마을 인근의 사찰 승암사에서 재를 지낼 때도 비슷한 느낌이 저를 엄습한 적이 있었어요. 저는 재를 지내기 위해서 산신각 굿당에 진설한 음식에는 결코 손을 대지 않았는데요. 이상스럽게도 굿을 시작하기도 전에 제가 손을 뻗어 음식을 집어먹은 듯, 그런 착각이 계속 드는 거예요. 그래서 굿의 효험은 떡시루를 엎은 것처럼 애당초 물거품이 돼서 사라져버리지나 않았을까 하는 조바심 같은 거 말입니다. 아마도 그만큼 정성을 다하다보니 엉뚱한 상상도 깃들었던 게 아닐까요?

제가 손을 흔들지 않은 건 순전히 그 때문이었답니다. 기차에 타고 있던 승객들 가운데도 마주 손을 흔들어주는 사람은 누구도 없었습니다.

세상의 어떤 기쁜 일이 남자를 그토록 환희에 차게 만들었는지, 처음부터 아예 손조차 들지 않았으면 몰라도 제가 손을 흔들지 않음으로써 혹시 그 남자에게 행운을 안겨다줄 어떤 부적 같은 것 하나가 영영 날아가버린 건 아니었는지, 그건 제가 이제 영영 풀 수 없는 암호 같은 게 돼버리고 말았네요.

열쇠와 자물쇠 사이

부령군과 무산군의 접경인 차유령을 넘자 먼동이 밝아오기 시작했다. 산 아래로 펼쳐진 차유리 마을에 여명이 비쳐들자 촌락을 이루는 마을의 집들이 희붐하면서도 기괴하게 윤곽을 드러냈다.

이제 아무리 멀리 잡아도 국경까지는 불과 삼십 킬로미터…….
난핑촌까지 냅다 뛰기로 한다면 림채하가 옌지로 떠나기 전에 그녀의 손목을 쥘 수도 있겠다는 생각에 나는 마음이 설레었다. 손목을 쥐게 되면 먼저 그녀의 손을 활짝 펴게 하고 싶었다. 그러고는 유리창 대신 내 얼굴 정중앙에 대고 천천히, 우아하게 손바닥 도장을 찍게 만들고 싶었다. 쑥색 티셔츠를 입고 있을 림채하는 그게 무엇을 의미하는지 아마 백번 짐작하고도 남을 것이다. 그녀는 그때 울음을 터뜨릴까?

물론 림채하가 난핑촌의 류 씨 아저씨 식당을 거치지 않고 다른 방향으로 길을 잡았을 수도 있다. 그건 분명 낭패스런 일이겠지만 나는 의심치 않고 림채하를 믿었다. 아니, 림채하를 믿는다기보다는 간절한 사랑이 만들어내는 놀랍고도 보편적인 일상의 기적에 대해 믿었다. 아마 그녀의 시각 후각 청각 미각을 비롯한 모든 감각들은 그녀의 발길을 난핑촌의 식당으로 이끌 게 분명하리라고 말이다. 만약 그게 아니라면, 그런 건 사랑도 아니다. 그리고 나나 림채하의 사랑은, 사랑이 아닌 게 아니었다.

나는 뛰고 싶었다. 산이든 강이든, 시위를 떠난 화살처럼 휘어짐이 없이 난핑촌까지 곧바로 달려가 꽂히고 싶은 마음이 간절했다. 체력은 충분히 남아 있었고 자신감도 있었다. 하지만 그럴 수는 없었다. 봇짐을 진 촌로들이 이따금 길을 가는 게 눈에 띄기는 했지만 하다못해 맨손체조를 한다거나, 더욱이 조깅 같은 것을 흉내라도 내는 사람은 아무도 없었다. 그래서 나는 별로 급한 볼일이 없는 사람처럼, 그냥 단순히 서둘러 길을 가는 사람들처럼 걸었다.

적어도 덤심 전까지는 조중朝中 국경을 넘을 수 있갔다고 했슴둥? 기럼 날래 가라우야. 우리래 백 동무가 텅진을 다녀갔더랜 신고를 앙이 할 수가 없슴메. 덤심 먹고 두 시간이 흐른 뒤쯤 분주소에 알릴 테니끼니 그전에 기필코 강을 건너라우야. 반드시 성공해야 한다는 말임메. 알간?

림채하의 아버지는 내게 그렇게 말했었다. 그건 위협이 아니라 간절한 부탁이었다. 아니, 생각해보면 부탁만도 아닐 것이다. 길을 가는 내 뒤꽁무니 심지에 불을 붙여놓으시는 말이기도 했다. 나는 그분이 나를 고발했다고는 털끝만큼도 의심치 않는다. 그러기는커녕 처음부터 신고할 의도가 아예 없었으리라는 점을 잘 알고 있다.

차유리를 지나고 풍산리가 가까워질 무렵, 나는 갈증을 달래기 위해 길 옆 계곡으로 내려섰다. 산 아래를 흐르는 계곡물은 맑았다. 배고픔은 견딜 수 있었지만 갈증은 쉽게 달랠 수 있는 게 아니었다. 손으로 바가지를 만들어 청량한 물을 마시고 나자 새로운 의욕과 함께 어떤 그럴 듯한 아이디어가 떠올랐다. 밝은 대낮에 길을 걷기보다는 중국 트럭을 얻어 타고 무산까지 갈 수 있다면 훨씬 안전하고 낫겠다는 생각이었다. 그때까지 무산선을 운행하는 기차는 단 한 대도 볼 수 없었지만 중국 옌지의 번호판이 부착된 트럭은 적지 않게 봐왔던 게 머리를 스친 것이다.

이제 겨우 이십 킬로미터다!

혼자 중얼거리면서 나는 근처 옥수수 밭으로 숨어 들어갔다. 하지만 트럭은 쉽게 모습을 보이지 않았다. 나는 옥수수 밭에서 감자 밭으로, 감자 밭에서 다시 풀숲으로, 그리고 옥수수 밭으로 옮겨가면서 조금씩 더 전진했다.

이윽고 첫 번째 트럭이 다가오자 나는 재빨리 길가로 나가 중국 돈 백 위안짜리 석 장을 펼쳐 들고 흔들었다. 그런데 어쩐 일인지 트럭은 그냥 나를 지나쳐 가버리고 말았다. 아마도 먼 길을 달려오면서 반쯤은 졸음운전을 했는지도 모르겠다. 그렇지 않았다면 중국인 트럭 운전자가 푸른 녹음 사이에서 반짝이는 석 장의 노란색 중국 지폐를 놓치는 일은 없었을 것이다.

지금에 와서 돌이켜보면 나로서는 그 첫 번째 트럭이 못내 아쉽다. 다섯 장이나 혹은 일곱 장, 아니면 내가 지니고 있던 모든 지폐들을 다 꺼내어 흔들어야 했던 건 아닌가 하는 후회 때문이다. 트럭 운전자가 참 바보스러웠다는 원망도 든다. 바보 천치…….

내가 두 번째 트럭을 만난 건 그로부터 이십 분쯤 흐른 뒤였다. 나는 멀리서부터 트럭을 향해 지폐를 모두 꺼내어 흔들었다. 트럭이 가까이 다가오면서 속도를 줄이는 게 보였다. 그리고 조금 나이가 든 트럭 운전자가 자기 눈앞에서 흔들리는 지폐를, 결코 흔들림이 없는 눈동자로 정확하게 응시하고 있음을 직감했다. 그때 나는 너무 안도했는지도 모르겠다. 그래서 저 앞쪽 반대편, 무산 풍산리 쪽에서 다가오는 두 병사의 날선 접근에 미처 방비하지 못하는 실수를 저지르고 말았다.

"꼼짝하디 말고, 손 들라우!"

그들이 이십 미터쯤 떨어진 풀숲에서 기어 나오는 게 보였다. 두 병사 모두 내 쪽으로 소총을 겨누고 있었다. 그래봤자 반대편 숲을 향해 야생동물들처럼 잽싸게 도망치면 괜찮을 성싶기도 했다. 나는 어디까지 단숨에 뛰어가야 할지 가늠하느라고 앞쪽으로 시선을 옮겨 살펴보았다. 그런데 바로 눈앞에 나를 태우기 위해 한껏 속도를 줄이던 트럭이 정면을 가로막고 있었다. 그게 기껏 5초나 됐을까? 하지만 5초는 내 운명을 바꿔놓기에 충분한 시간이기도 했다. 트럭 운전자는 이내 가속페달을 밟으며 떠나갔다. 내 시야로 검은 연기를 확 내뿜기까지 하면서…….

그들 병사들을 따돌릴 수도 있는 첫 번째 기회를 나는 트럭 때문에 놓치고 말았다. 나로서는 불가항력이었다. 불과 몇 분가량만 더 빨리 나타났더라도 어쩌면 내 생명을 구할 수도 있었을 트럭이었다. 헌데 트럭은 결과적으로 내 앞길을 차단하는 역할만 담당하고 사라져갔다. 운명을 가르는 그 큰 차이는 그토록 미세한 틈에서 나뉘는 걸까?

그들이 총부리로 내 허리를 찌르며 앞으로 밀었다. 나는 천천히 걸어가고 그들이 내 뒤를 따랐다. 이상하게도 두렵다거나 절망스런 기분은 아니었다. 그냥 뭔가 좀 일이 꼬였을 뿐, 머지않아서 바로잡힐 것 같은 느낌이 더 컸다.

두 번째 기회는 나 스스로 포기했다. 세 번째 기회를 믿었기 때문이었다. 병사들은 얼핏 보기에 젊은 초급들로 보였다. 아마 내가 어떤 존재인지 짐작도 못 했을 테고 탈북자로 의심이 되는 거동 수상자쯤으로만 여겼을 게 틀림없다. 그들을 회유하든지 아니면 간단히 제압해버리고 도망칠 수도 있었다.

그들 뒤로 떠오른 태양이 그들의 그림자를 내 앞까지 길게 드리웠다. 그들이 겨눈 총부리의 그림자도 길었다. 나는 병사들이 내는 발자국 소리로 그들과 나 사이의 거리를 가늠했다. 그리고 그들 발걸음이 제각각이라는 사실도 확인했다. 순식간에 몸을 왼편으로 틀면서 가까운 쪽 병사를 몸으로 밀침과 동시에 바깥쪽 병사의 목울대를 가격한다. 그런 다음에 균형이 흐트러졌던 가까운 쪽 병사가 자세를 바로해서 공격하기 직전에 그를 때려눕힌다. 그건 그리 어려운 일이 아니었다. 하지만 그 일로 인해 국경경비대 전체에 비상이 걸린다면 그때는 쉽지 않은 사태가 벌어질 수도 있었다.

"내래 듕국 돈이 많습메. 콧밑씻게로 바칠 테니끼니 좀 봐주구레."

젊은 초급 전사들에게 써먹을 수법은 아니었지만 그래도 일단 말은 건네보았다. 그건 적어도 분초소장쯤은 되는 노회한 이들이 반길 일이었다. 그리고 그게 내 마지막 세 번째 기회가 돼줄 터였다.

"개수작 부리지 말라우야!"

중사 계급장을 달고 있던 경비대 분초소장은 초급 병사 두 사람과 똑같은 말을 했다. 나는 그때서야 비로소 일이 걷잡을 수 없게 커져버린 걸 깨달았다. 탈북자로 의심되는 처지와 밀입국자로 판명이 난 뒤의 입장은 천양지차가 될 게 뻔했다.

알 수 없는 일이었다.

내가 수없이 듣고 또 확인한 바로는 우리 돈 삼백만 원 정도면 그들이 아예 모시고 도강을 시켜줄 정도라고 했었다. 특히 물이 불어나는 장마철이면 그들 스스로 촐촐 굶는 시기라고 인정하면서 인근 주민들을 직접 찾아가 탈북자를 소개해달라고 부탁하는 경우도 많다고 하지 않았던가? 그런 때가 되면 오십만 원도 감지덕지라고 했다. 그리고 내가 그들에게 생포된 때가 바로 그런 때였다. 장마철이 얼마 지나지 않은 8월 초순이었으니까 말이다. 내가 뇌물로 제시한 액수 역시 이른바 공정가격의 열 배가 넘는 금액이었다.

이제 와서 일이 그렇게 풀려버린 걸 한탄할 수는 없다. 야속하기는 했지만 나를 체포한 국경경비대의 공화국에 대한 충성심과 바람직한 근무 태도를 인정하지 않을 수 없다. 물론 그들은 내 돈을 빼앗아갔다. 말하자면 꿩도 잡고 알도 먹은 것이다. 그건 내가 국경경비대 분초소장이라고 해도 아마 마찬가지였을 것이라는 생각이 들기는 한다. 꿩을 잡아오면 얼마를 주겠다는 약속과 내가 직접 꿩을 잡게 되는 경우는 서로 판이하게 다를 수밖에 없는 일이지 않겠는가!

이틀 뒤, 나는 수갑이 채워진 채로 청진 보위대로 압송되었다. 그때까지만 해도 특별히 걱정이 앞서지는 않았다. 곤욕을 좀 참고 견디면 대한민국 정부가 나서고 유엔 같은 국제기구가 간섭하면서 마지못해 풀어주겠지 싶었다. 우리 부모가 몸값을 지불해야 하는 경우가 발생할 수도 있을 테지만 그걸 아낄 분들은 아니라는 믿음도 있었다.

"우리 솔직하게 터놓고 얘기합시다."

나를 취조하러 들어온 사내는 정확한 서울말을 구사했다. 내 또래로 보였다.

"선생은 누구십니까? 나는 직감으로 선생이 남쪽에서 왔다는 사실을 압니다. 그러니 물론 공민증의 양주택은 아니겠지요?"

"예. 아닙니다."

뭔가 얘기가 통할 것 같다는 선입견 때문에 나는 결코 주눅 들지 않은 음성으로 인정을 해주었다. 멀고 먼 해외에서 동포를 만난 느낌도 없지 않았다.

"고맙습니다. 아 참, 나는 서울에서 6년 가까이 살았습니다. 지금도 당에서 명령한다면 그쪽으로 파견될 수도 있겠지요. 서울에는 제 친구들도 많습니다. 그중에는 순수한 남쪽 토박이도 물론 몇 사람 있답니다."

"부럽습니다."

"하하하…… 그리 부러워하실 만한 생활은 아니었어요."

"우리가 진작 서울에서 만났더라면 좋은 친구가 될 수도 있었겠군요."

"물론입니다. 그런데 친구가 되려면 먼저 인적사항을 정확하게 알아야 합니다. 이름과 생년월일, 본적과 주소, 직업 등에 대해서 정확하게 적어주시지요."

"그러겠습니다."

우리는 정말이지 타국에서 만난 동포들처럼 서로 살갑게 말을 주고받았다. 그러다보니까 내가 기억하지는 못해도 서울 어느 길거리나 혹은 카페에서 이미 마주쳤을 수도 있고, 그 기회를 놓치는 바람에 친구가 되지 못했다는 안타까운 마음이 일기도 했다. 나는 그가 원하는 대로 내 인적사항에 대해 상세하게 써주었다.

"아, 이런…… 전주 한옥마을은 한 번 들러보고 싶었는데 일 때문에 바빠서 끝내 가보지는 못했습니다. 우리 공화국 집들도 전체가 한옥이었는데 1950년 민족해방전쟁 때 미군 폭격으로 완전히 폐허로 변하고 말았습니다. 아시죠?"

"예. 들은 적이 있습니다."

"금강산 사업소에서 일하셨군요. 사업이 중단된 건에 대해서는 어떻게 생각하십니까?"

"유감스럽습니다. 아니, 그건 정치가들이나 쓰는 단어고, 정말이지 속상하고 안타까웠죠."

"허허…… 그런 표현까지 하시는군요. 진심이기를 바랍니다."

"진심은 그 이상입니다."

사내는 인내심이 대단한 것처럼 보였다. 묻고 싶은 얘기가 많을 텐데도 계속해서 변죽만 울리고 있었다. 하지만 변죽도 그게 끝이었다.

"특별한 목적으로 우리 공화국에 오셨겠지요? 내가 남쪽에 파견됐던 것처럼?"

"그 점에 대해서는 좀 싱거우실지도 모르겠습니다. 저는 사실……."

나는 내 사랑에 대해서 숨김없이 고백했고, 침투한 경로와 내가 접촉했던 모든 사람들에 대해서도 다 얘기했다. 금강산에서 목격했던 피살 사건에 대해서도 언급했으며 림채하에게 준 선물 목록도 빼놓지 않았다. 물론 그녀와 내 비밀스런 행위들까지는 말하지 않았다. 의자를 들어 내 머리를 친다고 하더라도 말하지 않을 작정이었다.

내 얘기를 듣고 난 사내의 첫 번째 반응은 놀랍다는 것이었다. 내 말처럼 결코 싱겁다는 게 아니라…… 그의 말이 그랬다.

"놀랍습니다. 이런 표현을 용서하신다면, 신자유주의 지독한 토양을 뚫고도 그런 사랑이 발아할 수 있었다는 게 말입니다."

"칭찬으로 받겠습니다."

사내는 그 뒤로도 끊임없이 물었으며 또 끊임없이 반복해서 대답하도록 했다. 때로는 바보가 아닌지 의심이 들기까지 했을 정도였다. 사내와 나는 그런 식으로 나흘을 내내 함께했다. 식사시간이 되면 그가 내 밥까지 직접 들고 나타나곤 했다. 그는 친절하게도 내가 처음 대하는 북쪽 음식들을 어떻게 먹어야 맛있는지 알려주기까지 했던 사람이다. 이를테면 두부밥은 그냥 먹기보다는 양념장에 비벼먹어야 제대로 맛을 음미할 수 있다는 식으로…… 나흘이 지나자 그는 내게 악수를 청했다.

"이제 조사는 다 끝났습니다. 반가워할 만한 소식 하나 알려드리죠. 순수한 우정으로 말입니다. 림채하는 용케 북경의 영사관까지 들어갔습니다. 왜 그렇게 빨리, 또 거리낄 게 없이 거기까지 갔는지는 의문입니다. 마치 아주 전문적인 조직이 빼돌린 것처럼 말입니다."

"다행입니다. 부탁 하나 드려도 될까요?"

"말씀하세요."

"림채하의 부모님을 선처해주셨으면 합니다."

"아, 그건 염려하지 않아도 될 겁니다. 그럴만한 사정이 있거든요."

림채하가 무사히, 그리고 안전하게 영사관까지 들어갔다면 사실은 더 바랄 게 아무것도 남아 있지 않았다. 떨 듯이 기뻤지만 내색하지는 않았다. 난핑촌의 류 씨 아저씨나 왕징의 강무곤에게도 고마움을 전하고 싶어졌다. 나는 고맙다는 말을 우선 사내에게 했다.

"고맙습니다. 저는 이제 어떻게 될까요?"

"글쎄요. 법적인 문제는 내 소관사항이 아니라서 말씀드리기가 어렵군요."

"공화국 월경죄가 위중하다는 사실은 저도 압니다. 만약 목숨 값을 내놓아야 하는 문제라면 방법이 있습니다. 남쪽 제 부모님은 기꺼이 내놓으실 겁니다. 제 몸값에 상당하는 어떤 고급 정보 하나를 제공해드릴 수도 있습니다."

"정보라구요? 그게 뭡니까?"

"……."

"정보라는 건 무형의 가치입니다. 형태가 있을 수 없다는 뜻이죠. 그래서 그게 뭔지 확인해보기 전에는 아무런 가치도 없는 법입니다. 나에게 말씀해보시죠. 그럼 윗선에 선처를 부탁할 수 있는 명분도 생겨나지 않겠습니까?"

그 순간 나는 꿩과 꿩의 알을 떠올렸다. 국경경비대 분초소장이 나에게 취한 일 말이다. 나는 또다시 꿩도 내놓고 알도 빼앗겨야 하는 처지가 됐음을 알았다. 내 입으로 그렇게까지 말한 이상 아무것도 아닌 것처럼 끝끝내 잡아뗄 수는 없으리라는 사실을, 만약 그랬다가는 이제 남은 건 혹독한 고문의 절차뿐이라는 명백한 사실까지도…… 하지만 나는 그때까지만 해도 그게 얼마나 엄청난 실언이었는지를 불과 만분의 일조차 인식하지 못했다.

별 수 없이, 떡 하나 주면 안 잡아먹겠다는 호랑이의 꾐에 속아 떡은 물론 팔 다리까지 다 내줘야 했던 우리 전래동화 속의 떡장수 어머니처럼, 나는 떡 하나만큼의 정보에서부터 조금씩 내가 가진 정보를 내놓기 시작했다.

그건 새 천년이 시작되던 무렵의 일들이다. 남북정상회담을 앞둔 시점에 대북 현금지원에 얽힌 파친코(pachinko) 도박판 같은 얘기들이었다. 금강산 관광과 개성공단 등 7개 사업을 삼십 년간 보장받는 조건으로 우리 회사는 적지 않은 현금을 북쪽에 지원한 적이 있다. 그게 언론에 보도된 것만도 모두 합치면 1조 원에 육박할 만큼 큰 액수였다. 그중에는 물론 정부를 대신해서 우리 회사가 울며 겨자 먹듯 뒤집어쓴 것도 없지 않았다.

아마 그런 사실쯤은 사내도 알고 있었으리라. 2003년 8월, 우리 회사 전 회장님이 스스로 목숨을 끊은 뒤로 발칵 뒤집어진 정국의 소용돌이를 지켜본 국민들에게도 새삼스런 일이 아닐 것이다.

"저는 대북 지원을 문제 삼고자 하는 게 아닙니다. 주제넘게 그걸 언급할 입장도 되지 못합니다. 오히려 지원이 마땅히 필요했으리라는 데 공감하죠. 그 덕분에 제가 금강산 관광사업에 투입되고, 또 림채하를 만날 수 있었으니까 당연한 귀결이겠지요. 헌데……."

나는 자꾸 딴전을 부렸다. 어떻게든 말을 미루고 있었지만 그런다고 될 일도 아니었다. 사내는 인내심을 갖고 기다렸다.

"전체 지원금의 일 할쯤 되는 막대한 돈이 북쪽 어느 인사에게 비자금으로 흘러갔는지를 압니다. 제가 그 비밀계좌와 메모를 복사해두었는데 지금 중국 모처에 숨겨져 있죠. 그게 제가 드릴 수 있는 정보입니다."

"그게 누굽니까?"

"저는 메모를 입수하자마자 회사에 사표를 냈죠. 림채하를 구출

해낼 수 있는 밑천으로 삼을 수 있겠다 싶었거든요. 이제 제 목숨 값으로 바뀌었습니다."

"야, 백산서!"

사내의 음성이 갑자기 날카로워졌다. 나는 그때, 티 없이 온순하고 우정으로 정감이 넘쳤던 얼굴이 어떻게 순식간에 야차 같은 얼굴로 바뀌는지를 똑똑히 목격했다.

"네 놈 입에서 나올 이름이 누구인지 우리도 벌써 알고 있어. 보나마나 장성택 동지겠지. 안 그래?"

"……!"

"만약 어떤 다른 인물을 언급한다면 그건 거짓 쓰레기 정보야. 다른 누구도 관여할 수 없었던 일이니까…… 이해가 돼?"

그가 자신만만한 미소를 지어 보였다. 나는 그저 단순하게 내 정보 가치가 내 목숨 값이 되지 못하는 건 아닌가 하고 적이 불안했을 뿐이다. 그때 그가 글자에 하나하나 방점을 찍듯 천천히 말했다.

"가엾은 놈! 너는 이제 끝났어. 어떻게 끝났는지를 충분히 이해할 수 있도록 내가 다 말해주지."

신이 나는 듯, 사내는 우선 침을 삼켰다. 도박판에서라면 녀석은 표정을 들킨 셈이어서 나에게 졌을 수도 있다. 포커페이스로는 영 젬병이니까 말이다. 하지만 이미 모든 패가 다 공개된 뒤였다.

"청진이 어떤 곳인지 알 필요가 있겠지. 이 땅은 장성택 동지의 터전이야. 많은 일가붙이가 살고 있을 뿐만 아니라 당 기관이나 비밀조직이 그분에게 충성하지. 나도 그중에 하나야. 어때? 이런 게 특급 정보 아닌가? 그래서 너는 스스로 무덤을 파버린 셈이 됐어."

멀리서 아득하게 뱃고동 소리가 들려왔다. 정박한 배는 고동을 울리지 않는 법이다. 그러니 이제 어딘가로 떠난다는 뜻이다. 원산이든 금강산 아래 장전항이든, 아니면 멀리 일본의 시모노세키든…… 나는 배를 떠올렸고, 그리고 부러워했다.

"내 개인적인 얘기도 도움이 될지 모르겠군. 내가 전부터 오랫동안 림채하를 지켜봤었고 갖고도 싶었다는 고백 말이야. 너와 나는 그런 운명으로 얽혀 있어. 열쇠와 자물쇠 알아? 둘 사이는 연인관계처럼 오해할 수도 있지만 정반대야. 한쪽은 잠그려고 하고 한쪽은 풀려고만 해. 너와 내가 바로 그런 관계이기도 하지. 그러니 친구가 될 수 없는 거고…… 림채하는 잊은 지 오래 됐어. 그 대신 너를 이곳에서 아주 오랫동안 지켜볼 수 있어서 그나마 위안이 되겠지. 열쇠와 자물쇠 사이가 본래 그런 게 아닌가? 내가 나름대로 조사해보니까 너는 고맙게도 중국 드넓은 땅 어느 구석에선가 쥐도 새도 모르게 행불된 존재로 딱 적격이던데?"

"걸핏하면 남쪽을 비방하는 너희 역시 비열하구나."

"그 입 다물라우! 네놈 같은 철부지에게 매도될 공화국이 아니야."

사내는 흥분한 듯했다. 그게 국가에 대한 충성심의 발로인지 혹은 내 개인이나 림채하에 대한 적개심인지 헤아릴 겨를이 없었다.

"잘 들어! 그애 외숙부가 누구든, 기분이 영 더러워지면 서울의 내 진정한 친구들에게 그애를 살해하라고 지시하면 그날로 끝이야.

만약 그렇게 된다면 그건 내 의지가 아니라 네 뜻으로 이뤄지는 일이 될 거야. 무슨 말인지 알아?"

"알아, 잘 알아, 친구……."

결코 내키지 않았지만 나는 그를 애써 친구라고 불렀다. 세상을 살다보면 때로는 독사의 송곳니나 악어의 눈물에게도 친구라고 인사해야 할 때가 있다. 그가 내 어깨를 톡톡 두드리고는 밖으로 걸어나갔다. 내가 친구라고 부른 데 대한 답례 같았다. 비록 터무니없는 상상일망정 그렇게라도 믿고 싶은 심정이었다.

헌데, 열쇠와 자물쇠 사이는 연인관계가 아니다? 둘 사이가 친구나 연인 사이라는 생각을 전에 해본 적은 없었지만 아니라는 말도 낯설었다. 낯설 뿐만 아니라, 비참한 느낌이 들 정도였다.

누군가, 울면서 가던 아이

이제는 제 얘기도 점차 도착역에 가까워지고 있습니다. 아, 남쪽에서는 도착역을 종착역이라고 부르더군요. 여태 그랬던 것처럼, 제 얘기가 거듭 과거로 흘러가서 이윽고 오라바이를 처음 만나던 지점으로 돌아갈 때쯤이면 진짜 우리 삶에서도 오라바이와 제가 다시 상봉할 수 있게 될까요? 저는 왠지 그런 좋은 예감이 든답니다.

오늘은 제 생애에 있어서 가장 슬펐던 날들에 대해 얘기해드릴게요. 그게 언제였겠어요? 그래요. 금강산에서 우리가 헤어지던 날이었어요. 그리고 그날 이후의 세월들이었고요.

저는 그날 아침, 가벼운 미열과 두통으로 고생을 좀 하고 있었답니다. 그래서 하루쯤 푹 쉴까 작정하고 있었죠. 몸이 거뜬해야 하루 뒤에 다가올 제 생일에 미역국은 아니더라도 오라바이와 술 한 잔 정도는 나눌 수 있을 테니까요. 저는 이불을 둘러쓰고 누웠죠.

"남쪽 딕원들이 몽땅 어드래 가디?"

"뎌런! 야, 보라우! 거저 철수르 하고 있어야!"

얼마나 지났는지는 모릅니다. 꿈속에서 어떤 이들의 목소리가 갑자기 크게 부각되는 것처럼 창문을 통해 들려오는 얘기들이 제 귀를 활짝 열었어요. 저는 벌떡 일어나 밖으로 달려 나갔습니다. 멀리 사업소 앞으로는 버스 세 대가 줄지어 있었고 남쪽 직원들이 부산하게 움직이면서 버스에 오르고 있는 모습이 눈에 들어왔어요.

저는 문화회관 쪽으로 천천히 걸어가면서 낯익은 사람의 모습이 어디 있는지 눈으로 찾아보았습니다. 뭘 어떻게 하겠다는 생각은 없었어요. 그저 봐야 할 것 같았거든요. 지금 당장 눈에 새겨두지 않으면 그 모습을 영영 기억하지 못할 것 같기도 했죠.

다행스럽게도 어떤 한 남자의 모습이 그때 제 눈에 담겼습니다. 그는 몹시 허둥거렸고 또 갈팡질팡하고 있었어요. 금방이라도 폭우를 쏟아 부을 것 같은 하늘처럼 어둡고 음울한 기색이었고요. 그는 문화회관 로비 쪽에 서 있는 저를 보지는 못했죠. 저는 좀 더 앞으로 나서서 저 자신을 노출시켜 보여드리고도 싶었지만 마치 두 발이 대리석 바닥에 얼어붙어버린 듯 꼼짝할 수 없었답니다.

누군가가 자꾸 채근하자 오라바이는 마지못한 듯 맨 마지막에 버스에 오르더군요. 그리고 버스는 이내 출발하기 시작했습니다. 우리 두 눈이 마주친 건 그때였어요. 아니, 모르겠어요. 오라바이는 그저 제가 서 있는 쪽 문화회관의 지붕이나 그 위의 하늘로 시선을 옮겼을 뿐일지도…… 하지만 저는 우리 두 눈이 번개를 치듯 마주쳤다고 지금껏 믿고 있답니다. 오라바이, 나중에 돌아오시거든 그때 얘기 좀 들려주세요. 그때 오라바이도 저를 보고 있었는지, 속초를 거쳐 서울까지 도대체 무슨 생각을 하면서 가셨는지, 제가 가엾게 여겨지지는 않으셨는지…….

두 사람의 똑같은 헤어짐이라고 해도 떠나는 쪽은 그래도 나은 편이에요. 그 자리에 덩그러니 남아야 하는 쪽보다는 말이에요. 떠나는 사람의 의지야 어떻든 남은 사람은 속절없이 떠나는 사람을 지켜봐야만 하니까 그렇겠죠. 떠나간 자리에 못다 한 정과 사랑이 고스란히 간직돼 있는 법이어서 남은 사람이 혼자서 그걸 감당해야 하기도 할 테고요.

물론 오라바이가 떠나갔다고는 믿지 않았어요. 그런데 아무리 그렇게 믿어도 그날 금강산에 홀로 남은 저로서는 온몸을 가득 채우면서 올라오는 배신감과 고독감을 어찌할 수는 없었습니다. 마치 제 몸을 이루는 모든 구성인자가 외로움뿐인 듯도 했어요. 뼈도 외로움, 살도 외로움, 피도 외로움, 눈과 귀와 코와 머리칼과 손톱과 손마디와 손목까지가 모두 외로움 덩어리 같다는 느낌이었죠. 오라바이가 제 몸의 이름 붙일 수 있는 모든 부위에 다 낙서를 하고 가셨기 때문일까요?

버스가 시야에서 완전히 사라진 뒤에도 저는 그 자리에 꼼짝도 하지 않고 서 있었습니다. 혹시라도 버스가 다시 돌아오지는 않을지 은근히 기대하면서 말이에요. 빠뜨리고 간 것은 없는지, 도로 내

주고 갈 물건은 없는지 그런 생각을 하면서 기다렸지만 버스는 끝내 되돌아오지 않았죠. 그런데 거기 가만히 서 있자니까 한 달도 넘은 일 하나가 자연스레 떠올랐답니다. 오라바이가 몹시 취했던 그 날…….

생각하면 웃음부터 치밉니다. 오라바이가 취해서 했던 일들을 떠올리면 말입니다. 실제로 전혀 웃을 상황이 아니었는데도 오라바이가 떠나시던 그날 문화회관 앞에서 제가 쓰러지거나 실신하지 않을 수 있었던 건 그때 일을 회상했기 때문인지도 모른답니다.

제가 왜 그날 문화회관에 늦게 나타나 하필 오라바이의 취한 모습을 보게 됐는지 아세요? 바로 오라바이의 선물 때문이었답니다. 숙소로 돌아와서 오라바이가 제게 주신 선물 꾸러미를 열어보고 저는 한동안 어리둥절했어요. 노래 CD가 들어 있을 줄 알았는데 예쁜 헝겊신에 반지에…….

오라바이가 무척이나 고맙기 그지없었죠. 값비싼, 그리고 제가 갖고 싶었던 물건들이라서 그런 건 결코 아니랍니다. 사실은 오라바이 이전에도 저에게 선물을 한 사람들은 많았으니까요. 심지어 남쪽 어떤 손님은 자기가 끼고 있던 금반지를 빼서 저에게 주신 일도 있었답니다. 그러니 오라바이가 주신 선물이라 순수하게 기뻤을 뿐이지요. 그냥 구룡연을 오가면서 주워온 돌멩이 하나라도 아마 마찬가지였을 거예요. 이제 아시겠어요? 그게 무엇이든 오라바이가 저에게 관심을 좀 보여주셨으면 하고 저 혼자 안달이 나 있던 참이었다고요.

오라바이 선물을 접수했다는 뜻을, 그것도 고맙게 접수했다는 뜻을 보여드리기 위해 저는 늦게야 회관으로 달려갔답니다. 물론 신발도 예쁘게 신고 반지도 새끼손가락에 보란 듯이 끼운 채 말이죠. 오라바이는 박수갈채가 쏟아지는 공연 중에도 계속해서 자고 있었습니다. 공연이 다 끝나고 관중들이 퇴장할 때까지도 말입니다. 그래서 제가 오라바이 쪽으로 다가갔죠.

채하야, 사랑한다. 채하야, 채하야, 채하야, 사랑해, 채하야.

잠꼬대라도 하듯, 오라바이가 혼자 중얼거리던 말이 무엇인지 처음에 저는 몰랐답니다. 그도 그럴 것이 혀가 잔뜩 꼬부라진 소리들이었으니까요.

이게 도대체 뭡네까?

공연 뒤처리를 하는 게 제 업무라도 되는 듯 제가 고함을 쳤죠. 누군가가 제 소리를 듣고 달려와서 오라바이를 부축했으면 하고 기대하면서 말이에요. 오라바이는 그 와중에도 끝없이 같은 말만을 되풀이하고 있었어요. 그때서야 저는 그게 무슨 말인지 정확하게 들을 수 있었답니다. 순간 제가 픽 하고 웃었는데, 설마, 그걸 인지하셨던 건 아니었죠?

어쩐 일인지 공연장에 다시 와보는 사람은 없었습니다. 할 수 없이 제가 오라바이를 흔들어 깨웠고, 급기야 부축까지 할 수밖에요. 오라바이는 누가 부축하는지도 모르는 눈치였어요. 누가 듣기라도 하면 어쩌려고, 바보 같은 소리만 쉴 새 없이 반복하면서 말입니다. 그때 제가 들었던 제 이름은 아마 평생 남들로부터 들었던 것보다 훨씬 많을 겁니다. 사랑한다는 말도 그렇고요.

계단을 다 올라온 뒤에도 오라바이의 허리는 바르게 펴지지 않았어요. 그러더니 갑자기 반지가 끼워져 있던 제 새끼손가락을 다짜고짜 입안에 넣으셨죠. 도대체 어쩌자고 그러셨던 거예요? 그게 바로 제 손가락인지나 알고 그러셨던 거예요?

물론 제 새끼손가락이 좀 도발적이기는 해요. 그건 설주가 했던 표현이었죠. 채하 언니는 손가락 때문에 일 나겠다고…… 그런가요? 그럼 그 못난 손가락이 오히려 잘된 건가요?

하여튼 그날 이후 금강산을 떠나오는 날까지, 저는 매일 하루도 거르지 않고 오라바이와 제가 함께했던 장소들을 찾아 다녔어요. 추모비 뒤편과 온정각 서관 계곡, 신계사 법당 뒤, 구룡연 코스 등 어느 한 군데 빼놓지 않고 말이에요. 제가 앉았던 자리에 앉아보고, 누웠던 자리에 그대로 누워보고, 오라바이가 노래를 부르던 자리에 서서 노래도 불러보고…… 그렇게라도 하지 않으면 버텨낼 수 없었던 저 자신을 위로해야지 어쩌겠어요. 어느 누구에게도 말 붙일 수 없었던 날들이었어요. 말 한마디라도 할라치면 온몸이 아팠으니까요. 그건 물 한 모금을 마셔도 마찬가지였어요. 오라바이는 혹시 그런 고통을 단 한 번이라도 겪어본 적이 있으세요?

어느 저녁에는 온정각 서관 옆 계곡에 들어가 꼬박 밤을 새고 말았습니다. 누워서 별만 쳐다보면서 말입니다. 북두칠성도 찾아보고 동북쪽 하늘의 카시오페이아, 남두육성까지 다 찾아보았어요. 그러자 고통이 좀 덜어지기도 했죠. 물론 북쪽의 일등성 직녀별과 남쪽에서 작은 소 한 마리를 끌고 가는 견우별을 가장 오랜 시간 바라보았죠. 동서로 길게 흘러가는 은하수도 그렇고요.

새벽 네 시쯤이 되자 별들은 점차 희미해지면서 하나씩 자취를 감추기 시작했습니다. 저는 별자리를 놓치지 않으려고 더욱 눈을 부릅떴어요. 눈이 아파서 눈물이 흐를 만큼 하나하나 사라져가는 별들을 지켜보면서 제가 알게 된 사실이 무엇인지 아세요? 별 중에서 어느 별이 가장 늦게 무대에서 퇴장하는가, 바로 그것이었어요. 그래요. 그건 바로 견우와 직녀별이었답니다. 먼저 견우가 끌고 가는 소가 사라져간 뒤 잠시 후에는 견우별이 가물거리다가 모습을 감추고, 직녀는 견우가 사라져 눈앞에 보이지 않을 때까지도 남아 있다가 이윽고 촛불이 꺼지듯 깜빡하면서 지고 말았죠. 아마 직녀별은 끝내 발길을 돌리지는 않았을 겁니다. 다만 불이 꺼졌을 뿐 그 자리에 돌부처처럼 남아 있는 것이겠죠. 저처럼, 저 림채하처럼…….

견우와 직녀 전설이 생겨날 수 있었던 것도 어쩌면 그런 이유 때문이 아니었을까요? 물론 우리 인간의 머리 바로 위쪽으로 뜨는 별이기도 하고, 서로 가까워지거나 멀어지는 현상 때문에 전설은 그럴듯하게 여겨지는 것이겠죠. 하지만 가장 늦게, 새벽 동트기 직전까지 우리 시야에 남게 되는 별이어서, 서로가 헤어지기 싫어서 오래 남아 서로를 지켜보다가 안타깝게 멀어져가는 것처럼 보여서 그런 특별한 전설이 생겨난 건 아니었을까요? 금강산에서 밤을 새다가 들었던 제 생각은 그랬답니다.

금강산을 떠나올 적에 만사를 제쳐두고 평안남도 남포시에 있는 무학산을 먼저 찾아간 건 그들 별 때문이었어요. 아, 덕흥리 고구려 고분 말입니다. 학교를 다닐 때 그쪽으로 배움 나들이, 수학여행을 다녀온 적은 있지만 그때는 아이들과 재잘대느라고 그냥 지나치는 바람에 기억에서 지워져버린 벽화를 다시 보고 싶었던 거죠. 그렇게라도 해야 고통을 덜 수 있을 테니까요.

덕흥리 고분은 무학산의 남서쪽 기슭에 있답니다. 산 아래 부분을 평평하게 다진 곳에 고분 하나가 자리하고 있는데 마치 거대한 바가지를 엎어놓은 것처럼 보였어요. 허리를 숙여 좁은 입구를 들어서자 통로로 연결된 방 두 개가 나타났는데 사방팔방도 모자라 천장까지 온통 벽화뿐이었죠. 저는 다른 그림들에는 관심이 없었고 역사에 대해서도 잘 알지 못했기 때문에 견우직녀가 등장하는 부분만 열심히 찾았습니다. 견우와 직녀는 무덤 앞 칸의 천장 남쪽에서 저를 내려다보고 있었죠.

채하 아야, 너도 딕녀織女 되는 거이 꿈이가? 긴데 너, 베를 짜봔?

그건 누가 물어본 말이었을까요? 저는 놀라서 주위를 둘러봤지만 저 말고는 실내에 아무도 없었답니다. 혹시 그날 이후로 온몸이 다 아픈 통증이 만들어낸 무슨 환청 같은 것이었을까요? 베를 짜보지는 않았지만 제가 스스로 전설 속의 직녀와 동일시를 한 적은 많았다고 할 수 있을 것 같습니다. 그래서 오라바이가 잘 알고 계시는 것처럼 구룡대에 올라 나무꾼과 선녀 얘기를 하면서도 견우직녀 설화를 의도적으로 짜깁기했던 것이고요.

제가 왜 그랬는지는 아직도 모릅니다. 혹시 저 자신도 의식하지 못하는 가운데 더욱 영원한, 보다 더 확실하게 영속적으로 계속되는, 말하자면 범우주적인 사랑 같은 걸 제가 겁도 없이 꿈꾸어왔던 건 아니었을까요?

하여간 저는 목이 뻐근해질 때까지 천장 벽화를 바라보았습니다. 견우는 어서 가자는 듯 양팔을 휘저으며 소 고삐를 낚아챕니다. 놀란 눈을 한 소가 앞발을 들어 내닫는 모습이 조금 익살스럽죠. 오른쪽 은하수 건너에는 두 손을 앞에 모은 직녀가 멀어져가는 견우를 다소곳이 배웅하고 있습니다. 고분 자료에 의하면 무덤이 조성되고 벽화가 그려진 지 무려 천육백 년이 흘렀어요. 그러니 벽화 속에서 그들도 역시 그 세월 동안 똑같은 자세였겠죠. 만나는 기쁨으로 영원을 사는 게 아니라 헤어지는 순간에 석상처럼 굳어진 채 영원히 존재해야 하는 운명으로 말입니다. 이게 제가 원하던 사랑의 모습은 아니었는데…….

하필 왜 저런 장면을 손수건에, 그것도 일일이 한 땀 한 땀 자수를 놓아 선물로 드릴 생각을 했는지, 저는 몹시 후회했습니다. 그냥 다른 사람들처럼 평범하게 원앙새 한 쌍이나 목단, 장미 등을 새기지 않고 말이에요. 용서하세요, 오라바이. 다시 만나면 하얀 찔레꽃이 만발한 덤불 속에서 서로를 응시하는 꾀꼬리 한 쌍을 수로 놓아 선물해드릴게요.

저는 청진으로 돌아갔습니다. 평양이 아니라 제 고향 청진으로 돌아가서 뭐든 새롭게 시작하고 싶어서 일자리도 우선 그쪽으로 신청해두었거든요. 평양은 싫었습니다. 다시 또 평양의 분주한 삶으로 돌아갔다가는 거기 거대한 쳇바퀴 안에 갇혀서 결코 빠져나올 수 없을 것 같았기 때문이었어요. 청진에 배정받게 된 직무는 인민학교 아이들을 상대로 음악을 가르치는 일이었답니다. 그 일을 잘 해낼 수 있을지는 장담할 수 없었습니다. 제 마음이 너무 황폐한 시기였으니까요.

부모님께서는 말할 나위 없이 저를 반겨주셨습니다. 몸이 아플 때는 가족의 간호가 필수이듯이 스산하기 그지없던 저에게 부모님은 아주 큰 위안이 돼주셨죠. 하지만 온정각 계곡에서 별을 바라보며 꼬박 밤을 새운 이후로는 여전히 잠을 이루기가 쉽지 않았어요. 설핏 노루잠이 들었다가도 구룡대 아래 천 길 낭떠러지로 굴러 떨어지는 꿈을 꾸고 놀라 일어나기 일쑤였죠.

의학대학에 계시는 아빠가 하루에 두 알씩 잠약을 갖다 주셨지만 저는 처음 두세 번을 제외하고는 복용하지도 않았답니다. 잠을 이룰 수는 있었지만 잠이 깨고 난 다음에는 마치 제 몸이 녹아내리기라도 한 듯 아주 불쾌한 기분이 들었기 때문이랍니다. 그리고 머지않아 그렇듯 몸이 녹아내리는 느낌의 정체가 무엇이었는지 뒤늦게 아는 날이 왔죠.

아, 제 아이…….

그래요. 오라바이 아이를 가졌다는 사실도 수면제 때문에 알게 됐어요. 이제야 이런 얘기를 들려드려서 죄송해요. 죄송하고 또 죄송해요. 그 아이는 이미 세상에 존재하지 않는다는 소식까지 한꺼번에 전해야겠네요.

인민학교에 처음 출근하기 전날은 아무래도 수면제를 좀 복용해야 했습니다. 잠을 이루지 못한 부스스한 상태로 아이들과 다른 교원들을 대하는 건 싫었거든요. 그게 아침에 일어나 기분이 잠시 불쾌한 쪽보다는 나을 테니까요. 저는 수면제 네 알을 물과 함께 억지로 꿀꺽 삼켰답니다.

아침이 되었어도 저는 깨어나지 못했습니다. 나중에 기억한 일이지만, 그 대신 아주 긴 꿈을 꾸었죠. 끝이 보이지 않는 드넓은 강을 흰 옷 입은 사람들이 줄을 지어 건너가고 있었답니다. 물속을 들여다보면 바닥이 보이지도 않는데 다른 사람들이 건널 때면 겨우 무릎 아래로 물이 찰랑거릴 정도였죠. 누군가가 괜찮으니까 어서 오라고 저를 향해 손짓을 했답니다. 그래서 발을 내딛었는데 제 키가 훨씬 넘는 물길 속으로 쑥 빠져버리는 거예요. 게다가 제 몸이 완전하게 투명한 물 색깔로 변하기라도 한 듯 다른 이들은 저를 찾지 못하고요. 그러다가 어느 때는 저도 태연하게 그 강을 건너고 있다가 느닷없이 다시 깊은 물속에 잠겨버리고, 사람들이 또 제가 어디 있는지를 발견하지 못하고…….

병원으로 옮겨진 뒤에도 저는 잠만 잤다고 합니다. 지금 기억에도 사흘 동안 그 하나의 꿈만을 생생하게, 그리고 길게 꾸었던 것 같습니다. 오라바이는 혹시 해몽에 대해서 뭐 좀 아세요? 청진에도 아주 그럴싸하게 해몽을 잘하시는 아주머니가 계시지만 저는 물론 찾아갈 엄두는 내지 못했답니다. 너무 불안하고 무서웠기 때문이었어요. 아니, 꿈이 상징하는 게 무엇이었는지 저 스스로도 충분히 해몽을 할 수 있는 날이 저절로 다가왔지요.

"누구레?"

잠에서 깨어났을 때, 엄마는 거두절미하고 저에게 물었어요. 밑도 끝도 없이 누구냐고 물었으니, 누가 누구인지 저는 어안이 벙벙할 수밖에요.

"니 뱃속 아이래 도대체 어찌 된 영문이가?"

저는 대답하지 않고 고개를 다른 방향으로 돌렸습니다. 처음 오라바이를 만나 금강산에서 함께했던 날들이 꼭 40일, 그리고 서로 헤어져 얼굴을 보지 못한 날이 다시 또 40일이 가까워지고 있었죠. 그 사이 저 같은 여자들에게는 매달 한 번씩 있어야 하는 몸의 변화가 없었답니다. 어수룩하게도 저는 그게 마음에 입은 큰 충격이나 제대로 잠을 이루지 못한 데 따른 결과인 줄만 여기고 있었어요. 실제로 우리들 여자 몸이란 그만큼 섬세하고도 예민한 법이니까요. 그런데 엄마는 그걸 어찌 아셨을까요? 혹시?

"엄마가 기걸 어찌 아오?"

"무시기라 했니? 네 나르 누기라고 보고 그리 묻네? 누기 아르 뱃속에 싱궈왔는지 날래 말하라우."

전 대답하지 않았습니다. 차마 입이 떨어지지 않아서 묻지 못하는 말이 따로 있기 때문이었답니다. 그렇다면 지금 아이는 제 뱃속에서 아직도 고이 자라고 있는지…….

"너 듁고 내래 듁자야!"

엄마가 울음을 터뜨리셨죠. 저는 어이가 없어져서 꺽꺽 울고 계신 엄마를 한동안 멍하니 바라보았습니다. 강이나 바다가 아닌, 그렇다고 바위나 병실 바닥도 아닌 논밭으로 태어난 존재라면 옥수수든 콩이든 밀이든 감자든 좋은 씨앗을 받아 키워내야 하는 게 당연한 일 아닌가요? 안 그래요? 내, 참…….

제가 죽고 엄마도 죽는 일은 벌어지지 않았습니다. 그 대신 반드시 살았어야 하는 생명 하나는 끝내 제 몸속에서 사라지고 말았답니다. 아니, 꿈에서처럼 그냥 스르르 녹아버렸는지도 모르겠어요. 수면제를 복용하던 날마다 제 몸이 스스로 알아서 거부했던 것처럼…… 아주 먼 우주에서부터 오라바이 몸을 빌려 내게로 왔던 생명의 씨앗 하나. 그래요. 오라바이와 제 아이는 어이없게도 그렇게 해서 다시 왔던 곳으로 돌아가고 말았답니다.

오라바이에게 죽을죄를 짓고 말았지만, 참담하고 또 죄송하지만 저는 지금도 알지 못합니다. 기껏 수면제 네 알이 마치 독약처럼 그 여린 씨앗을 녹여버렸는지, 아니면 제 아빠와 엄마가 공모해서 저도 모르게 그런 잔인한 범죄를 저지르셨는지 말이에요. 두 분께서는 당연히 잠약 부작용을 강조하셨지요.

제가 아무리 애타게 불러도 발길을 돌려 울면서 가던 아이…….

저는 그런 일이 있고 난 뒤로 오랫동안 환각에 시달렸어요. 그러니 오라바이, 저를 용서해주세요. 두 번에 걸친 아주 거대한 쓰나미 같던 상실감으로 저는 끝내 몸져눕고 말았습니다. 인민학교에는 아예 부임해보지도 못했고요.

저 밤하늘의 직녀가 제 아픔을 조금이라도 헤아려줄까요? 베를 짜봤느냐고 나에게 직접 물었던 질문 속의 베가 의미하던 것은 무엇이었을까요? 그냥 단순한 삼베나 모시베 따위가 아니라 혹시 씨줄 날줄로 정교하게 엮어지다가 어느 한 군데 코가 빠진 것 같은 그런 아픈 사랑의 직조織造를 말한 건 아니었을까요? 그렇다면 저는 이미 충분히, 웬만한 저들 직녀들보다 오히려 더 베를 짜본 셈이 아닌가요?

생감자를 먹을 때

독사 송곳니 친구를 다시 만난 건 처음 그를 만난 이후로 거의 4년이 다 되어가던 때였다. 만났다는 표현은 그릇된 듯하다. 그렇게 정중하다거나 낭만적인, 대등한 관계 사이의 만남이 아니었기 때문이다. 내 수형지로 그가 일방적으로 나를 찾아왔다.

나는 그를 보자마자 거수경례를 했다. 아주 절도 있게, 그리고 품위가 넘치도록 경례를 하고 싶었지만 뜻대로 되지는 않았던 것 같다. 다리가 후들거렸고, 바람 앞에 촛불처럼 어깨도 앞뒤로 흔들렸다. 손바닥을 곧게 펴서 눈 꼬리 밑에 바짝 붙인 것까지는 좋았으나 수전증 환자처럼 덜덜 떨었다. 나는 그런 모습을 보여줘야만 하는 게 몹시 창피했다. 보나마나 영양실조였을 것이다.

"농부들처럼 훌륭하게 변했군. 보기가 좋아."

송곳니가 나를 칭찬했다. 농부처럼 변했다면 자외선으로 인해 내 손등이나 팔뚝처럼 얼굴이 새카맣게 그을린 데다 자글자글 주름이 늘었으며, 겉늙었다는 뜻이리라. 나는 거울을 한 번도 들여다볼 기회가 없었기 때문에 내 얼굴이 어떻게 변했는지 알지 못했다.

"수형 생활도 아주 모범적이라고 들었네. 사상교화 덕택인가?"

"네, 고맙습니다."

나는 거짓말을 했다. 내가 매일 하루도 거르지 않고 열리는 사상학습에 조금이라도 관심이 있었던 건 아니다. 일말의 호기심조차 없었다. 그러면서도 귀를 열심히 기울였던 건 그 대상을 다른 존재로 환치시킬 수 있었기 때문이다. 그들이 어떤 누군가의 영도력을 언급하면 나는 그를 림채하로 바꿔서 들었다. 이를테면 위대한 주체사상이라는 말은, 위대한 이라는 표현은 그대로 살린 채 위대한 림채하의 사랑쯤으로 말이다. 그게 바로 내가 수용소 생활을 버텨낼 수 있게 만드는 위대한 힘이기도 했다.

"자네가 궁금해할 만한 소식을 선물로 전하려고 왔네. 위에서부터 계단을 내려올까, 아니면 아래서 위로 올라갈까?"

"감사합니다."

"이태 전, 남쪽 대통령에 취임한 사람이 누군지 정도는 아는가?"

"그건, 손톱만치도 관심이 없습니다. 오늘이 며칠인지나 알려주셨으면 합니다."

"오늘?"

이 년 전, 2013년이라면 십간십이지十干十二支로는 뱀의 해였을 것이다. 그렇다면 뭐, 뱀의 속성을 빼닮은 정권이 들어섰을 테지. 쥐의 해에도 그랬던 것처럼 말이다. 안 그런가?

송곳니가 잠시 날짜를 헤아려보는 것 같았다. 수용소에서는 이상하게도 날짜를 정확히 알기가 쉽지 않았다. 거울만 없는 게 아니라 달력이나 시계도 없었다. 새로 들어오는 이들에게 날짜를 물어도 모르는 경우가 많았고 누군가가 벽에 꼬박꼬박 표시를 하는데도 매번 틀리기 일쑤였다.

"4월 26일이라네. 그게 제일 궁금한가?"

"예."

"별난 취미군."

수용소로 돌아가면 다른 이들에게도 내 지식을 자랑할 수 있어서 조금 흥분이 됐다. 그곳에서는 우리 지식이란 게 그랬다. 오늘 날짜를 정확하게 알고 있는 일, 몸을 아껴서 밥이 쉬이 꺼지지 않도록 하면서도 감시의 눈초리에서 벗어나는 요령, 채소나 농작물을 훔쳐 먹은 뒤 냄새를 없애는 법, 몽둥이세례에 몸을 상하지 않게 대처하는 방법, 이와 벼룩을 잡아내는 솜씨, 좁은 방에 서로 끼인 채 효과적으로 잠을 자는 자세…… 지식은 다른 게 아니라 바로 그런 것들이었다.

"작년 이맘때는 말이야. 수학여행단을 싣고 가던 남쪽 여객선이 진도 앞바다에서 침몰했다네. 그 바람에 쯧쯧…… 삼백 명이 넘는 학생과 일반인들이 고스란히 물속에 수장되고 말았어. 특히 열예닐곱 살, 꽃다운 아이들이 무더기로 희생됐다네. 학생들 몇 명과 함께 배는 아직도 건져내지 못했고, 원인이 무엇이라고 보는가?"

"모르겠습니다."

송곳니는 한심하다는 듯 나를 연민의 눈초리를 하고 바라보았다. 금시초문인 소식의 원인까지를 내가 도대체 어찌 알겠는가?

"자본이란 건 참으로 무정한 것이라네."

그가 말문을 열었다. 그렇다면 북조선에서 터지는 사건 사고에서는 무엇이 무정한 것인지를 나는 반문하지 않았다. 림채하 하나만 참으로 유정하다고 마음에 새겼을 뿐이다. 송곳니가 내 마음속을 들여다본 걸까? 더는 어찌 해볼 수 없다는 듯 한숨을 크게 내쉬는 소리가 내 귀에도 들렸다.

"요즘 유행하는 남쪽 표현을 빌리자면, 모든 갑甲의 이익은 자본주의의 구조적 장점 때문이 아니라 잘 들여다보면 을乙의 희생으로 발생하는 법이야. 나는 지금 잘 알지도 못하는 자본주의를 무작정 비판하려는 게 아니네. 문제는 말이야. 사회 전체가, 아니 정치까지도 온통 장사꾼들에게 맡겨진다는 거야. 엿장수 맘대로라는 바로 그 엿장수지. 자네가 잘 알다시피, 장성택 같은 반당 반인민 쓰레기 분자들도 인민을 희생 삼았던 장사꾼에 지나지 않았고…… 아, 자네 정보는 아주 유익했네. 남쪽에서 장성택에게 주었다는 비자금 말이야. 자네를 대신해서 내가 그 정보를 최고위층에 제공했거든. 그래서 장성택이 끝장날 수 있었지. 선물이라도 하나 줄까?"

송곳니가 내게 무슨 가당치도 않은 선물을 주려고 하겠는가? 하지만 그는 신이 나서 스스로 떠벌린 말로 중요한 정보 하나를 내게 제공했다. 장성택의 신변에 이상이 생겼을 것이라는 사실을 나는 그 순간 직감했다. 단순한 숙청 정도라면 그렇게까지 표현하지는 않았을 것 같았다. 더구나 직위에 대한 아무런 호칭도 없이, 동지라는 말까지도 생략한 채…… 그렇다면 그는 아마 처형됐으리라. 수용소로 돌아가면 이 소식 역시 지식이 될 수 있을지 모르겠다.

"림채하에 대해서는 묻고 싶은 게 없는가?"

"모르겠습니다."

무릎까지 꿇고 그의 발에 매달리고 싶은 심정을 나는 가까스로 억눌렀다. 그러고는 아주 먼 과거 쪽, 이제는 결코 다시 돌아갈 수 없는 곳, 그곳을 잊은 지 벌써 오래라는 표정으로 망연히 고개를 돌렸다. 이내 그의 말이 들려왔다.

"남쪽 내 진정한 친구들이 그녀를 살해하려고 납치한 적이 있었네. 자네 고향 전주 한옥마을에서 말이야. 림채하는 청진 두 송이 꽃 가운데 하나였는데 남쪽에 가 있다는 게 무척이나 자존심이 상하는 일이었거든. 꽃이라면 원래 한 송이로 충분한 법이기도 하고 말이야. 그렇잖아? 두 송이가 무슨 의미가 있겠어? 꽃은 딱 한 송이가 제격이야."

내 심장이 가슴 벽을 무너뜨릴 기세로 거칠게 쿵쾅거렸다. 나는 송곳니에게 그걸 들키지 않으려고 애를 썼다.

"만약 림채하가 자네 표현대로 손톱 때만치라도 공화국에 반하는 발언을 했더라면 이미 죽은 목숨이었을 거야. 그녀 스스로 그녀를 살린 셈이었지. 그래서 나는 모든 살아 있는 것들에게는 살아 있을 만한 가치가 있다고 믿기로 했다네. 그럼, 자네 가치는 무엇인지 아는가?"

"저는, 모르겠습니다."

"바로 내 즐거움이라네."

개똥보다 못한 철학이었다. 그럼에도 불구하고 나는 송곳니의 발에 키스라도 하고 싶어질 정도로 감동했다. 림채하는 정확히 내가 원하는 곳으로 갔다. 그리고 살아 있다! 더 바랄 게 없는 일이었다.

"원하는 게 있는가?"

"없습니다만, 혹시 제 부모에게도 저에 대한 언급을 하셨는지……."

송곳니가 빙긋이 웃었다. 그의 대답에는 내 목숨의 향방이 달려 있기도 할 터였다. 만약 부모님이 아신다면 림채하도 알고, 수학여행단 여객선 사고로 지금쯤 쑥대밭이 됐을 무정한 정부나마 알게 되고, 국제기구에도 알려질 테고.

"이런, 전에 내가 말하지 않았던가? 자네는 말이야. 중국에서 쥐도 새도 모르게 행불된 존재라니까?"

송곳니는 내가 기대한 답은 들려주지 않은 채 돌아갔다. 그가 왜 나를 찾아왔는지 아리송했다. 내가 어떻게 지내고 있을지, 어떤 모습으로 변모했을지 단순한 호기심 이상 아무것도 없어 보였다. 물론 그가 들려준 소식들은 값졌다. 기필코 탈출하겠다는 내 의지에도 더욱 거센 불이 붙기 시작했다.

수성교화소!

청진시 수성동 송골에 위치한 수용소라서 그런 이름이 붙었다고 했다. 내가 일찍이 다녀온 적이 있었던 수성역의 북서쪽 골짜기였다. 그래서 아주 드물게 기적소리가 들려오기도 했다. 어서 떠나라고, 나를 부채질하는 소리였다.

송곳니와 헤어져 돌아오면서 나는 일부러 철조망 옆길을 택해 작업장으로 향했다. 그가 가진 권세가 어느 정도인지는 몰라도 그를 특별히 면회하고 돌아오는 길이니만큼 어떤 길을 택하든 문제를 삼을 사람은 없을 것 같다는 확신 때문이었다. 경비병들은 철조망에 항상 고압전기가 흐르고 있다고 위협을 가하곤 했다. 그리고 이따금 수용소에 수감된 죄수들을 모이게 해놓고는 전기가 흐르고 있음을 증명해 보이기도 했다. 하지만 나는 그게 속임수라는 걸 간파하고 있었다. 증명이라는 건 그때뿐이었다. 말하자면 전기가 잘 통하고 있는지 시험할 때만 전기가 흘렀다. 전력난 때문임은 두말할 나위도 없다.

처음에 나는 식품 가공공장에 배속되어 일했다. 조미낙지라고 부르는 건조 오징어와 명태 등을 가공 처리하는 작업장이었다. 냄새라는 건 참으로 이상하다. 처음 한순간은 아주 고소하고 달콤하지만 금세 역겨워지고 만다. 오징어 같은 생선 비린내는 더욱 심했다. 배불리 먹은 게 없으면서도 나는 자주 헛구역질을 해대곤 했다. 그래도 청진의 명태는 정말이지 품질이 뛰어났다. 마른 걸 쭉 찢으면 대나무를 쪼개는 것처럼 보푸라기 하나 나지 않을 정도였다. 나는 청진 명태 한 조각을 입에 넣고 황급히 삼키려다가 사레가 들렸고, 그 때문에 들통이 나서 한동안 매타작을 당하고 독방에 갇힌 일도 있었다. 그때도 맞는 건 괜찮았다. 오로지 내가 도로 뱉어낸 조각이 아쉬웠을 뿐이다. 명태 조각은 다른 죄수가 재빨리 입안으로 밀어 넣는 데 성공했다.

식품공장은 몇 사람을 빼고는 대부분 여성 죄수들로 교체되었다. 나도 그때 주물 밥솥 공장으로 자리를 옮겼다. 직업을 전전했던 것처럼 오해할 수도 있지만 징역형이면서 동시에 노동 형벌이었을 뿐이다. 노동이 교화教化, 즉 교도의 수단이었다.

주물로 밥솥을 만드는 일은 재미가 있었다. 아니, 나 자신이 재미를 붙이기 위해 노력했으며 또 뜻대로 됐다고 말해야겠다. 거푸집과 중자(core) 사이의 주물 구멍에 쇳물을 주입하면 무쇠 솥이 되어 나오는 과정이 언제 봐도 흥미로웠다. 무사히 남쪽으로 돌아간 뒤에는 주물 사업을 해보고 싶다는 생각이 들 정도였다. 문제는 뜨거운 용광로와 쇳물이었다. 용광로는 늘 터져버릴 것처럼 아슬아슬했고, 바닥에 흘려진 쇳물은 위험하기 짝이 없었다. 특히 쇳물 같은 경우는 굳기 전에 재빨리 바가지에 퍼서 형틀에 부어야 하는데 그 북새통에 흘린 쇳물 방울을 뒷사람이 밟는 경우가 많았다. 그건 내게는 정말이지 생각만 해도 끔찍한 일이었다. 어느 누군가에게는 신날 수도 있었다는 뜻이 아니다. 발바닥에 심각한 화상을 입은 채 탈출을 도모할 수는 없지 않은가!

매를 맞고 구타를 당할 때에도 몸이 상하는 일만큼은 없도록 나는 늘 신경을 썼다. 이를테면 불량 밥솥이 하나라도 발생할 때면 처벌이 가혹했다. 깨진 무쇠 솥을 그냥 수형자들에게 던지기 일쑤였고 더러는 쇠바가지를 들어 머리든 어깨든 닥치는 대로 사정없이 내리치기도 했다. 그래서 내가 통증 따위는, 그리고 피 좀 흘리는 일 정도는 아무것도 아니라고 여겼던 것이다.

비록 그랬을망정 작업 자체는 흥미로웠기 때문에 나는 하루총화나 생산총화가 열릴 때면 더러 그럴 듯한 아이디어를 내기도 했다. 솥뚜껑이 솥단지 위로 덮어지게 제작할 게 아니라 단지 안으로 솥뚜껑이 들어가도록 만들자고 제안한 게 그중 하나였다. 그건 사실 남쪽 주물 솥들을 기억해낸 덕택이었다. 그래야 밥을 지을 때 밥물이 넘치지 않고 도로 솥 안으로 들어가서 맛있게 밥이 익는 것이다. 하지만 그건 채택이 되지 않았다. 제작 공정이 그만큼 더 까다로워진다는 이유였다. 나중에 나는 채택이 되지 않은 걸 오히려 다행으로 여겼다. 생각해보니까 공정이 까다로우면 불량 제품이 나올 가능성도 더 높게 마련이었다. 하마터면 그때마다 불량 솥뚜껑으로 얻어맞을 뻔했다.

녹이 슬지 않도록 주물 솥 길들이기(seasoning) 과정을 좀 더 보완하는 일, 밥을 지을 때 뜨거운 밥솥을 쉽게 옮기기 위한 나무 손잡이를 부착해서 시장에 내자고 했던 제안은 받아들여졌다. 그것 역시 언젠가 남쪽 텔레비전에서 봤던 얄팍한 지식에 지나지 않았지만 나는 지금 북쪽 주부들에게 뭔가 이바지라도 좀 한 것 같아서 나름대로는 대단한 자부심을 갖고 있다. 특히 림채하의 어머니에게 말이다.

주물 일도 그렇지만 수용소 생활에서 무엇보다 신나는 일은 밖으로 나갈 때였다. 철조망 바깥 공기는 언제 맡아봐도 싱그럽고 또 신선했다. 우리는 주물 공장에 일이 없을 때면 근처 협동농장에 투입되곤 했는데 나는 그런 날들을 명절이라고 이름 붙였다. 명절답게 들뜨는 기대감에다가 명절다운 부산물도 얻을 수 있기 때문이었다. 콩잎이든 깻잎이든 입안에 우겨 넣을 수 있고 때로는 콩 꼬투리며 감자 조각, 밀 이삭도 훔쳐 먹을 수 있었다. 요령이 좋은 치들은 몸 어딘가에 옥수수 하나를 통째로 숨겨 와서 밤에 몰래 씹기도 했다.

협동농장에 가거나 돌아올 때면 경비병들은 항상 구보를 시켰는데 그것 역시도 내게는 괜찮았다. 몸이 허약하거나 나이든 죄수들에게는 죽을 맛이었겠지만 나는 기꺼이 받아들였다. 체력을 비축해 둘 수는 없어도 단련은 해두어야만 했다.

밤에 철조망을 넘어야 할지, 아니면 낮에 협동농장에서 도망을 쳐야 할 것인지 나는 단 하루도 빼놓지 않고 궁리에 궁리를 거듭했다. 두 경우 다 장단점은 있었다. 우선 밤에 철조망을 넘는다면 날이 밝기 전에 국경 가까이 도달할 수 있을 것이다. 하지만 철조망을 넘는 일은 생각만큼 쉽지 않을 터였다. 게다가 낮이라면 몰라도 밤까지 전기가 통하지 않을지는 여전히 확신할 수 없었다. 농장 일을 나간 틈에 도망쳤다는 얘기는 주로 여성 탈북자들을 통해서 들었던 기억이 있다. 탈북해서 나와 류 씨 아저씨 도움으로 허룽和龍까지 나갔다가 붙들려 북으로 압송되고 재탈출에 성공했다던 그 젊은 여성도 그랬었다. 그러니 나라고 못할 일이 아니었다. 그런데 낮에는 아무래도 누군가의 눈에 띄기 십상이었다.

독사 송곳니가 다녀간 지 한 달이 조금 지났을 때의 일이다. 아침 주먹밥을 먹기가 무섭게 우리는 운동장에 열을 지어 섰다. 하루 일이 무엇인지는 누구도 미리 얘기해주지 않는다. 어딘가 끌고 가는 곳이 그날그날의 일터였다. 그런데 우연히 고개를 돌리다가 나는 줄 저쪽에 서서 나를 살피는 눈길과 마주치고는 소스라치게 놀라고 말았다.

그분이 누구였는지 짐작이나 하겠는가? 바로, 림채하의 어머니였다.

지금도 나는 그렇다. 수용소에서 지낸 사 년 가까운 세월 중에 가장 절망적인 순간은 바로 그때였다. 그만큼 염치없고, 나 스스로 부끄러웠던 적도 따로 없었다. 쥐구멍이라도 찾아 들어가고 싶었다. 하지만 기껏 시선을 회피하고 고개를 숙이는 데 그치고 말았다. 딸이 선택했다는 사내가 얼마나 용렬하기 그지없는 사내로 비쳐졌을지, 또 얼마나 후회하실지 생각할수록 가슴이 미어진다.

그새 우리 조에게도 출발 신호가 떨어졌다. 농장 쪽이었다. 이미 유월 중순에 접어들어서 밀이나 보리를 베고 감자도 수확할 시기였다.

나는 뛰어가면서 울었다. 물동이를 머리에 인 것처럼 눈물이 마구 흘러나왔다. 그때 결심했다. 바로 오늘이다! 그러자 머리 위쪽 물동이 같은 곳에서는 더 이상 눈물이 흘러넘치지 않았다.

뛰면서 문득 뒤돌아보니 채하 어머님이 속한 조도 우리 조를 따라오고 있는 게 보였다. 수확해야 할 작물들이 많으니까 어쩌면 어제처럼 오늘도 횃불을 켜고 늦게까지 작업을 해야겠지…… 전날 우리가 남긴 밭두렁과 일거리들을 머릿속에 그려보았다. 아무래도 그럴 공산이 매우 컸다. 기회는 그때였다. 나는 림채하의 어머니, 아직까지는 그렇게 부를 만한 자격은 없지만 북쪽을 벗어나는 순간부터는 장모님이라고 불러야겠다고 마음먹은 그분을 모시고 기어코 탈출하리라고 이를 악물며 작정했다. 초저녁부터 걸으면 날이 새기 전에 두만강을 충분히 건널 수 있을 것 같았다. 그분을 업고서라도 말이다.

그날 오후가 돼서야 나는 가까스로 채하 어머님이 일하시는 감자밭 쪽으로 접근하는 데 성공했다. 수감된 세월이 그리 오래 되지는 않았는지 그분의 건강 상태는 비교적 좋아 보였다. 호미에 파헤쳐지는 하지감자도 희고 토실토실했다.

"면목이 없습니다."

나는 좌우를 살피며 나지막하게 말씀드렸다. 채하 어머니는 고개를 숙인 채 아무런 반응도 보이지 않으셨다. 그러실 만도 했다.

"어머님을 모시고 오늘 저녁 탈출하겠습니다."

"……?"

어머님이라고, 나는 처음으로 호칭했다. 정말이지 좋은 어감을 가진 호칭이라는 걸 느낄 수 있었다. 진작 불러볼 것을, 왜 그러지 못했던가 하고 후회할 만큼…… 그분이 나를 힐끗 돌아보셨다. 그랬어도 호미질에만 열중하실 뿐이었다. 지금보다 더 좋은 상황에서도 북한을 빠져나가지 못했는데 무슨 수로 경비병들을 따돌리려고 하느냐고 묻고 계신 듯했다.

"이따가 횃불을 켜는 시각에 모시러 오겠습니다."

"아임메, 기러카실 것 없슴메."

작은 목소리가 가늘게 떨려나왔다. 그늘 한 점 없는 뙤약볕에서 일하시는 모습이 안쓰럽기 그지없었다.

"내래 채하 아바이가 계시디 않슴두?"

이번에는 강하고도 확실한 어조였다. 어떻게 대답해야 할지 막막해졌다. 멀리 밭두렁에 둘러앉은 경비병들이 일어서는 게 보였다. 나는 보리를 수확하는 곳으로 돌아가기 위해 앉은걸음으로 옮겨갈 채비를 했다.

"데발, 데발, 무사하시라우."

"나중에라도 반드시 모시겠습니다. 부디 건강하세요."

그게 림채하 어머님을 뵌 내 기억 속의 마지막 모습이었다. 어쩌다가 그분이 거기에 수감되셨는지, 채하 아버님은 또 어떻게 되셨는지 묻지 못했다. 림채하가 탈북한 뒤 벌을 부모가 대신 치르는 것이라고 짐작만 했을 뿐이다.

드디어 유월 중순의 저녁 어스름이 내리기 시작했다. 나는 아직 타작이 끝나지 않은 산 위쪽의 평평한 보리밭을 또다시 곁눈질로 살폈다. 들키지 않고 그곳에 몸을 던져 넣으면 절반쯤은 성공이라고 할 수 있을 것 같았다. 허리를 숙이고 묵묵히 감자를 캐고 계시는 채하 어머니의 어깨가 무겁게 내려앉은 듯했다.

왜 횃불을 켜지 않는 걸까? 내가 그렇게 의아해 하고 있을 때였다. 저쪽 감자밭 쪽에서 무슨 소동이 일어난 듯 왁자지껄했다.

"날래 횃불을 밝히라우야!"

경비병이 외치는 소리가 들렸다. 나는 그 순간을 놓치지 않고 재빨리 몸을 빼내어 위쪽 보리밭으로 숨어 들어가는 데 성공했다. 잠시 숨을 고르고 난 뒤, 혹시 나를 뒤쫓는 발길은 없는지 보리밭에 엎드려 아래쪽을 살폈다. 다행히 아무도 눈치를 채지 못한 듯했다. 소동이 난 곳은 감자밭이 분명했다. 누군가가 생감자를 씹어 먹은 듯 구토하고 있었고, 경비병들이 달려들어 한 여자에게 발길질을 계속하고 있었다.

나하고는 상관없는 일이라고, 오히려 잘된 일이라고 여기면서 보리밭을 지렁이처럼 기어 빠져나왔다. 그리고 그 너머 계곡에 두 번째로 몸을 숨겼다. 그런 뒤에야 마지막으로 고개를 돌려 누군가가 추격해오는 사람이 없는지 횃불이 불타고 있는 농장을 바라보았다. 그때까지도 발길질이 이어지고 있는지 여자가 내지르는 높은 외마디 비명소리가 연달아 들려왔다. 나는 마음속으로나마 그 여자에게 감사를 드리고 싶었다. 비록 의도하지는 않았을망정 그녀가 생감자를 먹고 구토를 하는 바람에 경비병들의 관심이 그쪽으로 집중됐으며 횃불을 밝히느라고 경비병들의 주의가 흐트러지는 짬이 생겨났다.

의도하지 않았다?

그 순간 나는 비로소 깨달았다. 생감자와 구토는 철저하게 의도된 일임에 틀림이 없었다. 아무리 배고픈 사람들이라고 해도 어린

애가 아닌 이상 구토를 할 정도까지 감자를 생으로 씹어 먹을 어른들은 없다. 설혹 구토를 한다고 하더라도 그토록 요란스러울 리도 없었다. 그러니 필경 누군가가 일부러 의도한 일이었다.

데발, 데발…….

그렇게 간절하게 말하던 채하 어머님의 목소리가 다시 내 귓속을 파고들었다. 나는 목울대까지 울컥 차오른 눈물 덩어리를 도로 삼키며 자리에서 일어섰다. 만사를 제쳐두고 우선 눈앞의 낮은 산자락 하나를 넘어야 하는 일이 내게는 그 어떤 일들보다 더 시급했다. 아니, 채하 어머님의 연속적인 외마디 비명들이 거듭 강조하는 뜻이 바로 그것이기도 했다.

가라고, 어서 가라고…….

잊히지 않는 일, 하나 둘 셋

이제 비로소 오라바이를 처음 만나던 지점까지 돌아왔네요. 오라바이 소식은 아직도 어두운 우물 속처럼 감감한데 말이에요.

앞서도 말씀드렸지만 저는 유학을 떠나려던 계획을 잠시 접어두고 금강산으로 가게 됐죠. 대학 졸업을 앞둔 그해 5월의 일이었어요. 그러니까 오라바이보다는 두 달 먼저 금강산에서 일하게 된 거랍니다.

만약 제가 금강산으로 가지 않고 유학을 떠났더라면 오라바이와 저는 서로 생판 모르는 길로 엇갈리고 말았을까요? 아닙니다. 일어날 일은 반드시 일어나는 법이니까요. 베이징이 아니면 모스크바, 런던이나 파리, 밴쿠버, 아바나, 부다페스트, 비엔나, 바르샤바, 베오그라드, 스톡홀름 어디서든 기어코 만났겠지요. 그러니 어디로 갔던들 누가, 또 어떻게 우리 사랑을 막을 수 있겠어요? 금강산이 아닌 다른 곳에서도 오라바이가 노래 한 곡으로 제 마음을 사로잡으실지 어떠실지 그거야 알 수 없습니다. 하지만 무엇으로든 제 혼을 쏙 빼놓으실 거라는 사실, 그래서 제가 어떤 일이 있어도 오라바이를 제 사람으로 만들고 말았을 것이라는 사실 정도는 잘 알죠.

그래요. 그 노래…… 직녀는 옷을 잃고 울면서 보낸다오. 이 일을 어이 하랴. 옥황님 나는 못 가오…… 바로 그 노래 말이에요. 물론 노래가 좋긴 했어도 오라바이가 노래를 잘하셔서 오라바이까지 좋았던 건 아니랍니다. 자청해서 노래를 불렀던 오라바이의 마음이 좋았죠. 저를 배려해주시던 마음이요.

솔직히 말씀드리자면 저는 전문적인 안내원은 되지 못하는 사람이었어요. 그도 그럴 것이 갑자기 금강산 직무를 배정받았고 다른 안내원들처럼 교육도 제대로 받은 게 없었으니까요. 물론 일종의 특혜였죠. 그래서 사실은 다른 금강산 코스에 대해서도 아는 게 별로 없었답니다. 오로지 구룡연 코스만 공부해서 안내원으로 나섰거든요. 나무꾼과 선녀, 그리고 금강산 팔선녀 설화 정도만 숙지하고 말입니다. 다른 이들보다 좀 나은 게 있다면 〈금강선녀〉를 저대로 연주할 수 있다는 것일 뿐.

나무꾼과 선녀 전설, 그리고 견우직녀 설화를 혼동한 건 순전히 그런 무지의 소산이었죠. 아마 두 이야기가 가진 공통점 때문에 그랬을 거예요. 나무꾼과 선녀에 나오는 선녀가 하늘에서는 베를 짜는 직녀이기도 했다는 점, 또 하늘에서 만난 나무꾼과 선녀는 두 개의 별이 되어 지금도 금강산 만물상 신선대 위에 떠 있다는 사실, 그래서 북쪽 인민들은 그 두 별과 견우직녀의 두 별을 실제로도 자주 혼동하는 편이랍니다.

이제 고백하자면, 제가 얘기한 전설의 오류에 대해 짚어주셨던 그때 중년 신사의 얘기는 전적으로 옳은 말씀이었어요. 하지만 저는 오류를 인정하고 싶지 않았죠. 직업적인 근성이랄까, 아니면 다른 건 몰라도 토론에서만큼은 남쪽 관광객들에게 지고 싶지 않다는 북쪽 인민들 특유의 오기가 발동한 것이겠지요. 그런 곤란한 상황에서 고맙게도 오라바이가 백기사로 나서주셨던 거예요. 남쪽에서 증권 용어로 자주 인용되는, 흰 옷을 입고 흰 말을 탄 멋진 기사로 말이에요.

저는 그때 비로소 노래를 부르고 있는 오라바이의 얼굴을 찬찬히 뜯어보았어요. 첫 인상이 어땠는지 그런 고백은 하지 않을래요. 제가 오라바이 얼굴이나 보고 마음에 품기 시작했다는 오해 따위는 받기 싫으니까요.

오라바이가 부른 노래는 북쪽에서는 거의 사라진 노래가 분명했어요. 유물론적 사고에도 부합되지 않을뿐더러 너무 애상적이며 한스런 곡조였기 때문인지 어쩐지는 잘 모르겠어요. 하지만 노래는 저를 구원해주기에 충분했죠. 무엇보다도 나무꾼과 선녀의 그 선녀가 직녀라는 사실을 분명하게 보여주는 오래전의 노래였으니까요. 그래서 아마 중년 신사 분도 긴가민가하는 가물거리는 표정으로 그만 자기 의견을 접으신 거겠죠.

오라바이, 그런데 말이에요.

왜 노래를 부르면서 한순간도 제게서 눈을 떼지 않았어요? 저 그때, 죽는 줄 알았단 말이에요. 그렇지만 오라바이가 제 눈을 똑바로 바라보면서 노래를 하는데 저라고 어찌 눈을 돌릴 수 있었겠어요?

저는 자존심을 걸고 눈싸움이라도 하듯 고집스럽게 버텼죠. 귓불이 조금 붉어지기는 했지만요. 눈싸움까지 남쪽 조장에게 질 수는 없다는 마지막 오기로요. 오라바이의 눈은 무명 솜에 기름을 발라 불을 붙인 화살촉처럼 이글이글 타올랐어요. 노래 2절이 다 끝날 때까지, 많은 관광객이 지켜보는 가운데 그런 불타는 눈동자를 견딘다는 게 얼마나 어려운지 아세요? 물론 지금은 다릅니다. 오라바이가 저를 만나서 다시 그런 눈으로 바라봐주지 않는다면 저 죽을지도 몰라요. 무슨 말인지 이해하시죠? 그때, 그리고 이후에도 매번 마찬가지였지만 정말이지 당신 눈길이 사무칠 만큼 그립답니다.

숙소로 돌아와서 저는 오라바이에 대한 신상 정보를 열어보았어요. 저희에게는 남쪽 모든 직원들에 대한 정보가 다 있었거든요. 이름과 사는 곳, 직책은 물론 심지어는 취미와 습관, 키와 몸무게를 비롯한 사진까지 모두 망라돼 있는 신상 명세서였죠. 오라바이의 고향은 저 남쪽 전주, 키 179센티미터, 몸무게 70킬로그램, 증권회사에서 근무하다가 현재의 회사로 자리를 옮겼고, 아버지는 방송사에 다니시고 어머니는 가정주부, 1979년생…….

오라바이 나이를 손꼽아 헤아려봤어요. 스물아홉이었으니까 저하고는 일곱 살 차이, 그게 한순간 덜컥 하고 무엇엔가 걸리는 느낌이 아주 없지는 않았다는 게 제 솔직한 심정이었습니다. 하지만 뭐, 어때요? 나이 차이가 나는 만큼 제게는 없는 어떤 것들이 오라바이에게는 있을 수 있었던 거잖아요. 여유나 배려, 어떤 통찰력 같은 것 말이에요. 그래서 그때쯤에는 이미 일곱 살 차이가 아니라 열일곱 살 차이라고 해도 아무런 상관도 하지 않았을지도 모릅니다.

무엇보다도 오라바이의 눈길이 제 시야에서 사라지지 않았어요. 어딘가를 걷고 있을 때도, 혼자 숙소에 멍하니 앉아 있을 때도, 그리고 잠을 잘 때도 불화살 같던 눈길은 늘 제 곁에 머무르고 있었어요. 여차하면 제 몸에 날아와 꽂힐 것처럼 말이죠. 아니, 그 정도라면 첫 번째 불화살 하나쯤은 이미 제 몸 어딘가에 꽂혀 있겠지요. 그리고 두 번째 화살이, 세 번째 불화살이 저를 잔뜩 노리고 있을 테고…….

남쪽의 숱한 남자들이 멀리 숨어서 저에게 그런 눈길을 보내긴 해도 면전에서까지 그렇게 쏘아보는 경우는 없었답니다. 어떤 상황에서나 오라바이는 절대로 비굴하지 않을 거라는 제 확신이 오라바이의 나이를 덮고, 남과 북의 경계까지 일거에 무너뜨린 셈이었습니다. 사랑에 빠진 한 여자가 핑계도 참 많죠?

이제 어쩌면 오라바이는 절대 알지 못할 얘기 하나를 들려드릴게요.

남쪽 저 바다에서 침몰한 세월호처럼, 제 무게중심은 이미 오라바이에게 기울어져 절대 회복하지 못할 단계였지만 저는 사실 오라바이에 대한 개인 정보들을 더 수집했답니다. 용서하세요. 그렇지만 아무리 제 마음이 스스로 어찌할 수 없는 지경까지 와 있더라도 알 건 알아야 하는 게 아니겠어요? 정보 수집 같은 건 어렵지 않은 일이었어요. 사람 한둘만 통하면 그 정도는 땅 짚고 헤엄치기에 다름 아니니까요.

처음 오라바이를 만나던 무렵까지 꼭 6개월 동안, 오라바이는 휴대폰을 이용해서 모두 1,723통의 전화를 주고받으셨더군요. 하루 열 번에도 조금 못 미치는 통화량이었어요. 그 대신 문자를 주고받은 횟수는 무려 세 배가 넘는 5,205통이나 됐어요. 직접 통화를 하기보다는 문자로 연락하는 걸 즐기는 요즘 세태와 무관하지 않았죠.

전화든 문자든 가장 자주 연락을 주고받았던 사람이 누구였는지 기억하실 수 있겠어요? 바로 '이쁜 미숙씨'라는 별칭을 가진 사람이었어요. 반년 동안 무려 전체의 10퍼센트가 넘는 714통의 통화와 문자를 주고받았으니 하루 평균 네 통에 이르는 수치였죠.

저는 상대가 누군지 처음에는 몹시 궁금했어요. 확인해보기도 전에 오라바이를 포기해야 하는 건 아닌가 하는 생각도 들 정도였답니다. 애인이 있는 건 아닐까? 그러다가 저는 아름답고美 맑게淑 되라는 주문에 다름 아닌 이름자가 우리들 엄마 세대의 이름이라는 사실에 착안했고, 그분이 바로 오라바이의 어머님이라는 사실을 이내 눈치 챘죠.

오라바이도 참…….

아니, 자기 엄마에게 도대체 '미숙씨'가 뭐예요? 당신 어머님도 그런 사실을 알고 계시나요? 알고도 뭐라고 하지 않으시던가요? 저는 웃음이 치밀어서 한참을 데굴데굴 구르면서 웃기까지 했어요. 우리 청진 지방에서는 아내가 남편을 지칭할 때 흔히 '나그네'라고 말하지만 그거야 충분히 일리가 있는 표현이기도 해요. 바깥양반이라는 표현과 크게 다르지는 않죠. 무심한 듯 느껴지는 말에 담긴 잔잔하면서도 애틋한 그리움, 그걸 이해한다면 말이에요. 그런데 오라바이 말고 누가 또 그런 애칭을 붙이고 있을지……

하여튼 저로서는 그 이상한 호칭이 그리 싫지는 않았다는 걸 말씀드리는 거랍니다. 전주에서 어머님을 처음 뵐 때 하마터면 '미숙씨'라고 부를 뻔했지만요. 그랬더라면 정말 큰일이 났겠지요?

휴대폰 통화 내역을 통해서 확인한 자료는 또 있었어요. 오라바이가 신용카드를 써서 물건을 구매한 액수들이었죠. 이를테면 몽골 항공권 구입비용으로 얼마, 종로구 피맛골 고등어 갈비와 식사값 얼마, 무슨 해괴한 이름의 바(Bar)에서 술값 얼마, 전주 삼겹살 식당에서 음식 값으로 얼마, 무슨무슨 슈퍼에서 또 얼마 그런 자료들 말입니다. 저는 그 이름들과 음식들을 떠올려보면서 정말이지 남쪽을 동경했어요. 아니, 정확하게는 오라바이가 들렀던 그 음식점들을 우리 함께 손을 잡고 다시 찾아보고 싶은 꿈을 꾸었을 거예요.

그렇다면 오라바이가 저를 만난 뒤, 그러니까 사나흘에 한 번씩 서울에 가게 되는 날에는 어디에 돈을 쓰셨는지 최근 자료까지도 열람해보았죠.

저 참, 못된 아이죠? 죄송해요. 핑계 같기는 하지만 모든 여자애들은 다 그런 편이랍니다. 어쨌든 저는 그 순간, 연달아 찍혀 있는 백화점 네 곳의 구매 상품 액수에 눈길이 머물렀습니다. 그게 무엇을 의미하는지 모를 정도로 아둔하지는 않았으니까요. 보나마나 저에게 주실 선물들을 구매하느라고 지불한 금액이었죠. 최초에 찍힌 백화점부터 마지막 백화점에서 카드를 찍은 시간까지는 무려 다섯 시간 이십 분, 세상에…… 그 중간에 식사라도 하면서 다니셨던 거예요? 오로지 제 선물만을 고르느라고 그러셨던 것이고요?

오라바이에 대한 신상 자료들을 받아서 확인한 그날은 때마침 7월 9일이었답니다. 그날 저녁의 일을 잊지 않으셨는지 모르겠네요. 그 일을 떠올릴 때마다 제 얼굴이 몹시도 화끈거리니까 우선 좀 진정을 해야겠어요. 후…….

아, 이런 경우에는 먼저 가장 중요한 사건을 제 스스로 발설하는 게 맘이 더 편할 것 같네요. 그래요. 그날 저녁 온정각 서관 앞에서 만났을 때 제가 제 입술로 당신의 입술을 막아버렸어요. 이제 기억하시나요? 오라바이가 하신 일이 아니고 제가 얼떨결에 저질러버리고 만 일…….

이 얘기만큼은 누구에게나 비밀로 해주셔야 해요. 후회 같은 건 정말이지 맹세코 눈곱만큼도 하지 않으니까 염려는 마시고요. 그러기에는 제가, 혹은 오라바이께서도 너무 많은 고생을 했고, 너무 오랫동안 서로 그리워하기만 했잖아요. 그 세월이 무려 7년 가까이나 된단 말이에요.

자작나무 흰 수피 옆에서 오라바이가 〈금강선녀〉 CD라며 작은 박스 하나를 건네주셨을 때, 저는 순간 그게 또 다른 선물 꾸러미인

걸 직감했습니다. 저는 당연히 기분이 좋았죠. 물론 다른 사람들이 보면 어떻게 하려고 그러느냐고 짐짓 화를 내는 척했지만요. 거듭 말씀드리지만 선물이 좋았던 건 아니었습니다. 선물을 핑계 삼아서 오라바이가 제 환심을 사려고 접근해주시는 게 좋았을 뿐이랍니다. 그리고 그날 낮에 제가 오라바이의 휴대폰 정보를 이미 확인하고, 선물은 필시 백화점에서 신용카드를 찍고 산 물건들일 것이라고 다 짐작하고 있는 처지였잖아요. 아마 그래서 더욱 주체할 수 없을 정도로 마음이 설레고 들떠 있었던 건 아니었는지 모르겠네요.

게다가 그때는 완전한 어둠이 내린 시각도 아니었고, 오라바이는 오라바이대로 문화회관에서 있었던 일에 대해 얘기를 꺼내려고 하셨어요. 뭔가 물어볼 게 있다고 했는데 그 묻는 말을 다 듣고, 대답하는 말까지 또 다 듣고, 사과의 뜻을 전하고, 괜찮다고 말해야 하고…… 그때는 정말이지 그럴 상황이 아니었어요. 그렇다고 제가 홱 돌아서서 도망칠 수도 없는 입장이었죠. 도망을 치다니요.

그 순간 저는 머릿속에 떠오르는 대로 아무런 망설임도 없이 눈을 질끈 감은 채 저지르고 말았답니다. 오라바이가 어찌 생각하든, 그냥 제 입술을 뾰족하게 내밀어 오라바이 입을 틀어막아버렸던 거죠. 그러고는 비로소 소녀 애들처럼 쑥스러워져서 걸음아 나 살려라 하고 내뺐던 것이고요.

밤이 오고, 밤이 깊어지고, 새벽이 올 때까지 저는 잠을 이루지 못했습니다. 제가 저지른 사소한 행동 하나가 일을 망쳐버렸다는 자책 때문이었죠. 오라바이가 나를 얼마나 가벼운 여자로 알까, 그런 걱정이 아주 많았답니다. 그러다가 동이 틀 무렵 해변 쪽에서 들려온 느닷없는 총성을 들었습니다. 새벽의 축축한 대기 속으로 발사된 총성이라서 그랬는지 그 소리는 마치 젖은 옷감을 쫘악 찢는 것처럼 들렸죠. 저는 그때 불현듯, 오라바이와 제 일이 망쳐진 정도가 아니라 아예 영영 끝나버리고 말았다는 느낌을 강하게 받으며 몸서리를 쳤답니다.

실제로도 꼭 그러했어요. 그날 새벽, 두 발의 젖은 총성은 정말이지 모든 걸 끝내버리고 말았습니다. 구룡대에 올라가서도 저는 저대를 연주하지 않았고 오라바이 역시 〈금강선녀〉를 부르지 않았지요. 하지만 새벽에 벌어졌던 엄청난 사건도 그 자체로는 저에게 별로 중요하지는 않게 여겨졌답니다. 여자들은 대부분 그래요. 너무 큰 건 제대로 이해를 못하는 존재들인가봐요. 다만 저는 오라바이와 제 사랑이, 두 발의 총성처럼, 두 가지 원인으로 일시에 끝나버렸다는 아찔한 절망감에 빠져들기 시작했죠.

도둑괭이처럼, 이건 제가 기분이 풀어져서 하는 표현이니까 이해해줘요. 오라바이가 제 숙소로 기어든 날, 저는 그래서 간이 떨어질 만큼 놀라기는 했어도 더없이 기뻤답니다. 모든 게 끝나버렸다고 믿고 있었던 그때, 오라바이라면 당연히 저를 찾아주셨어야 하죠.

아…….

그날 밤의 일들은 또 어디서부터 얘기를 꺼내야 좋을까요? 그래요. 다행스럽게도 오라바이는 저를 가벼이 여기시지는 않았던 것 같았어요. 왜 약속된 장소에 나타나지 않는지, 무슨 일이 생긴 건 아닌지 오히려 걱정해주셨지요. 저는 얼마나 다행스러웠는지 모릅니다. 그래서 때로 남자들은 좀 무디더라도 괜찮지 않을까 하는 생각도 들었답니다. 그런데 오라바이는 약속을 다시 환기시키고 나자 곧바로 돌아가려고 서둘렀습니다.

제가 그때, 축구 경기를 하다가 '11메타승부차넣기'에 대비하는 문지기처럼, 두 팔을 옆으로 들어 문을 가로막았잖아요? 그때는 오라바이가 정말이지 무슨 오해를 하신 게 분명해요. 말하자면, 제 숙소에서 자고 가라고 막았을 거라는 오해 말이에요. 저는 결코 그런 뜻으로 방문을 가로막은 건 아니었어요. 추호도 그런 뜻은 없었죠. 지금 방문을 나섰다가는 총에 맞아 죽는다고, 지금은 경비가 삼엄한 시간이니까 조금 기다려야 한다고 얘기할 참이었죠. 맹세코 실제로 그러했습니다. 이런…… 정말이지, 오라바이가 저를 어떻게 보실까요?

두 팔을 옆으로 들고 있었던 터라, 그리고 방 안에는 희미한 달빛만 뿌려지고 있었던 터라 저는 거의 무방비 상태였죠. 그 순간 오라바이가 크게 두 팔을 벌리더니 가새지르듯 저를 와락 껴안아버렸잖아요. 제가 축구에서 문지기 선수 자세였다면 오라바이는 유도 선수가 상대를 완전히 제압하는 그런 자세로 저를 껴안은 것이었죠. 그러니 제가 어떻게 몸을 옴짝달싹이라도 해보겠어요? 밖에서 혹시 누군가 들을세라 저는 소리를 지를 수도 없는 입장이었고요. 이런 게 다 운명이란 건가요? 어떤 식이 됐든 한 인간이 가진 힘으로는 거부할 수 없는 일을 당하는 경우에 그냥 그대로 순응하는 일,

이런 걸 두고 운명이라고 하는 건가요? 그럼 좋아요. 남들이야 뭐라고 하든지 그건 분명 제 운명이었어요.

오라바이는 제 앞에 무릎을 꿇고 말씀하셨어요. 가루약처럼, 물약처럼 제 몸속으로 스며들고 싶다고, 그렇게 하도록 명령해달라고…….

제가 그때 돼먹지 않게도 명령을 내렸나요? 오히려 제 간절했던 바람을, 명령이라는 그럴싸한 수사로 은근슬쩍 뭉뚱그리고 말았나요? 하지만 제가 그랬대서가 아니라 어쩌면 그렇게 비틀거나 눙치는 게 사랑의 기술일지도 몰라요. 헌데, 다른 때는 몰라도 그날 밤 오라바이에게는 영 그런 기술이 없어 보였는데, 아세요?

아, 오라바이가 제 몸 구석구석에 오라바이 이름을 쓰고 소유권을 표시해 놓은 낙서 얘긴 아니에요. 그건 남한테 자랑할 만한 얘기는 못된다고 하더라도 저 스스로 생각하기에는 괜찮은 기술이었거든요. 어디였던가, 다른 시대 다른 나라에서는 주홍 글씨라는 걸 몸에 달고 살아야 했던 여자도 있었다고 들었지만 제 이마에 새겨져 있을 '산서이마'…… 그게 부끄러웠던 적은 단 한 차례도 없었으니까요. 오히려 훈장처럼 여기고 지냈던 걸요, 뭐.

아니라는 건 이거에요. 제 몸속에 이미 들어와 있으면서도 오라바이는 거듭 물었죠. 수도 없이 저에게 물었어요. 산서가 지금 채하 몸속에 분명히 들어와 있는지 말해달라고…… 저는 대답하지 않았죠. 오라바이가 물어볼수록 저는 더욱 굳게 입을 다물었습니다. 바보 천치 같은 오라바이…….

어릴 때부터 오라바이는 개구쟁이였던 게 분명해요. 세상에, 그런 걸 말해달라고 채근하다니…….

그것뿐인 줄 아세요? 느낄 수 있느냐고 묻고, 느끼느냐고 묻고, 느껴지느냐고 또 묻고, 저는 민망하고 부끄럽고 창피했어요. 마지막으로 제 몸 가장 은밀한 곳에 뭐라고 낙서를 하나 새기더니 그게 무슨 글자였는지 아느냐고 묻고, 제대로 읽었느냐고 묻고, 다시 낙서를 새길 테니까 이번에는 답을 해달라고 조르고, 반복해서 또 낙서하더니 이제 비로소 읽었느냐고 끈질기게 또 묻고…… '백산서', 겨우 세 글자에 지나지 않았지만 도대체 대답할 수 없는, 대답할 엄두가 나지 않는 그런 질문을 끝없이 해대는 짓궂음이라니!

새벽이 가까워지고, 이윽고 오라바이가 제 숙소를 나가실 때에도 대답하기 민망한 얘기들을 마구 물었던 거 기억하세요? 헌데 오라바이가 막상 방문을 열고 밖으로 나가야 되는 상황이라서 민망함이나 부끄러움보다 걱정이 더 앞섰죠. 아세요? 그때는 정말 오라바이가 생사의 경계선에 아슬아슬하게 서 계신 거나 마찬가지였단 말이에요.

이 말은 문밖에 나서는 순간 죽음이 코앞에서 기다리고 있을 수도 있다는 뜻이었어요. 북쪽에서는 그때 예민해질 대로 예민해져 있어서 마구 총질을 할 태세였단 말이에요. 그런 절명의 위기라서 저는 몹시 불안했어요. 혹시라도 오라바이가 무엇엔가 도취된 나머지 숙소로 돌아가는 길에 한순간이나마 경솔해지는 건 아닌지 말이죠. 그런데 방문을 열고 나가기 직전 여전히 저를 으스러지게 껴안은 채 말씀하셨지요.

"사랑하고, 사랑하고, 또 사랑해요…… 이제 전 이 사랑을 지키기 위해 목숨을 걸 겁니다. 달리 말하자면, 채하 씨를 사랑하는 것만이 제 생명의 유일한 목적입니다. 앞으로 그걸 반드시 증명해드릴 게요. 그러라고, 반드시 그러라고 명령해줘요."

좀 전까지와는 다른, 좀 전에도 물론 마냥 장난스러웠던 건 아니지만 오라바이의 단호하고도 결연한 표정이 돋보였죠. 저를 위해서라도 생명을 소중하게 지키겠다는 뜻과 다를 게 없었습니다. 그래서 제가 오라바이 품속에서 희미하게나마 고개를 끄덕였던 것이고요. 아, 증명까지는 필요치 않답니다. 제가 믿으니까요.

오라바이, 지금 저는 달라져 있답니다. 그래요. 달라졌죠. 이제는 무엇을 물어보시든, 어떤 민망한 질문이든 오라바이가 듣고 싶어 하는 대답을 백 번 천 번이라도 다 들려드릴 수 있어요. 지금 이 순간에도 저는 그때 그 느낌을 하나도 잊지 않고 고스란히 잘 간직하고 있는 걸요. 이 순간 생전 처음으로 느껴보는 감정처럼…… 그래요. 기꺼이 원하시는 만큼 대답해드릴게요.

목숨이라는 말은, 명령이라는 말 따위는 차마 무서워서 입에 올리지도 못하겠어요. 오라바이, 그러니 제발, 제 곁으로 와줘요. 와주기만 하세요. 와서 오라바이가 원하는 제 대답을 들어줘요.

별을 보고 눕다

나는 지금 강변에 누워 있다. 누군가가 나를 총으로 쏴서 쓰러뜨린 직후였다. 머리맡에서는 무도한 살인자들처럼 입맛을 쩝쩝 다시면서 흘러가는 강물소리가 들린다. 내 기억이 틀림없다면 두만강 푸른 물이다. 아마도 내 발 한쪽은 강을 따라 흘러가다가 물가 풀섶에 걸린 종이배처럼 물에 닿아 있는 듯하다. 발뒤꿈치가 유난히 시리기 때문이다. 내가 강을 건너기 직전에 두 발의 총성이 울렸다. 내 몸 어딘가에 정확하게 명중한 듯한데, 나는 그게 어깨인지 허리인지 헤아려지지 않는다. 아니면 두 군데 다일 수도 있다.

다행이라면 내가 하늘을 보고 누워 있다는 사실이다. 그래서 별들은 이미 사라진 지 오래지만 나는 또렷하게 빛나는 두 개의 별을 바라볼 수 있다. 아마도 당신들은 보지 못할 것이다. 내 눈에만 보이는 별이기 때문이다.

죽음을 의식하고 또 죽음을 맞이하는 순간에 사람들은 두 개의 영상을 보는 법이라고 귀띔해주고 싶다. 내가 지금 꼭 그런 상황이니까 이 말은 믿어도 좋다. 하나는, 부싯돌을 딱딱 칠 때 일어나는 순간적인 불꽃만큼 짧은 순간에 한 개인이 살아온 모든 날들이 다 보인다는 사실이다. 나는 방금 전까지 그걸 보았다. 그래서 여태까지 내가 당신들에게 들려준 얘기가 바로 그것이기도 하다. 나머지 하나의 영상은 천국과 지옥에 대한 실체다. 이 모습은 아까 잠시 보였다가 지금은 사라지고 없다. 그러나 내 목숨이 끊어지기 직전에 다시 나타날 것이라고 믿는다. 천국과 지옥에 대한 얘기는 그때 하기로 하자. 아직 그 정도의 여유는 남아 있을 것 같다.

자갈로 이루어진 드넓은 강변에 발소리를 앞세우며 천천히 내 쪽으로 다가오는 인민군 병사 세 사람의 기척을 느낄 수 있다. 아, 또 북한군 병사 셋이라니…….

어쨌든 좋다. 얘기를 마저 다 해야 하지 않겠는가. 이승에서 나에게 남은 시간은 4초가량 될까? 길면 5초? 아마 그쯤일 것이다. 하지만 염려하지 않아도 된다. 앞에서도 내 평생의 날들을 찰나에 반복해서 봤다고 했지만, 죽어가는 시간은 생시와는 다르다. 그래서 5초라면 아주 긴 시간이다.

협동농장 보리밭에 몸을 던진 다음 다시 일어서자 낮은 산이 앞을 가로막았다. 매바위북산…… 수용소 4년 세월에 언제나 눈을 들어 건너다보던 산이었다. 수성교화소에서 탈출하는 사람들이라면 반드시 넘어야 할 산이기도 했다. 나는 그 세월 동안 산자락에 몸을 숨긴 채 탈출하는 모습을 하루에도 몇 번씩 그려보았는지 모른다.

산은 민둥산이었다. 하지만 전에 가보았던 몽골 초원의 그런 둥그스름하고 매끈한 민둥산과는 달랐다. 발부리를 낚아채는 나무 그루터기가 적지 않았고 맹감나무 같은 가시 넝쿨도 사방에서 나를 붙들었다. 겁먹은 노루나 토끼가 죽자 사자 도망치다가 산등성이에 이르러서야 비로소 고개를 돌려 뒤를 돌아보듯 나는 매바위북산 고갯마루에 당도하자 내가 지나온 저 아래 평지 쪽을 마지막이라는 생각으로 내려다보았다. 횃불 작업은 여전히 계속되고 있었고, 수용소는 어두운 불빛 가운데 교활하면서도 음침하게 보였다. 회한이 없을 리 없었다. 그렇더라도 한 푼 가치도 없을 회한 따위에 잠길 수는 없는 노릇이었다.

비록 죽을지언정, 다시 오지는 않는다!

돌아서면서 나는 나 자신에게 일부러 다짐을 시켰다. 지금껏 살아오는 동안, 그곳이 어떤 곳이든, 나는 그런 식으로 다짐하는 성격은 아니었다. 이를테면 군대만 해도 그랬다. 복무를 마치고 떠나는 선임병들은 무슨 의무감에 사로잡힌 것마냥 한 마디씩 꼭 내뱉곤 한다. 이쪽을 향해서는 오줌도 누지 않겠다고…… 그러고 보면 4년 세월은 내 성격도 바꾸어놓았는지 모르겠다. 언젠가 남북이 통일되고, 어느 꽃피는 봄날이 오면 림채하와 나는 아이들의 손을 잡고 다시 이곳을 찾고 싶어질 텐데 말이다. 어디 꽃피는 봄날뿐이랴. 더군다나 내 처갓집 동네 청진이라서 오지 않을 수도 없지 않은가? 물론 일곱이나 여덟 명쯤 되는 모든 아이들의 손을 다 잡아줄 수는 없을 것이다. 큰 아이들은 그냥 걷게 하고 작은 아이들은 서로 손을 잡게 하고 그보다 어린 새끼들은 등에 업거나 품에 안는 수밖에…… 그래도 어느 한쪽 손만큼은 남겨두어서, 풀어지지 않을 만큼 굳게 깍지를 낀 채, 림채하의 손을 맞잡고 있을 작정이다.

회한에 빠지지 않으려고 했는데 회한 대신 가슴을 벅차게 만드는 상상이 밀려왔다. 달고도 시디신 침이 입안에 가득 고이는 상상이었다. 나는 농익은 과일 같은 그 향기로운 상상으로 힘을 얻어 걸음을 재촉했다. 목이 마르거나 배가 고파오고, 다리에 힘이 풀리고, 또 지치게 될 때면 언제나 맘껏 꺼내서 쓸 수 있는 특효 단방약이 바로 그것이었다.

지치지도 않은 채로 나는 함경북도 부령군의 장흥, 형제를 지났으며 부령역 직전에 방향을 틀어 서쪽 무산군 지역으로 들어섰다. 지치지 않아도, 목이 마르지는 않아도 내가 얼마든지 꺼내 쓰더라도 고갈되지 않는 단방약을 나는 거듭거듭 아끼지 않고 수도 없이 복용하곤 했다. 때로는 더할 나위 없이 외설적인 상상도 내 발걸음을 가볍게 하는 데 아주 유용했다는 사실까지 고백하고 싶다. 당신들도 혹시 먼 길을 떠나게 되는 날이 온다면 내 방식을 차용하는 게 썩 좋을 것이리라. 하지만 내 외설적인 상상까지 빌려줄 수는 없다. 당신들은 당신들만의 상상을 하면 된다. 맘껏, 자유스럽게 상상해 보기를 권할 뿐이다.

두세 번째 외설적인 상상의 힘으로 나는 마양저수지를 거쳐 동사와 차유리, 그리고 풍산리를 지났다. 하지만 풍산리를 빠져나올 무렵에는 아주 거칠고 오랜 섹스라도 치른 듯 모든 힘이 소진되고 말았다. 아마도 4년 전 그때의 악몽이 내 의지와는 상관없이 상상의 틈새를 비집고 되살아난 때문이었을 것이다. 개수작 부리지 말라우야!

악몽은 항상 그렇다. 어떤 견고한 돌담 성채도 무너뜨리고 상상의 군사들까지 무장해제 시키고 만다. 우선 내 다리에 힘이 풀려버렸다. 할 수 없이 마음이 급한데도 불구하고 길 옆 계곡으로 들어갔다. 몸에서는 야생동물들처럼 땀 냄새가 진동했기 때문에 어차피 좀 씻어야 했다. 냄새로 인해 멀리서도 내 잠행을 알아챌 수 있었다. 이제 절기가 한여름으로 접어들고 있는데도 물은 얼음처럼 차가웠다. 이 물이 흘러서 일단은 마양저수지로 가고, 거기서 청진을 거쳐 동해안으로 빠지는 하천이 바로 수성천이다. 난핑촌에서 수없이 들여다본 지도에는 그렇게 표기돼 있었다.

이제 막 잠에서 깨어났는지 계곡 바로 위쪽에서 꾀꼬리의 노랫소리가 들려왔다. 조금은 신경질적인 목소리였다. 꾀꼬리가 노래를 잘한다는 사실은 난핑촌에서 류 씨 아저씨를 통해 알게 됐다. 새들은 보통 단 하나의 음정으로 운다. 두견새 같으면 매번 정확하게 네 음절로 울 뿐이다. 소쩍새는 조금 나은 편이어서 두 음절이나 세 음절로 번갈아 울기도 한다. 그런데 꾀꼬리는 자기 노래를 적어도 세 가지 형태로 변주한다고 했다. 그런데 지금은 끝을 날카롭게 올렸다가 급히 내리면서 운다. 심사가 뒤틀려 있는 게 분명했다. 녀석의 노래가 신경질적인 이유는 내가 다 안다. 유월 하순까지도 울고 있는 놈들은 아직 짝을 구하지 못했거나 헤어진 경우다. 나는 헤어지지도 않았고, 짝을 구하지 못한 것도 아니다. 그건 의심할 여지가 없다.

아주 어렴풋이 동이 트는 듯했고, 내 마음은 조급해졌다. 하늘을 올려다보니 잔별들이 하나둘 사라져가고 보이지 않았다. 하지만 내 맘속에서 늘 꺼지지 않았던 두 별만큼은 여전히 또렷했다. 그 두 별이 가장 마지막까지 남아 있곤 한다는 사실을 나는 잘 알고 있다. 그래서 북쪽을 향해 걸어오는 내내 북극성을 쳐다볼 필요는 없었다. 내 길잡이가 돼주었던 별은 오직 하나, 직녀성이었다.

오래 전, 그러나 바로 어제 일처럼 생생한 기억 하나가 새롭게 내 외설적인 상상을 불러일으켰다. 한바탕 거친 회오리가 림채하와 나를 혼이 쏙 빠질 정도로 어지럽게 만들고 사라진 직후, 림채하는 보료에 얼굴을 묻고 가만히 엎드려 있었다. 물어보나마나 내 눈을 마주치기가 부끄러워서 그랬을 것이다. 내 눈을 악착스럽게 피하고 있었으니까…… 나는 결코 부끄럽지 않았다. 하지만 별수 없이 나도 그녀와 몸을 포개 엎드렸다. 그런데 이상하게도 우리 둘의 몸 사이로 자꾸만 빈틈이 생기는 느낌이 들었다. 그래서 끝없이 비비적대며 어느 한 군데도 틈을 만들지 않으려고 애를 써야 했다.

"무시기, 함두?"

그녀가 내 귓전에 대고 들릴락 말락 물었다. 내가 묻는 말에 여간해서는 답을 주지 않았지만 묻는 말조차 갈증을 해소해주는 감로수처럼 한없이 달콤했다.

"어디 혹시, 빈틈이 있나 해서요. 어디 그런 곳 느껴져요?"

"……."

나는 그 상상으로 소록과 주초, 강선리를 거쳐 창렬까지 올 수 있었다. 사람들은 막연하게 사랑의 힘이라는 표현을 즐겨 쓰지만 그때의 힘은 대부분 상상의 힘일 경우가 많다는 사실을 그때 알았다. 물론 커다란 사랑이 전제돼 있을 때만 가능한 일이다.

창렬은 무산읍 남쪽 경계에 있는 마을이다. 내 고향으로 치면 전주 인근 상관 같은 곳이고, 난핑촌에서도 보이는 마을이었다. 창렬리에서도 나는 난핑촌을 두 눈 부릅뜨고 바라보았다. 높이 솟은 굴뚝들이 정겨웠다. 그곳까지 간 이상 내가 무산읍으로 들어설 필요는 없었다. 나는 무산의 동북쪽 인근 마을인 삼봉리로 향하는 지름길을 잡았다.

삼봉리와 칠성리는 이웃 마을이다. 이제 정말이지 난핑촌은 넘어지면 코 닿을 거리까지 가까워졌다. 속담처럼, 넘어져서라도 난핑촌에 닿았으면 하는 마음이 간절했다. 하지만 아침이 밝아 있었다. 그냥 아침이 아니라 해는 이미 중천까지 떠올랐다. 나도 모르는 사이, 내 운명의 방향타가 바뀌던 시각이었다. 물론 내가 그새 한눈을 판 건 아니다. 그래서 운명이라고 말하는 것이다. 아…….

삼봉리로 향하는 작은 밭둑길을 걸어가고 있을 때였다. 저 앞쪽으로 인민군 병사 다섯이 내 쪽을 향해 오고 있었다. 심심하고 무료한 듯, 그들은 길가 돌멩이도 걷어차고 강아지풀 줄기를 뽑기도 하면서 인민학교 학생들처럼 걸어왔다. 어쩌면 심심했던 게 아니라 뭔가 분풀이 대상을 찾고 있었는지도 모르겠다. 하여튼 나는 그냥 태연하게 지나쳐야 할지, 아니면 밭으로 들어가 농부처럼 행세해야 할지 잠시 망설였다. 몸을 숨기기에는 이미 늦은 듯했다. 그중 한 병사만큼은 해찰하지 않고 계속 앞만 바라보면서 걸어왔기 때문이었다. 나는 밭둑길을 따라 조금 더 가서 거기 콩밭으로 들어갔다.

"동무래, 게서 뭐 함메?"

맨 뒤에 서서 걷던 병사가 큰 소리로 물었다. 오래전 청진으로 잠입할 때 기차를 타고 가면서 손을 들어주던 림채하와 내가 떨어진 꼭 그만큼의 거리였을 것이다. 나는 들은 체도 않고 허리를 숙여 거기 밭두렁에 나 있는 독새풀 한 주먹을 쥐어뜯었다. 그러고는 병사들 쪽으로는 고개를 돌리지도 않은 채 손에 쥔 잡초를 그들이 보이도록 슬쩍 들어올렸다. 병사들은 그때 제 갈 길을 그냥 갔어야 했다.

"동무래, 무시르 말으 아니 듣네?"

"김매기를 하고 있습니다. 바라구도 우북하고 독새풀도……."

대답을 해놓고 나는 머리를 땅에 부딪치고 싶어졌다. 서울 말씨에다가, 그것도 부족해서 내 어머니가 부르던 전주의 잡초 이름들이 그대로 튀어나와버린 것이다. 산에서 낚싯대를 들고 내려오는 사람, 부지불식간에 이북 사투리를 쓰는 사람…… 그런 사람들을 만나면 신고해야 한다고 초등학교 시절에 배워놓고는 내가 그만 똑같은 실수를 저지른 셈이었다.

"무시기라 했나?"

한 인간에게 닥치는 절체절명의 순간이란 우리가 영화에서 보듯이 매번 극적으로 다가오는 건 아니다. 아주 사소하거나 싱겁기 짝이 없을 때가 오히려 더 많은 법이다. 오래 살아보지는 않았다고 하더라도 일생을 마감해야 하는 처지에서 들려주는 말이니까 이 말 역시 귀담아 들어도 괜찮을 것이다. 장렬하게 최후를 맞이하고 어쩌고 하는 건 우리 같은 범인에게는 해당되지 않을지도 모른다. 왜 죽는지도 모르는 채 죽는 경우도 허다한 것이다.

병사들이 가던 길을 놔두고 내 쪽으로 방향을 바꾸는 게 보였다. 또 잡힐 수는 없었다. 그래서 나는 그 순간 기꺼이 죽을 작정을 했다. 림채하에게 다짐했던 말이 떠오르기도 했다. 목숨을 다해서 사랑하리라는 것을 언젠가는 반드시 증명해 보이겠다고 했던 말…… 그래서 죽음을 선택하기로 한 게 기껍다고 표현했다.

뒤도 돌아보지 않고 나는 냅다 뛰었다. 칠성리까지는 2킬로미터가 조금 넘을까? 강을 건너 난핑촌까지 쉬지 않고 달려도 기껏 3천 미터였다. 내 목숨이 3천 미터에 달려 있었다. 걸음아, 날 살려라…… 나는 실제로 머릿속에 그런 주문을 되뇌며 달렸다.

림채하는 지금쯤 무엇을 하고 있을까? 내 고향집 대청에서도 바라보이는 그 복사꽃을 혹시 찾아낸 건 아닐까? 내가 번갯불에 콩을 볶아 먹겠다고 나섰을 때 나 대신 타죽은 버드나무 밑동도 확인했을까? 림채하가 혹시 우리 집에서 단 하루라도 묵어갔다면 어머니는 그녀에게 어느 방을 내주셨을까? 내가 아버지의 시집 속에 감춰두었던 손수건과 그 엉뚱한 서류 한 장은 어찌 됐을까? 또, 채하 어머님은? 나는 그걸 확인하기 위해 죽자 사자 뛰어가는 중이었다.

내 걸음을 따라잡지 못하는 병사들이 비겁하게 총을 난사하기 시작했다. 총이 두렵지는 않았다. 그렇게 마구 쏴댄다고 해서 잘 맞지도 않는다는 사실을 이미 알고 있었다. 그렇다고 죽음이 두려운 것도 아니었다. 내가 두려워하는 건 오직 하나뿐, 복사꽃과 버드나무와 손수건과 서류 한 장까지 림채하가 다 봤는지, 그걸 그녀에게 직접 물어볼 수 없는 상황이었다. 제발, 그런 일만큼은 생기지 않기를 나는 하늘에 대고 빌고 또 빌었다. 그게 결국은 목숨을 살려달라는 것과 다를 바 없는 기도였을까? 그래서 하늘을 끝내 속일 수는 없었고, 하늘이 값싼 내 기도를 들어주지 않은 걸까?

채하야, 너뿐이구나. 그러니 너를 향해 달려가는, 나에게 힘을 다오…….

칠성리 쪽 강변에 이르자 빨래를 하는 여성이 셋, 물을 퍼 담고 있는 북한군 초소 경비대 소속의 병사 셋이 눈에 띄었다. 아마 그들 중에는 내가 난핑촌에 거주하고 있을 때 내 도움을 받았던 병사도 있었을지 모르겠다. 국수 한 그릇이든 라면 하나든…….

나는 그들 무리로부터 백 미터쯤 떨어진 상류를 겨냥하고 도강할 작정으로 강둑을 내려섰다. 그런데 그때 두 번째 불길한 운수가 내 발목을 붙들었다. 정확하게 왼쪽 발목 부위, 강둑을 내려서는 순간에 그 발목이 그만 겹질려버린 것이다. 지금 돌이켜보니 내 발뒤꿈치가 몹시 시리게 느껴지는 건 물속에 잠겨 있기 때문이 아니라 겹질린 데 원인이 있는 건지도 모르겠다.

이런, 젠장!

저 아래쪽 병사들에게도 들릴 만큼 내 비명소리는 컸다. 아마 분통이 그렇게 터졌을 것이다. 억울한 심사로는 마구 욕이라도 하고 싶었다. 하늘이 원망스럽기도 했다. 목숨을 구해주기는커녕 훼방을 놓고 있는 게 분명했다.

절뚝거리면서 나는 자갈로 뒤덮인 강변을 달렸다. 마음만 다급할 뿐, 남은 오른발로 왼발을 끌고 가는 걸음에 지나지 않았다. 그렇더라도 언젠가 난핑촌에서 목격했던 한 탈북자의 모습이 나에게 터무니없는 안도감을 주었다. 그냥 태평스럽게 국경과는 아무런 상관도 없는 이웃 마을을 가듯 강을 건너던…….

철커덕!

노리쇠를 당기는 아주 기분 나쁜 소리가 내 가슴에서 들렸다. 자갈밭은 절뚝거리면서 걷기에는 너무 방자하고 오만불손하게 여겨졌다. 그래도 나는 포기하지 않았다. 만약 내가 포기하려고 들면 인민군이 아니라 림채하가 먼저 나를 죽이려고 덤빌 것 같았다.

난핑촌 쪽의 강변 둑에는 내가 뛰기 시작했을 때부터 들려온 총성을 듣고 나온 주민들 십여 명이 이쪽을 바라보고 서 있는 게 눈에 띄었다. 그들은 이제 곧 사람이 죽어가는 광경을 목격할 것이라는 어떤 호기심과 기대감에 차 있는 것도 같았다. 나는 그때 분명히 류 씨 아저씨를 보았다고 믿는다. 물론 류 씨 아저씨는 나라는 존재를 확인하지는 못한 듯했다.

“쏘지 말라우야! 기건 아이 됨다!”

그쪽에서 누군가가 외치는 소리가, 이번에도 내 가슴에서 들렸다. 그렇게 외친 이가 류 씨 아저씨였을 것이라고 나는 또한 믿는다.

탕! 탕!

두 발의 총성이 울린 건 바로 그때였다. 나는 그것이 나하고는 아무런 상관도 없는 총성으로 들었다. 하지만 내가 여러 차례 강조했던 것처럼 세상에 상관없는 일은 그 어디에도 없다. 상관이 없지 않다. 상관은 있…….

쓰러지면서 나는 자갈밭에 누웠다. 누울 수 있었던 게 천만다행이다. 나는 그걸로 축복을 받았다고 믿기로 했다. 그때 내 두 눈에 두 개의 별이 보이기 시작했다.

견우와 직녀, 아니 직녀와 견우는 아주 사실적이고도 역동적으로 보인다. 그저 그런 별이 아니라 명확한 사람의 모습이다. 견우는 소를 잡아채고, 저 북쪽 강변의 직녀는 가만히 서서 멀어지는 견우를 응시하고 있다. 눈에는 눈물이 그렁그렁하지만 서럽고도 한스런 표정은 이상스럽게도 눈썹에만 매달려 있는 듯하다. 눈물 가득 담고서 사물을 바라보면 더욱 서러워지는 법인데…… 나는 그 점이 안타깝기만 하다.

"발써 뒈졌습두?"

나를 향해 다가오는 인민군 병사들의 목소리가 들린다. 그래, 이제 멀지 않았다. 길어야 1초? 나는 그들에게 친절을 베풀고 싶지만 말이 되어 나오지는 않는다.

그때 내 눈앞에 어떤 환영이 보이기 시작했다. 처음 그것은 망망한 큰길 가운데 덜렁 세워져 있는 좁은 문이었고, 문 앞을 지키고

서 있는 소와 말 머리 형상의 저승 나찰들이었다. 펄펄 살아서 심장이 마구 뛰던 시절처럼, 소름이 훅 끼쳤다.

지옥으로 가는 건가?

나는 처음에는 그렇게 오해했다. 하지만 나찰들은 스르르 녹아내리기 시작하고 그 대신 다른 무엇이 이내 형상을 갖추는 게 보인다. 나는 그 마지막 모습을 놓치지 않게 해달라고 기원하면서 눈을 부릅떴다. 그리고 순간 깨달았다.

저승에 천국과 지옥은 따로 없다. 다만, 죽는 순간에 본인 스스로 제 눈에 그리는 것을 천국과 지옥으로 혼동할 뿐이다. 나처럼 죽음이 불과 몇 초밖에 남지 않은 인간들은 찰나에 자신의 평생을 되돌아볼 수밖에 없다. 그때 망막에 그려지는 풍경을 지옥이나 천국으로 인식하는 것이다. 굳이 예를 들자면, 흉측한 살인자들은 죽어가면서 반드시 살인의 과정을 반복 재생하는 영상이거나 온갖 끔찍한 형벌을 받는 장면을 떠올리게 된다. 그게 바로 지옥이라는 얘기다. 그러니 인간들은 자신이 꾸려왔던 생애 자체로 저승에 없는 천국과 지옥을 만들고 또 선택한다고 얘기할 수 있다.

혹시 우리 속설에 등장하는 염라대왕의 거울 얘기가 도움이 될지도 모르겠다. 거울 앞에 서면 한 인간이 살아온 과거가 낱낱이 비치게 되는데 그 모습을 염라대왕이 살피면서 형벌을 결정한다고 하지 않던가! 내가 지금 목격하고 있는 세계는 얼추 그런 속설과 비슷하다. 단지 염라대왕도, 지옥도, 거울도 없고 오로지 인간 스스로 자신의 생애를 반추하다가 가장 특징적인 한 장면을 담아 저승으로 갈 뿐이다.

비록 혼동에 지나지 않는 세계일망정, 나는 천국행을 택했다. 새롭게 모습을 드러낸 형상이 무엇인지 짐작하시겠는가? 좁은 문 앞에 서서 두 팔을 옆으로 나란히 들어 올린 채 나를 기다리는 림채하의 모습이다. 언젠가 어떤 현실의 문 앞에서 그녀가 실제로 꼭 그렇게 취했던 자세처럼 말이다 아마 그보다 더 찬란한 천국은 나에게 없을 것이다. 왜, 있잖은가. 가새지르기 포옹이라는 거…….

나는 내가 태어났던 견우별이 아니라 직녀별로 돌아간다는 강렬한 느낌으로 크게 전율했다. 어쩌면 그 전율은 내가 지상에서 뱉어낸 마지막 호흡에 지나지 않았는지도 모르겠다. 하여튼 직녀별 쪽으로 향한다는 건 내가 바라기도 했던 경사스런 일이 분명하다. 내가 가야 할 별은 직녀별말고는 없다고 수없이, 수도 없이 다짐하곤 했으니까.

있는 힘을 다해서 나는 림채하에게 다가간다. 그런데 몹시 아쉬운 건 그녀의 표정에서는 어떤 감정도 읽어낼 수 없다는 점이다. 기쁜 건지, 아니면 슬퍼하는 건지 그것조차 헤아릴 길이 없다.

할 수 없이 림채하의 기색을 살피는 일을 포기하고 무방비로 서 있는 그녀의 어깨 위로 오른손을, 그리고 반대편 그녀의 팔 아래로 왼손을 밀어 넣어 거의 완벽하게 껴안는 데 성공한다. 나는 그 순간 이미 직녀별로 들어섰다는 걸 알아차린다. 껴안고 있는 림채하와 나 사이에 남은 빈틈이라곤 이제 어느 한 군데도 없는 것처럼 느껴진다. 완전한 포옹인 셈이다. 그래도 갈증에 헐떡거리는 사람처럼 몹시도 묻고 싶어진다.

채하야, 우리 사이에 어디 혹시, 빈틈은 없는 거지?

검은 은하수 저편

오라바이, 오라바이 당신…….

오라바이라는 함경도 사투리는 아직도 고쳐지지 않습니다. 호칭에는 아마도 그런 속성이 있는가봅니다. 한 번 오라바이로 부르기 시작하면 영원히 오라바이로 고착되고, 여간해서는 바꾸기가 어려워지죠. 물론 호칭을 고치고 싶은 마음은 없답니다. 그리고 이제 와서 굳이 다르게 바꿔본들 무슨 의미가 있겠어요?

어제 회장님의 연락을 받고 달려가 오라바이를 고이 모셔왔습니다. 후지이 미나는 무슨 일인지 궁금해하면서 함께 가겠다고 했지만 전 정중하게 뿌리쳤죠. 참 착한 아이랍니다. 우리가 출연하는 드라마는 아직 끝나지 않았어요. 시청률이 높게 나타나고 있다고 방송사에서는 저에 대한 대접이 아주 융숭하답니다. 하지만 그게 다

무슨 소용인가요?

회장님과 저는 서로를 붙들고 울었답니다. 하지만 이렇게나마 제 곁으로 돌아와줘서 고마워요. 오라바이 당신, 참으로 먼 길을 돌아 저에게 끝내 와주셨네요.

저하고 새롭게 다시 만나서 첫날밤을 보낸 곳이 어디인지 기억하시겠어요? 그래요. 오피스텔이었어요. 오라바이의 집이기도 했고 제 집이기도 한 곳이죠. 작은 상자 안에 담겨 돌아온 오라바이를 껴안고 저는 침대에서 함께 잠이 들었답니다. 그런데도 오라바이가 거칠고 차디찬 얼음 위에서 몸을 말고 주무시는 꿈을 꾸고는 화들짝 놀라 일어났어요. 오라바이는 아무런 말씀도 없었지만 오피스텔에서 주무시는 잠이 아마 편안치 않으신가보다 하고 새벽에 서둘러 그곳을 빠져나왔지요.

승용차를 운전하면서 전주로 내려오는 길에는 비가 살짝 뿌렸습니다. 턱없이 적은 양이었어요. 구룡연에서 폭포가 쏟아지듯 해도 모자랄 극심한 가뭄인데 말입니다. 이미 모내기를 끝낸 논에서는 벼가 말라죽고, 논바닥이 쩍쩍 갈라진 게 보였어요. 언론에서는 단군 이래 최대 가뭄이라고 표현하기도 한답니다. 그러니 사정을 짐작하시겠죠? 제 가슴도 그렇게 메마르거나 거북등처럼 이리저리 갈라지는 느낌이었죠.

제가 오라바이를 품에 안고 집으로 들어서는 모습을 보자마자 어머님께서는 기함을 하고 넘어지셨어요. 그렇지 않아도 마른 수숫대처럼 여위시던 어머님이 걱정입니다. 오라바이를 주춧돌 앞에 잠시 내려놓고 어머님을 안아 일으키는데 정말이지 저는 깜짝 놀라고 말았습니다. 그냥 부축하려고만 했는데 어머님이 제 두 팔에도 쉽게 들리시는 거였어요. 그래서 저는 어머님을 안아 방으로 모셨죠. 세상에…… 여자인 제 힘으로도 번쩍 들릴 만큼 연약해지신 거죠. 저는 그 때문에 다시 울었습니다. 오라바이를 고이 보내드릴 때까지 결코 울지 않으려고 작정했었는데요.

물을 떠서 입안에 흘려 넣어드리고 냉수로 찜질을 하자 어머님은 다시 정신을 차리긴 하셨습니다. 하지만 양쪽 눈 꼬리로 하염없이 눈물을 흘리셨어요. 닦고 또 닦아내도 쉴 새가 없었죠. 어디에 그 많은 눈물이 고여 있는지 알다가도 모를 일이었습니다. 그런데 어느 저수지인가 그곳의 눈물이 다 고갈되자 이제는 눈물 없이 마냥 울고 계시던데 그 모습은 더욱 대하기가 어려웠답니다. 저는 죄책감으로 내내 몸부림을 치고 있었고요.

어머님을 병원으로 모시지 못하는 일은 더욱 죄스러웠답니다. 메르스(MERS)라고, 오라바이도 혹시 들어보셨는지 모르겠습니다. 사우디아라비아에서 처음 발병했다고 해서 중동 낙타독감이라는 별명으로도 불리는 호흡기증후군인데 그게 난데없이 우리 한국에서 창궐하기 시작했어요.

전국의 유치원과 초등학교는 휴업에 들어가고, 국제 행사를 비롯한 지역의 작은 행사들도 무더기로 연기하거나 취소됐어요. 세계 각국은 한국으로의 여행을 자제하라고 목소리를 높입니다. 물론 우리 한옥마을도 유월의 시작과 함께 텅텅 비었답니다. 그런데 메르스는 병원 응급실 환자들을 통해서 급속도로 퍼져나갔기 때문에 사람들은 병원을 가는 게 곧 메르스에 감염되는 거라고 믿기 시작했어요. 그래서 어머님을 병원에 모실 수가 없었던 거죠. 죄송해요, 오라바이.

국민들은 극도의 공포감에 시달리고 있답니다. 우울하고 맥 빠지는 괴담으로 사람들은 정보를 교환할 뿐이죠. 정부 발표는 아예 곧이듣지 않는 거예요. 그도 그럴 것이, 메르스 초기에 보건당국에서는 감염 예방조치로 익히지 않은 낙타 고기나 멸균되지 않은 생 낙타유를 먹지 말라고 했답니다. 시쳇말처럼, 먹고 죽고 싶어도 구경하기조차 힘든 것들을 말이죠.

길을 지나던 할머니 두 분이 나누는 얘기를 들은 적이 있습니다. 참 안됐다고, 대통령은 잘하려고 하는데 하늘이 도와주지 않는다고…… 그렇지만 그건 할머니들 말씀이고 대부분의 국민들은 노골적으로 분통을 터뜨렸답니다.

"채하야, 지난 2003년 중국에서 시작된 사스(SARS)를 너도 기억하니? 새 대통령이 취임하던 해 여름이었는데 전 세계가 난리였단다. 사스는 그때 터럭 하나 건드리지 않고 한국을 비켜갔는데…… 가까운 중국 감기도 아니고, 멀리 사우디 낙타 감기에 이게 도대체 뭔 꼴이더냐?"

"저희 북조선에서도 사스는 맥을 추지 못했어요, 어머님."

"그래. 국민들이 불쌍하다. 담배 피우는 작자들은 빈추리들뿐이고…… 국민 건강을 위한답시고 연초부터 담배 값을 거의 두 배나

올렸을 때부터 알아봤다. 입에다가 국민건강을 달고 사는 치들이 낙타 감기 하나도 다스리지 못하니, 이건 분명히 속 다르고 겉 다르지 싶다. 헌데 담뱃값을 그렇게 올리는데도 불구하고 꿀 먹은 벙어리처럼 항의시위 한 번 안 하는 사람들은 또 뭐냐?"

"아, 네."

어머님께서 하셨던 말씀이 그랬어요. 하늘이 대통령을 도와주지 않는다고 안타까워했던 할머니들 말씀에 동조하는 뜻이었을까요? 그렇다면 하늘은 어떤 사람들은 돕고, 또 어떤 사람에게는 도움의 손길을 외면하는 걸까요? 저는 하늘이 스스로 돕는 자를 돕는다고 배웠는데…… 아, 모르겠어요.

"내일은 제가 혼자 오라바이를 모시고 절에 가서 재를 올리겠습니다."

"……."

"여기 승암사 주지스님께 미리 상의를 드렸으니까 걱정하지 마세요."

어머님께서는 자리에 누우신 채로 가타부타 아무런 말씀도 없으셨어요. 제가 일부러 쾌활한 목소리를 내서 그러셨을까요? 저는 그때 문득 북쪽 제 부모님을 떠올렸습니다. 오라바이, 혹시라도 거기서 제 부모를 만나보셨나요? 그분들은 어떠셨나요? 오라바이에게 국밥 한 그릇이라도 끓여주시던가요? 오라바이를 문전에서 박대하지는 않으시던가요? 만약 그분들이 그랬다면, 저는 다시는 그분들을 되찾지 않을 겁니다. 정말이에요.

밤이 되어 제 방으로 돌아온 저는 오라바이 앞에 가만히 앉았습니다. 그러자 우리 둘이 서로 마주앉아 있는 듯 감회가 새로워졌어요. 오래전, 오라바이가 제 숙소를 찾아오셨던 날은 깜깜해서 거의 보이지 않았는데 밝은 불빛 아래서 마주 대하니 비로소 연인 같기도 하고 부부 같기도 한 뻐근한 감동이 밀려옵니다. 늘 제가 그려왔던 일상의 풍경이 바로 이런 것이기도 했는데…….

아랫목이 따로 있는 건 아니지만 오라바이를 아랫목이라고 할 수 있는 안쪽으로 다시 모실게요. 자, 이제 절을 받으세요.

성혼선언서…….

기억하세요? 제가 거기 서명을 해놓은 걸 보여드릴게요. 하도 펼쳐보고, 또 부주의하게 눈물을 흘리기도 해서 종이가 이미 많이 해졌어요. 그래도 글씨들은 여전히 선명하게 살아 있으니 다행입니다. 여기 제 서명이 보이시나요?

책갈피에 넣어두신 유로화는 그대로입니다. 처음 확인한 이후로 특별히 세어보거나 쓸 일이 없었으니까 아마 처음 그때 그대로 빳빳한 새 돈일 거예요.

손수건도 많이 해진 것처럼 보일 겁니다. 그럴만한 일이 있었어요. 앞에서 이미 말씀드렸듯이 제가 드라마에 출연한 뒤에 오라바이 허락도 받지 않고 그걸 줄곧 들고 다녔답니다. 그러니 다른 누구도 아닌, 바로 제 손에서 조금씩 해진 거였어요. 손수건도 자연스럽게 제 손을 따라서 화면에 자주 노출되었죠. 그런데 생각지도 않은 일이 벌어졌답니다. 그게 어쩌다가 크게 히트를 치며 남쪽에서는 아주 유명한 직녀 손수건으로, 연인들에게 없어서는 안 되는 손수건으로 자리매김을 하게 된 거랍니다. 오라바이가 그 손수건을 보고 정당한 소유권을 주장하시면서 다시 돌아오기를 바라는 일념뿐이었는데 말이에요. 이해하시죠?

왜, 아무런 말씀도 없으신지, 몹시 애가 탑니다. 불을 꺼드릴까요? 그럼, 그때 제 숙소를 찾아오셨던 날처럼 나직나직 얘기를 해주시겠어요? 그래요. 스위치를 내릴게요. 그리고 그때처럼 문을 걸어 잠글게요.

이제 며칠 후면 오라바이 당신을 금강산에서 처음 만난 지 꼭 7년째 되는 날입니다. 다른 곳이 아닌, 남과 북을 통틀어서도 가장 아름다운 곳에서 만난 사랑이었어요. 세계 어디에서도 흔히 볼 수 없는 절경이었죠. 그렇죠? 비록 아름답지만은 않은 사랑이었지만 말이에요. 아니, 제가 또 망발이네요. 저에게는 더없이 아름답고 소중한 사랑이었답니다. 결코 후회하지 않을, 결코 다른 선택을 하지 않았을…….

달빛이 문살 창호에 척 걸터앉아 나무 그림자를 일렁이게 합니다. 그건 다름 아닌, 제 말에 수긍하시는 오라바이의 고갯짓인가요?

돌이켜보니 어제 오라바이 당신을 맞이한 이후 단 한 번도 오라바이의 실체를 확인할 생각을 해보지 못했어요. 이제 오라바이가 맞는지 상자를 열어볼게요. 아마 저라면, 다른 사람들은 몰라도, 오라바이를 충분히 알아보고도 남을 겁니다. 그게 바로 제가 믿어왔던 사랑의 힘 같은 것이랍니다.

놀라지 마세요. 아주 먼 곳으로부터 땀을 흘리면서 찾아온 낭군의 옷을 벗겨드리듯, 오라바이 당신을 싸고 있는 보자기를 벗기고 있습니다. 질 좋은 비단 보자기인 걸 보니, 아마도 회장님께서 오라바이 옷을 새로 맞춰서 입혀드린 게 아닌가 생각됩니다. 섬세하신 분이니까 회장님께서는 북쪽에서 받은 그대로 저에게 넘겨주실 분은 아닙니다. 그분에 대한 고마움 때문일까요? 아니면 그분께서 매번 눈물을 쏙 빼놓으시던 기억의 학습효과 때문일까요? 서럽고도 쓰디쓰게, 눈물이 앞을 가리기 시작합니다.

가루약처럼, 물약처럼…….

알아요. 오라바이가 하시는 말씀들이 이미 제 귀에 들리고 있답니다. 간절하게, 제 몸에 스미고 싶다고 말씀하시는 거잖아요. 그러려면 저도 옷을 좀 벗어야겠네요. 잠시만 기다리세요. 기다리면서, 제 알몸이 오라바이 눈에 익은 모습 그대로인지 훔쳐보셔도 괜찮아요.

이제 어서 스며드세요. 가루약처럼, 물약처럼…….

들리지 않으세요? 감히, 제가 지금 오라바이에게 명령을 하고 있습니다. 명령하라고 하셨던 말씀처럼. 아무리 그래 봤자 그냥 잠자코 앉아 계신 오라바이 때문에 눈물이 새로 솟구칩니다.

할 수 없네요. 이번에도 놀라지나 마세요. 제가 오라바이 몸에 손을 대고 있습니다. 이미 가루로 변해버린 오라바이의 몸 일부를 한 주먹 손에 쥐고 제 머리 정수리에 뿌립니다. 오라바이가 '산서정수리'라고 써놓았던 바로 그곳입니다. 얼핏 거울을 보니 머리에 하얗게 서리가 내린 듯합니다. 이마에도, 눈에도, 눈썹에도, 귀에도, 귓불에도, 코에도, 볼에도, 볼우물에도, 입술에도 가루로 변해버린 오라바이 당신 몸을 바르고 있습니다. 어서, 하나도 남김없이, 제 몸속에 스미세요.

목으로도, 뒷덜미로도, 어깨로도, 쇄골로도 맘껏 스며드세요. 백산서무릉도원내고향남쪽전주봄날언덕배기활짝핀복사꽃판, 그렇게 길게 쓰셨던 제 가슴으로도…… 아니, 오라바이 이름을 이미 써두셨으니 이제 누구의 젖꽃판이 됐든 그곳으로도 어서요.

눈 아래 눈물이 흐른 곳으로는 몇 번씩 더 오라바이 손길을 이끌어 갈 수밖에 없습니다. 눈물과 함께 주르륵 흘러내리곤 하니까요. 혹시 제 몸 중에서 빠진 곳이 없는지 거울을 보면 제가 흡사 눈이 벌겋고 몸은 하얗게 분칠한 피에로처럼 느껴지기도 합니다. 그래도 오라바이 당신, 괜찮죠?

한데, 이건 뭘까요?

다른 조각들과 달리 유리구슬처럼, 반짝반짝 빛이 나는 게 하나 손에 잡힙니다. 남자들의 한복 저고리나 마고자에 매다는 호박琥珀 단추와 색깔과 크기가 비슷해요. 이게 혹시, 큰스님들의 몸에서 나온다는, 오라바이의 사리舍利일까요? 헤아릴 수 없이 많은 날들 동안 저를 그리워하면서 오라바이 몸에 진주처럼 자라난 그 어떤 상처의 증거일까요?

구슬을 어떻게 할까 궁리하다가 저는 그걸 가슴에 쓱쓱 문질러 입안에 넣었습니다. 그건 제 몸에 스며들 수 없는 것일 테니까요. 그렇다고 마냥 손에 쥐고 있을 수도 없습니다. 제 입안이, 혀가 여전히 부드러운가요?

이렇게 해서 저는 오라바이가 이름을 붙인 제 몸 모든 부위에 남김없이 오라바이의 유골을 올렸습니다. 어디 한 군데라도 빠진 곳이 있는지 오라바이가 직접 확인해보셔도 좋아요. 그런 뒤에야 요를 펴고 반듯이 누웠습니다. 앞집 지붕을 타고 내려온 달빛이 길게 제 몸 위로도 스며듭니다. 오라바이도 어서 스며드세요.

"채하야!"

신발 끌리는 소리가 들리더니 어머님께서 제 방 문을 두드립니다. 저는 대답하지 않았습니다. 입에 물고 있는 구슬 때문에도 대답할 처지가 아닙니다. 어머님은 거듭 불러보시다가 그냥 마루에 앉아 계십니다. 홀로 흐느끼시는 소리, 눈에 손등을 옮겨 가시는 동작이 고스란히 달빛에 비칩니다. 저는 침을 삼켜가면서 구슬을 몇 번씩 입안에서 굴리고 있을 뿐이고요. 제가 잠에 들지 않았다는 걸 어머님께서도 아시겠죠? 하지만 어머님은 더 이상 저를 부르지는 않으셨어요.

새벽이 되어서 저는 어머님 몰래 절로 향했습니다. 보고 계세요? 남천에는 물안개가 피어오르고 있습니다. 오라바이가 번갯불에 콩을 볶아 드시려고 했다는 버드나무 그루터기도, 어머님께서 저를 안아주셨던 전주향교 홍살문 아래도, 그리고 오목대 아래 개복숭나무 쪽도 들르지 못했습니다. 괜찮다면 재를 지낸 다음에 한 군데도 빠뜨리지 않고 오라바이를 다 모시고 다닐게요. 노제를 지내듯 말입니다.

주지스님은 저를 칠성각으로 안내하셨습니다. 북두칠성으로 모습을 드러내시는 칠성여래七星如來에게 사후 세계가 복되기를 비는 곳이라고 하시면서요. 어느 절에서는 삼성각이라는 이름의 건물도 본 적이 있습니다. 그런데 왜 견우와 직녀의 사랑을 기리는 이성각二星閣은 없는 것인지, 차마 묻지는 못했어요. 그런 곳이 있다면 오라바이를 당연히 그쪽으로 모셨을 텐데 말이에요.

"스님, 절은 몇 번이나 해야 되는 건가요?"

독경이 시작되기 전, 스님에게 물었어요. 씻지도 않은 제 모습, 그리고 헝클어진 모습 따위에 스님은 신경도 쓰지 않으셨죠. 다른 때 같았으면 저를 알아보시는 분들이 졸졸 따라다니거나 사인을 해달라고 조르기도 할 텐데 메르스 때문인지 사람들이 눈에 띄지 않아서 다행스럽기도 합니다.

"보살님 마음에 우러나는 대로만 하세요. 세 번이든, 아홉 번이든, 백팔 배든……."

아, 백팔 번뇌…… 언젠가 스님께서 들려주신 말이 떠올랐지요. 그래서 저는 천천히, 정성을 다해 절을 올립니다. 이 절 하나에 슬픔을 지우시기를, 이 절 하나에 저를 기다려주시기를, 이 절 하나에 저승에서도 저를 사랑해주시기를…….

미소를 띤 오라바이의 상반신 사진은 언제나 저에게 행복감을 안겨줍니다. 그래서 저는 절을 한 번씩 마칠 때마다 오라바이 당신 사진을 쳐다본답니다. 왜 그렇게도 늘 제 마음속에서 자랑스러웠는지 이제 알 것도 같습니다. 오라바이, 조금만 기다려주세요. 곧 뒤따라갈게요.

백팔 배는 아직도 많이 남았습니다. 그런데 백팔 배가 백팔 번뇌에서 유래한 것이라지만 우선 아흔아홉 번 절한 뒤에 다시 아홉 번을 더하는 게 백팔 배가 아닌가 하는 생각도 듭니다. 아홉 번 절하는 방식은 동양에서는 최고의 경배였다고 들었어요. 하물며 아흔아홉 번에 또 아홉 번을 절하다니…… 물론 그게 많다고 불평하는 건 결코 아닙니다. 오라바이 사랑에 대한 제 감사 표시로는 턱없이 부족한 걸요, 뭐.

"다 끝났습니다. 나무관세음보살……."

"네, 스님. 고맙습니다."

이윽고 재가 끝이 나고 제 백팔 배도 끝났답니다. 오라바이 당신이 돌아올 수만 있다면 삼천 배도 짧다고 여기는데 말이에요.

"망자께서 원하고 바라시는 바가 하도 간절하여 칠성의 여래님들조차 그냥 망자 뜻에 맡기겠다고 허락하신 모양입니다. 허허허……."

"무슨 말씀이신지?"

주지스님은 재계를 끝내신 후에 이상한 말씀을 들려주셨습니다. 원하고 바라는 일이 그토록 간절하다면 오라바이 뜻대로 하라고 하셨다니요?

"여래님들이 이끄시는 손길을 망자께서 한사코 거절하시는 모양입니다. 이런 일은 흔히 다른 신앙이 완고한 경우에 벌어집니다만, 혹시?"

"아닙니다."

저는 고개를 흔들었어요. 오라바이가 원하고 바라는 일이 무엇인가요? 어떤 길이 따로 있어서 북두칠성의 일곱 여래가 이끄는 길도 마다하시는 건가요? 그렇다면 혹시, 견우와 직녀 두 별? 저는 머릿속이 갑자기 환해지는 느낌이었습니다. 그렇군요. 역시 우리 오라바이답습니다.

더 이상 절에 머물 수는 없었어요. 저는 서둘러 산사를 내려왔고, 남천천변의 버드나무 그루터기를 거쳐 향교 앞 홍살문에 이르렀습니다. 그러고는 어머님과 함께 거기서 있었던 일을 오라바이에게 상기시켜 드립니다. 어머님께서 뒤에서 저를 안아주셨던 자리, 꼭 그곳에서 오라바이가 다시 손길을 덮어 만져주시기를 바랐는데…… 오목대 아래 이 개복숭나무, 여기는 그냥 지나쳐도 되겠죠? 저보다는 오라바이가 더 잘 아는 나무일 테니까요. 제가 왜 이곳에 들렀는지, 오라바이가 말씀하신 나무를 저 역시 이미 찾아냈다는 뜻을 전해드리려고 한다는 걸 또 아실 테고.

죄송해요. 어머님…… 오라바이는 제가 모실게요.

한옥마을 우리 집 앞을 지나치면서 저는 어머님께 용서를 구했답니다. 오라바이가 원하시는 곳이 어디인지, 그걸 어머님께 일일이 다 설명해드릴 수는 없으니까요. 큰길로 나서자마자 저는 승용차의 가속 페달을 밟기 시작합니다. 제 운전 실력도 벌써 남들한테 자랑할 정도는 됐답니다. 오라바이를 모시고 제가 직접 운전해서 다니는 일도 소박한 꿈 중에 하나였는데, 이렇게 그 꿈 역시 이루는

군요.

당신 아버님이 계신 곳, 선산은 마땅히 들러야겠죠? 저는 그분께서 좋아하시던 술과 안주를 이미 사 놓았어요. 아버님과 오라바이 당신 두 분께서 나누실 얘기도 많을 테니까 저는 잠시 자리를 비껴드릴게요. 산 아래 저수지 물이 다 말라버려서 바닥을 드러내고 있는 게 눈에 들어옵니다. 남쪽이 이렇듯 가물면 북쪽은 더했으면 더했지 덜하지는 않을 거예요. 올해는 또 얼마나 주린 배들을 움켜쥐고 살아갈 것인지…… 하늘이 양쪽 우리 민족을 제발 다 굽어 살피시기를…….

이제 서둘러 일어서야 합니다. 남은 일은 오로지 하나뿐입니다.

휴전선 이남에도 금강산이 있다는 걸 혹시 아셨어요? 야트막한 금강산 자락 하나를 남쪽에 둔 채 휴전선은 무심하게 가로질러 놓여 있습니다. 그래서 남쪽 금강산이 강원도 고성 위쪽으로 생겨난 거죠. 금강산도 분단의 비극을 온몸으로 떠안고 있는 셈입니다.

건봉사乾鳳寺는 남쪽 금강산에 깃든 사찰입니다. 민간인 통제선, 곧 민통선을 지나야 나타납니다. 민통선, 민통선! 그렇게 몇 번을 읊조리다보면 문득 가슴이 저려오는 곳이죠. 하긴 뭐, 지금 제 처지로서는 민통선뿐만 아니라 금강산 금강산 하고 읊조려도 울음이 묻어날 것 같고 오라바이 오라바이 오라바이 몇 차례 부르기만 해도 눈물이 막 솟구칩니다. 우리말이란 게 본래 그런 건가요?

“아, 림채하!”

민통선 초소를 지키고 있던 병사들이 저를 알아보고 나지막하게 탄성을 지릅니다. 그들이 윗선에 보고하면 연대장이나 사단장이 달려올지도 모릅니다. 드라마에 출연하게 된 뒤부터 생겨난 현상이랍니다. 저는 그들 병사들에게 더 이상 나를 붙들지 말아달라는 뜻으로 직녀 손수건을 한 장씩 선물했어요. 백화점에서 구입한 것들로 제가 이른바 팬들에게 주곤 하는 손수건이죠. 그들 가운데 한 병사가 익살맞은 춤을 춥니다.

건봉사 입구를 지나서는 방향을 바꿔 산으로 올랐습니다. 쭉쭉 뻗은 아름드리 소나무, 산속 모든 나무를 굽어보는 듯 우람한 박달나무, 사방팔방 가지를 친 참나무들로 숲은 울창하게 우거져 있습니다. 휴전선으로 인해 저절로 자연이 보존된 지역이 생겨났다는 사실은 그나마 눈물겹도록 다행입니다. 눈물겹도록…….

자, 이제 산마루에 올랐습니다. 오라바이도 보이세요? 저 휴전선은 말고 건너편 산봉우리들 말이에요. 저는 한때 휴전선을 동서로 길게 드러누운 거대한 뱀이라고 여겼는데 그냥 뱀 정도가 아니었던가봐요. 그건 바로 죽음의 검은 강, 은하수였다는 생각이 듭니다. 아, 검은 은하수라니…… 한번 만난 뒤로는 다시 볼 수 없는 우리 같은 연인들, 그들 앞에 놓인 장벽이 바로 검은 은하수가 아닐까요? 그러니 오라바이나 저나 끝내 건널 수 없었던 것이겠죠.

하여튼, 오라바이! 멀리 보이는 곳이 진짜 북쪽 금강산입니다. 집선봉 능선의 오른쪽으로 펼쳐진 일출봉과 월출봉, 채하봉, 세존봉들이 나란히 서서 우리 쪽을 빤히 쳐다보고 있는 모습들이 보입니다. 세존봉 옆에 우뚝 선 구룡대도 보이시나요? 구룡연, 구룡연, 구

룡연, 구룡연…… 오라바이, 제 눈물 좀 잠시만 붙들어주세요. 제가 일을 마저 끝낼 수 있도록 말이에요. 때마침 저대를 가져왔으니 그거라도 한 곡 연주해드릴까요?

아, 이도저도 안 되겠어요. 제가 도저히 울음을 참아내지 못하겠는 걸요. 오라바이, 오라바이, 오라바이, 오라바이…… 저는 오라바이를 품에 껴안은 채 땅바닥에 주저앉아 그만 울음보를 터뜨려 통곡하고 맙니다.

조금만, 아주 조금만 기다려줘요. 이번에는 제가 제 사랑을 증명해 보일게요.

이제 직녀별로는 결코 돌아가지 않을 작정입니다. 그곳은 춥고 쓸쓸하고 고적한 곳이에요. 한없이 베를 짜야 하는 곳, 베를 짜다가 문득 뒤돌아보면 제가 짜놓은 베의 길이만큼 한스러움이 아득하게 펼쳐지는 곳!

어느 순간부터 직녀와 제가 완벽히 일체화가 이루어진 느낌이 드네요. 저는 오라바이가 계시는 견우별로 갑니다. 승암사 주지스님의 얘기처럼, 칠성각의 일곱 여래들에게 오라바이가 고집을 피우신 게 바로 그 때문이지 않았나요? 견우별로 돌아가겠다는 의지 말입니다.

때마침 숲 사이를 헤치며 남풍이 불어옵니다. 오라바이가 저를 손짓하면서 부르시는 게 틀림없습니다. 그래요. 알았어요. 오라바이가 어서 오라고 손짓하는데 제가 머뭇거릴 이유가 없죠. 제가 이 세상에 남아 있어야 하는 이유도 물론 없고요. 그런데 바람이 금강산

쪽으로 세찬데도 당신은 몸이 무거운 듯 멀리까지 날아가지는 않으시네요. 혹시 제 곁을 떠나기가 싫어서 그러신가요? 괜찮아요. 작은 가루들은 이미 제 몸에 남김없이 스며들었잖아요. 당신 몸에서 나온 구슬도 다시 입에 물었답니다.

이제 다 됐습니다. 구슬을, 아니 한스런 우리 사랑으로 딱딱하게 굳은 당신 아픔을 입에 문 채로 저는 오라바이가 계신 곳으로 갑니다. 어떤 일이 있어도 이걸 뱉어내지는 않을 거예요. 그리고 때가 되면 꿀꺽 삼킬 작정이고요. 여기서 몸을 날리면 벼랑 아래로 떨어지기 전까지는 여의주를 입에 물고 있다는 용처럼, 조금은 하늘을 날 수도 있겠지요? 은하수, 그 검은 강을 건너는 방법은 이뿐, 다른 도리는 없습니다.

헌데 오라바이…….

아, 설마…… 저는 지금 견우별로 가려고 하는데 오라바이는 반대로 제가 있던 별, 직녀별 쪽으로 향하신 건 혹시 아니겠죠? 그건 또 다른 비극의 서막이 될 테니까 말입니다. 그런 일이야 없을 거라고 굳게 믿어요. 저는 이미 견우별을 향해 모둠발을 힘차게 내딛고 두 팔로는 날갯짓을 시작했답니다.

견우별에서 제가 오라바이를 만나면, 당장 오늘 밤부터, 견우와 직녀의 전설도 바뀌고 말겠지요? 정말이지 하늘의 슬픈 전설도 그만 멈췄으면 해요. 오라바이와 저 같은 서러운 별리 상태도 이제 영원히 끝나는 것처럼.

북쪽 녀자

초판 1쇄 인쇄 2015년 12월 24일
초판 1쇄 발행 2016년 1월 5일

지은이 이병천
펴낸이 김선식

경영총괄 김은영
마케팅총괄 최창규
책임편집 김현정 **디자인** 문성미 **책임마케터** 이상혁 **크로스교정** 백상웅
콘텐츠개발2팀장 김현정 **콘텐츠개발2팀** 백상웅, 문성미, 윤세미
마케팅본부 이주화, 정명찬, 이상혁, 최혜령, 박진아, 김선욱, 이소연, 이승민
경영관리팀 송현주, 권송이, 윤이경, 임해랑

펴낸곳 다산북스 **출판등록** 2005년 12월 23일 제313-2005-00277호
주소 경기도 파주시 회동길 37-14 3, 4층
전화 02-702-1724(기획편집) 02-6217-1726(마케팅) 02-704-1724(경영관리)
팩스 02-703-2219 **이메일** dasanbooks@dasanbooks.com
홈페이지 www.dasanbooks.com **블로그** blog.naver.com/dasan_books
종이 한솔피엔에스 **출력·인쇄** 갑우문화사 **후가공** 이지앤비

ISBN 979-11-306-0697-2 (03810)

- 이 도서의 국립중앙도서관 출판시도서목록(CIP)은 서지정보유통지원시스템 홈페이지(http://seoji.nl.go.kr)와 국가자료공동목록시스템(http://www.nl.go.kr/kolisnet)에서 이용하실 수 있습니다. (CIP제어번호 : CIP2015034815)